告别昨日

图书在版编目（CIP）数据

告别昨日 / 励志爷爷陈岚著 . —北京 : 九州出版社，2014.9（2025.4重印）
ISBN 978-7-5108-3268-0

Ⅰ . ①告… Ⅱ . ①励… Ⅲ . ①长篇小说—中国—当代 Ⅳ . ① I247.5

中国版本图书馆 CIP 数据核字（2014）第 221207 号

告别昨日

作　　者	励志爷爷陈岚　著
出版发行	九州出版社
出 版 人	黄宪华
地　　址	北京市西城区阜外大街甲 35 号 (100037)
发行电话	（010）68992190/3/5/6
网　　址	www.jiuzhoupress.com
电子信箱	jiuzhou@jiuzhoupress.com
印　　刷	三河市宏顺兴印刷有限公司
开　　本	880 毫米 ×1230 毫米　32 开
印　　张	9
字　　数	200 千字
版　　次	2015 年 3 月第 1 版
印　　次	2025 年 4 月第 3 次印刷
书　　号	ISBN 978-7-5108-3268-0
定　　价	45.00 元

目　录

我的家·春·秋（代序）

励志爷爷

口述：陈岚　整理：叶全新

1938 年，我 9 岁，演员正在后台化妆，我看到巴金先生掀开幕帘门走进来。那是他的小说《家》第一次改编成话剧演出。我演高家的长孙，就是高觉新的儿子高海臣。巴金摸着我的头，说了一句："这个海儿个头儿太高了些吧。"

我仰脸看看他，看见一副眼镜盯着我，下意识缩了缩脖子。跟同龄的小孩比，我的个子总显得高，这让我一直很尴尬。人生如戏。我从演《家》开始走上舞台，到今年 82 岁（2011 年），我自己的一部《家·春·秋》还没有演完……

上部：家

1929 年，北京协和医院。大鼻子蓝眼睛的美国医生正在问我妈妈："你的牙部要开刀，手术很复杂，开刀你肚子里的孩子有危险，不开刀大人有危险。"妈妈后来讲给我听，那个洋医生说了这句话就双手一摊，耸耸肩膀，“要大人还是要孩子？OK？”

这时，我的父亲（是清宫太医的传人），竟然“咚”的一声，给洋医同行跪下了。他说：“大人孩子都要保，我们同意先做剖腹产，再做大人手术。”

那时我在妈妈肚子里，并不知道离出世只有几个小时了，也不知道说出这句话的男人，并不是我的亲生父亲。陈家行医五代，到我继父是妇科名医，但那时候的中国，哪个医生看过剖腹产？要他签字的时候，我妈说他手上的笔抖得都快掉到地上了。

一个叫勃雷蒂的女医生，从妈妈肚子里把我掏出来。后来她多次告诉我，“你生下来只有一块牛肉大。”这块血糊糊的肉团子，立即被送进了保温箱。我在箱子里待了3个月。手术后的妈妈被人推到箱子前，看我在那里挤鼻子皱眼，“医生说你没有哭过一声，但是你会笑。”

妈妈很快出院了。但是我出不了。半岁时曾经被抱回去一次，当晚就发高烧，连夜送回来。我睁眼看见的就是美国人、英国人，我叫勃雷蒂医生“Mum”（英语“妈妈”），在协和医院一直住到3岁。3岁之前我不知道自己是中国人，不知道自己是什么人。我开口说话就是英语，所以终其一生，英语是我的母语。从某个意义上说，协和医院救了我一生，那是后话了。

离开了协和医院，就开始了我的尴尬命运。我有弟弟了，但我不像弟弟；我有妹妹了，但我不像妹妹；后来我知道恨了，第一个恨的人就是妈妈，为什么要把我——混血儿、私生子、拖油瓶生下来？

一个人竟有这样三种身份，本身就是传奇吧，到20世纪

50年代还嫌不够，又加了一个：封建地主资产阶级家庭成分。

那谁是我的亲生父亲？不知道，没见过。只知道他是30年代葡萄牙驻北京领事馆的一个外交官员。长话短说，我母亲曾被她父亲卖过两次，第一次卖给一个河北梆子剧团当戏子，14岁逃回北京。穷途末路的父亲又把女儿卖进一户官府人家当丫环。由于我母亲聪明美丽，府上的老爷太太不但送她上学读书，还带她出使法兰西国。

就在一次使节会议期间，我母亲在舞会上认识一位葡萄牙青年。回国后，这位洋小子每天等候在我母亲学校外面。

东窗事发后，这位外交官的北京生涯就此结束，原来他在葡国有家室。丢下已怀孕3个月的母亲。我母亲几次自杀没死成，都让陈家老太医的孙子救活了。猜到了吧，救我母亲的人就是我的继父陈。

陈家名门望族，我妈妈这样的身份决不可入门，只有做外室。继父待我如己出，协和医院高如天文数字的医疗费都是他给支付的，其间大家族中的种种辛酸苦难，直到继父不堪忍受。在我5岁那年，他带着我们母子离家出走，到上海行医谋生。那是1934年。

20世纪30年代的大上海，因此多了一位名医。当年杜月笙的姨太太都找我继父看病。我们家在法租界、英租界有四处楼房，三辆汽车，最多时伙计佣人七八十个。

这一生，我没看到比继父为人更好的男人。我钦佩他的不是医术，是品德。他一生只爱我母亲一个女人，爱得无私无畏，爱得坦坦荡荡。他为我这个“儿子”不知承担了多少侮辱与委屈，却对我无一声怨言。反而是我，做出了令他伤心的事情。

到上海后，继父把我送进美童学校，全校都是美国孩子，只有我和另一个法国混血儿。一直读到珍珠港事变，1943 年学校关门之后我才进了中国学校。

再说我母亲在上海做了名医太太，她除了河北梆子，越剧、京剧都唱得好，这位超级票友让我 7 岁就学戏练童子功，还给我请上海名票贺稚英做老师，学京剧程派青衣。

20 世纪 30 年代的上海，演艺界最火的是话剧，大小有二十多个话剧场。我妈妈的一位朋友听说上海剧艺社要招话剧《家》中的小演员，马上推荐我。《家》剧之后，参加演出的机会就不断了，一个会说英语、会唱、会演的漂亮男孩，于是就成了剧社的正式演员，9 岁开始拿工资。话剧、电影、戏曲都演，我还有经纪人。可能我是那个时代年龄最小的并拥有经纪人的小演员。

有一天我放学回家，正碰上陈家的老爷子从北京来。北京那边从来不认我们母子，他们来上海我家，正眼都不瞧我母亲，看见我，就骂“小杂种”。

这一次，陈家老爷子又在骂，问我继父，怎么还不把我赶走，并威胁如不听他的话，就不准他再用陈家的祖方行医。

前门还骂声一片，我，从后门悄悄地走了。

这一走，再没有回过陈家。

中部：春

我没带走陈家的一根针，却带走了，一个人。那天我出后门，正碰到我家为我请来的国文老师——孟老夫子。

我拉着他说：“孟夫子，我要离家出走了，我什么东西都不带，我只要求您，继续给我上课，学费，我加倍付。”

我有个阿姨，是母亲的好友，本来应该是情敌，因为她，也是那个葡萄牙小子的情人，后来，她跟我母亲两人，倒成了同病相怜的死党。

我从小叫她“安提”，她丈夫在国外做大生意，她住在上海。我就投奔她了，安提，待我也像自己的儿子一样。

有一天，一个帮她做西餐的厨师高天祥高厨师，问我想不想喝酒。他打开一个红木大酒柜，里面放满了外国的洋酒。等安提发现的时候，那些酒，已经被我俩喝得差不多了。

安提一气之下，把高厨师赶走，倒是成全了他闯世界。到新中国成立后，这个人，成了国家一级厨师。

喝葡萄酒，吃牛排西餐，到处演戏，我，就这样过完了童年、少年。数不清自己演过多少部话剧、戏曲和电影了。当年，在演艺圈里我有个外号，叫“小孩儿”，前些年，我到上海，还有人叫我“小孩儿”。

在所有的剧中，最喜欢演的还是《家》中的海儿。

我从小，没有家的感觉，从小，被大家族歧视，可是，巴金的海儿，让我觉得自己不是杂种，是一个真的豪门长孙。

15岁那年，曹禺先生在当时的陪都重庆，改编话剧《家》新的版本。我想，演海儿，是不可能了，于是，我就想争取演高觉英，还是由于我的个子太高，导演不同意，磨到最后，叫我演一名老更夫。我也很高兴，就演了那个老更夫。

20世纪40年代，进入青春期，也是我演艺事业的春天。一度，我在部队文工团的京剧队里，代替了因为小产儿大出血的主要演员某某，每天剧场外面，有许多今天说的粉丝，在等我，女人男人都有，男的更多，因为我演青衣，扮相俊美。我演的古装戏《碧玉簪》《春闺梦》大幅剧照，在上海照相馆橱窗放了好几年，从40年代末一直放到50年代初。

男人，演青衣的感觉，确实很怪，演戏演得多了，就知道，出戏入戏其实是一回事。我有许多师兄师弟，他们就是没法忘记台上的角色，举手投足，都像女人，这个连梅兰芳大师都有的。母亲带我看过他的戏，他在台下，我也见过，比如，他跟人说“不是这样的”，五指翘起来摆几下，然后一句“这样不行的”，手掌一定要由里到外翻一下兰花指。

可能，我是青衣行里，少有的例外，我，时刻不会忘记，自己是一个男人！我的原则是：演戏是演戏，做人是做人。

所以，剧场后门等我的粉丝，当年可能都很失望，我走出门时昂首挺胸，大踏步前进，一点唱旦角儿的味都没有。这就是我的陈氏风格。

除了演戏，我还上圣约翰大学，读英国文学系。

1948年以后，著名导演吴仞之先生跟我说，你演了那么多年话剧，到戏剧学校去学点理论吧。我就进了上海市立戏剧实验学校，就是上戏的前身，读表演专业。

我也算得上是中国最早的酒吧歌手。1946年，有一家美国人办的俱乐部招歌手，600人报名考试，其中算我只有四个黄种人。结果考上两个，我和一个英国女孩。女孩唱了半年走了，因为，我太红了。

也是那时期，我交了许多外国朋友。1948年，俱乐部撤退回国时，我的那些美国朋友，一直劝我跟他们走，说我长得漂亮，歌唱得好，一定会走红。

那是我一生中，第二次去美国的机会，第一次，是在协和医院，把我养到3岁的勃雷蒂护士长，是位老小姐，她没有孩子，多次跟我父母提出，要带我回美国。

那时，我母亲正发愁，焦急，我这个混血儿出院后，将如何对陈家交代，所以，母亲同意了。可是，我继父不同意，他舍不得让我母亲的骨血流落异国，坚持把我接回家。

这第二次，却是我母亲不同意。虽然，我离家出走，但母亲每周都来照看我，帮我接戏、演戏。

她怎么舍得千辛万苦熬出来的母子再分离？

没有去美国，我不后悔；留下后，即将发生的苦难，我也不后悔。做一世人，一世都要想得开。我要是当年去了美国，也许早已白骨他乡；我在劳改农场几十年，改革开放后，老朋友们见面说：陈岚啊，你幸亏劳改去了，你，要是在上海，十个陈岚，也整死了。

所以，古话说得好：福兮祸所伏。

马上就要说到祸了。

我一生没有结婚，没有爱情。但，这并不是说没有人爱过我，相反，当年爱过我的女人真是太多……很多事，即使现在，我也不能说，有些事，只有带进坟墓了。

我只能说两件事：一件是我曾与有夫之妇有染，她也是演员，比我大 15 岁。但是，在这件事中，我是被动的。一件是我曾经正式订过婚，我父母在家里精心操办了订婚宴。劳改后除了母亲，唯一一个女人来看我，就是这个未婚妻来退婚约。

几乎是从母亲开始，我曾接触过的女人，后来都被我视为畏途。她们，或者是，厄运的渊源，或者是，背叛与抛弃的祸首。你说，我还想结婚吗？

1974 年，母亲给我往劳改农场送过一个老婆，我把那女人赶回去了。

在戏剧学校不到一年，上海解放。地下党动员一些上海的影剧演员，到当时的苏南文工团去，这样，我参军了，当上了文艺兵。我会唱十多个剧种的地方戏，评剧、相声、民歌，学什么像什么,部队又把我调进南京的华东空军政治部文工团。

这时期，有一个天大的良机，掉到了我的身上，我，居然有机会，从部队转业去上海。调进一家国家剧团。

那年，我才 23 岁吧，本以为此后的演艺事业如日中天，谁知，竟是镜中月、水中花。忽然，来了一个文件，说查明我的身世复杂，有海外背景，只能控制使用。

“控制使用”是当年的组织上，一个特有的词，不知有多少人，被戴上了这顶孙悟空头上的紧箍咒。魔咒，从此开始。

我在某剧团里，跑龙套、拉大幕、放幻灯片、搬道具。

1957 年 11 月 26 日，警车来了，叫我到公安局谈话。

这一去，再没有回来。

下部：秋

人生如戏呀，最有戏剧性的是我的被捕与判决。

连陈家老太爷都没有查明我的身世，组织上查到了。我有很多老外朋友，有信件往来，每一封寄出和寄来的都被检查过，我却一直没发现。公安局抓我的罪名本来是里通外国，间谍嫌疑，到判决时却让我大吃一惊，由于里通外国查无实据，又找了新罪名：思想腐化，判了 5 年。当然指的就是我前面说过的那件事，为什么有戏剧性呢？如果我是个政治犯，早就平反了，可我是腐化罪，不能平反。

去年我妹妹又叫我写申诉，说现在中国没有“腐化”这个罪了。她说你这么多年，帮多少难友都平了反，你自已也好洗一洗清白。有必要吗？我都80多岁了，平反不平反，有什么用？

前3年我在上海提篮桥监狱服刑。我这一生的灾难可说与生俱来，但我总是不哭。我记得一辈子只有两次流泪，三个夜晚没有睡觉。

第一次流泪是进监狱第一天。管教把囚衣和一只不锈钢碗发给我，我端着碗流泪了。当时不知怎么，想起了小时候养的一只小花猫，每次我受欺负，它就在脚下用大眼睛同情地看着我。现在无缘无故坐牢，连看我的猫都没了。

第二次是牢友罗钻执行死刑的那天晚上。我哭了一夜，两天不能吃饭。这一辈子我对不起的人就是罗钻，我在博客上写了这个真实的故事，你们可以去看。他只是国民党的一个小文书，在部队时才十几岁，罪名却是杀了多少地下党。本来监狱派我去是作为狱方卧底，一防他自杀，二监视他的言论，并且必须每日报告。整整两个月，我们俩吃睡在一间几平方米的死牢室里。我和罗钻这个大刑犯（我们不说死刑犯，说大刑犯）通过交谈，成为生死至交。但罗钻却至死也不知道我在监视他。都是20多岁的年轻人，每天面对他善良的面孔，想到他对我的信任，想到他就要被枪杀，而我却是这样的双重身份，才真正体会到戏里唱的那个五内俱焚。于是我帮他写申诉，申诉——抗诉——辩诉——哀诉，写了几万字，写光十几本小练习本，每次都是一个结果：驳回。维持原判。

那天晚上，事前他不知道而我知道。因为下午汇报时，监狱长说明天你就不要来了。那天他吃晚饭我没吃，果然饭后有人叫他出去。罗钻走时还对我笑笑……

三个不睡觉的晚上，哦，罗钻这是一回。还有一年，那时我已经转到江西劳改农场刑满就业，上面规定北京、上海、天津、广州四个城市的劳改犯不准回城，只能留场。于是我又做了22年不是劳改犯的劳改犯，每月可以领一份微薄的工资，到1979年才有几天探亲假。但是1974年我生产获奖，给了十天假，回上海的前一天晚上我兴奋，一夜睡不着。

第三次是“文化大革命”时期，据说上面来了指标，农场里17个大队，每个大队要枪毙一个人，同一天晚上执行。劳改犯和就业的都有。我也曾经差一点被拉出去枪毙。执行枪决的那天晚上，可能没有被杀的人都像我一样，不能睡觉。

1957到1984年，27年人生。我觉得幸运的是，我身上的艺术才能在农场这个特殊天地里被超常发挥了。要说40年代是我演出的精华期，那在农场的几十年就是高峰期，最多的时候一天要演十几场。在农场的戏剧队里，我小队长、编剧、作曲、导演、演员、教练、伴奏一身兼。对，乐器我会很多，钢琴、手风琴等。我还练出一绝，首长在台上讲我在下面记，他讲完了我上台就把他的指示唱出来。

我生性要强，即使在监狱里也要做个拔尖人物。我在农场立过很多功，教过书、当过医生，但我觉得最厉害的是还当上了包耕组长，要管600亩地40多个人。我的包耕地每年亩产量最高，年年获奖。我还发明了用手耘田操作法，传统的都是用耙子，用手耘可以不伤秧苗，还可以把草塞进深泥做肥料。结果农场把各大队的耙子都收走,手耘田还推广到当地农村了。

你看我的手和两条腿，光滑滑的。老外汗毛不是很多呀，我在田里泡了几十年，不长汗毛了。

我做任何事都积极负责，每天最后一个收工，有几次查水掉进水渠里，有一回差点淹死。我不会游泳，但那次我发现人在水里可以看见东西，我看见了水沟壁上的水草，抓着草往上爬，才捡了一条命回来。

1984年有政策，可以离开农场安置工作。领导要我留下来，还许诺给我发警服穿。原来是犯人，现在穿上警服，多神气呀，领导这样对我说。我就是摇头。

太久了。我不能老死在劳改农场。我在这里终究是受歧视的人，我希望回到社会做一个得到尊重的人。

我去找温州的弟弟，想在那里找工作。弟弟说："我在这里也是有头有脸的人，现在来了个劳改犯哥哥，别人会怎么看我呀！你就在家里待着吧，我养活你。"我去上海找妹妹。妹妹说，你受了多年的苦，好回来享福了，我来养你。

什么叫自立，自立就是自食其力。我是巴金的那个海儿，我从9岁起就自立了。你看我像一个要人养的人吗？

最后一条路是找难友，就这样到了永康。我这一生没有朋友，只有劳改时结下的生死之交，可惜他们大多离开了人世。永康这位年轻，他16岁时随手写了一句"反动"的话，坐了牢。出狱时已经有政策，我帮他写申诉得到平反。找到他时我已经56岁，满怀绝望。

在他家的小阁楼上，我开始创作长篇小说《此恨绵绵》，刚写了两章，忽然难友带着一个男人来找我。他请我去做家教，教他孩子英语，他有两个儿子，一个初中，一个高中。

上帝终于为我打开了一扇门。

这扇门就在永康，也可以在任何城市。我赶上了上世纪80年代中国孩子学英语的狂潮。20多年来，我为永康做了一些事，其中最有益的就是英语教学。我的学生无数，我到哪所学校，哪所学校的高考升学率就上升。你要记住，一是因为英语是我的母语，二是我做事极其负责。

我还成了这里的民间文化工作者，技多也压身，各种演出都有人来找我。失去的舞台仿佛又回来了，但我知道那不是真的。我内心非常寂静，虽然走在街上家长学生不断叫我，家长们还给我介绍女人，但我都一一拒绝。

想想这一生我真的没有爱过谁，当我懂得要爱父母的时候，他们已不在人世。留下我虽然热热闹闹地活着，但过去的陈岚已经死了。

我为什么潜伏到QQ自杀群，是因为我也曾经想自杀，是因为我知道如果真的自杀了我会有多后悔。我告诉他们我的经历，我说如果我都没有自杀，那你们也可以。

不是劳改时期，那些年反倒想活下去，想活出个结果来。2005年到2008年间，我两次摔倒骨折，在床上躺了两年不能动。多年教学的积蓄都用光了，大房子住不起，搬进一间小黑屋里，雇了一个人日夜照顾，后来连雇人的钱也没了。

70多岁，我想想这世上没有需要我牵挂的人，也没有我放不下的事。我请来看我的学生去买安眠药，他们猜到了不肯去，我想死也死不成。后来谁救了我？是湖南卫视的2007届的《快乐男声》节目。我在床上看了两年的书和电视，也许我在骨子里，从来没有离开过文艺界吧，现在我每月要看20多场电影，是永康电影院真正的贵宾。我也是永康几十年如一日订购《人民文学》《长江文艺》的读者。

我看到电视里那些年轻的歌手那样努力竞争，就像看到当年的我自己。我在床上为喜欢的歌手投票，跟他们一起笑一起哭。最后他们成功了，我也突然复活了——我在床上也可以收学生啊，一对一教学法就这样开始了。为什么说工作着是美丽的？因为工作是能救人的。我开始自救，身体也在恢复。

但这还不是真正意义上的复活。2008 年，我找到一个工作助手，他叫侯波敏，陕西青年。我对他怀着感恩的心情，有一天，小侯说，老师你有那么多故事，开个博客吧。

什么叫博客？这个本来素昧平生的小青年，领我进入了一个新的生命期。2008 年我 80 岁，开了一个励志博客。

人生就是这么奇怪，最重要的人，并不是你的亲人。就像当年我喜欢台下无数陌生的观众，博客又让我找回了他们。每天早上，我起床的第一件事是打开电脑。有一天网易把我和妈妈的 30 年代照片置顶了，那天点击量达 70 万，评论 300 多条。我可能是全国唯一一个有评必回的博客，唯一那天没回，太多了。

2001 年中国申奥成功，大家都在欢呼，有个学生问我，老师你怎么不笑啊？我举起手说“我的手都抖成这样，到 2008 年我可能已经痴呆了”。手一直抖，开博时我口述，助手打字，一星期后改成我先用笔写再录入。我每天写呀写，半年后我的手不抖了！

然后我就用两根食指学会打字，天天要写两篇文章，要回复上百条评论。到今天上午，我的网友已经有 6998 位。到今天上午，来采访我的记者已经有七八个，他们都是为我挽救自杀 QQ 群的事来的。

博客上也有个别人经常上来捣乱，他说你又不是名人，只是一个 80 岁的老头子，你用了什么手段有那么多点击量？我说大概是现在八卦太多，真实励志的太少吧。有人讽刺我 80 岁还想出名，我说我年轻的时候就应该出名，现在更想出名，想让天下都知道有我这个人，一生受了那么多苦难，还是要说：

活着真好。

昨天，我电脑屏幕上是鲜花，今天是风景，我每天换一回电脑界面。要跟生命抢时间，活到今天，我才活出意义，这个意义就是我的博客，我把一生想说的话都说出来了。也有人问，你怎么不想到哪天会死?

我说死前一秒还可以乐观地活着。

原载于2010年12月14日《杭州日报》第八版

悲剧由诞生开始

那是个罪恶的，可能是夜晚，也可能是白天的日子。一个奄奄一息的、不足三磅的小生命不哭不叫的，只是吭了一声就悄然出生了。伴随的是母亲悲惨的呼痛声。

这个被称为贝贝的可怜孩子，来到了这个生死莫测的人间。被两个黄头发、蓝眼睛的看护抱去洗澡。可没想到的是：用绒布和纱布包着的孩子，一下子就没气儿了，好像还在抽搐。这下可把那两个看护小姐吓得半死，一边尖叫着，一边赶紧把孩子抱回了产房。

大夫们见了也都慌了手脚。一个那么孱弱的、还没一块牛肉大的小生命，眼看就没气儿了。大夫、看护们忙成了一团。接下来忙着打针、输氧气。至于以后还干了些什么，孩子又能知道多少？

在他长大了以后，母亲告诉了他，并且还告诉他：孩子，我们可不能做忘恩负义的事。一辈子也不能忘记，你这条命是美国教会、美国医生们和看护小姐们赐给你的。到死都不能忘记，是美国协和医院给你的恩典。

就这一句话可不要紧，却由此奠定了他一生都要为母亲的那一番话无限付出。

然而母亲告诉他的，最离奇也是最不可思议的，就是他一生下来就不会哭。直到第二次苏醒后，也只呜呜了两声，似哭非哭地哼了一小会儿。

而在他被置放在保温箱里的三天后，母亲在医院看护小姐们用担架抬过去到婴儿隔离室看他的那一刻时，母亲说：看着还没成人形的你，紧闭着双眼，脸上居然还浮现出一副笑模样。

现在看来这种他从小就不会哭，每每碰到无奈的时候，居然还会笑得出来的个性，是从娘胎里带来的。当这个孩子还没懂事的时候，就已然被叫作贝贝了。至于他长大了会是什么样呢？这个时候始终还是个问号。

贝贝，这是一个人的名字吗？今天看来，这充其量只是英文 Baby 的音译。仅是针对刚生下来不久的婴儿的一种广义的称呼而已。可就是这个名字，成了我们的主人公数十年的名字。母亲这么叫，周围的人们也都这么叫，而他自己的大名杨博平反而变得不那么重要了。

好！从现在开始，我们就用“贝贝”这两个字吧。在贝贝的脑海中，牢牢记住的面容，不是母亲，更不是他后来的继父，而是一张胖乎乎的、金黄色头发的、脸上有好多他后来才知道叫作雀斑的、永远堆满了笑容的脸。那不是母亲，更不是别的什么人。她就是，长大了一点儿以后才知道的：Miss Brady，勃蕾蒂小姐。

她很年轻吗？不，那时她已经 40 多岁了。

这您就不知道了，在欧美国家，无论年纪多大，只要是未婚的女性都统称为小姐。于是贝贝长大一点的时候，始终不明白“妈妈”这个称呼的意义。每逢母亲到医院来看他的时候，他总是叫唤着“安提”（英文叫 Auntie）。贝贝恐怕直到死的那一天都忘不了这个名字：Brady，Grace Brady，却视自己的亲生母亲为陌路人。

这让母亲每一次离开医院时，总会带着一双红肿的眼睛。这是个老天不长眼的时代，对贝贝来说，这世界上，好像一切事物都是倒着发展的。勃蕾蒂小姐最引以为荣的就是：贝贝打小就不会哭的这种个性，是她一手调教出来的。究竟是不是这样？已经 80 岁的贝贝，到了今天，一直都还说不清楚。

今天，当年的贝贝已经是一个老人了，但是奇怪的是：他在经历了种种磨难后的今天居然还是一个只会笑、不会哭的老人。他会发脾气，更会耍性子，但哪怕天大的事他就是不会哭。

不！其实他也会哭的。看电视、看电影、看戏时，他往往会被剧中的情节、演员的表演感动得眼泪鼻涕“三管”齐下。这真是：看《三国》掉泪，替古人担忧。

继父死时，他没哭；母亲过世，他原本想哭来着，但致悼词时，他还是一滴眼泪也没掉下来。这叫什么？他有时会对我说：我这都是打小儿留下来的根性，改不了了。

除了“安提”以外，贝贝无一例外地都把他们当成别的人。尽管这样，只要是看见有人来到他病床前，他都一律笑面相迎。只是两个人，以及和他们一起前来探视的人，他一看见他们，就不由自主地喊起“安提”来，好像很害怕，又像是挺烦他们似的。

“安提”不来，也会有别的像缇娜、海伦、罗塞尔等看护小姐过来。要知道到这时候，贝贝已经在医院足足住了一年零九个月。对于贝贝来说，只是弹指一挥间的事。而对于生贝贝时吃尽了千辛万苦的母亲来说，到这时，还是得不到母亲应有的那种骨肉情分。那是一种什么样的苦楚味道？说一千道一万，对于像贝贝，当时那么一个全然不懂事的婴儿来说，你还能怎样去责怪他？

贝贝长大了以后，大约在9岁那年，贝贝第一次正式上台演话剧，演的是巴金写的名著《家》。贝贝扮演的是剧中高觉新和李瑞珏的儿子高海臣，小名海儿。第一场演出结束后，母亲跑到后台化妆间，不管不顾地把贝贝搂在怀里，兴奋得要命，一面对后台其他成年演员们诉说：这孩子，我到今天才看到，他像一个当儿子的样子。你们不知道，这孩子，一直到6岁的时候，才第一次管我叫妈。

后台那些女演员们，都被他母亲这番话感动得流泪。其实这应该是后话了。

再回到7年前在医院的时候。有一次，据贝贝母亲说，那次贝贝得了一种不知是什么的病。勃蕾蒂小姐考虑应该让他母亲来看一下，万一有个什么事，也好有个商量。毕竟贝贝是她的亲骨肉。这样母亲匆匆来到了医院，据说那时，贝贝发高烧，原因一直搞不清楚。药也吃了，针也打了，就是不管用。据说医院里的所有美国大夫都来会诊。当然后来才知道，贝贝得的是一种喉症，后来医学界管它叫白喉，那可是一种传染病哦。孩子小，喉咙痛，照理会忍不住哭。而偏偏咱们这个贝贝，前面已经说过了，是一个不懂得哭的孩子，于是就造成了大夫们缺乏诊断喉痛原因的根据。只见他烧得浑身发烫，昏昏欲睡，这可给大夫做出正确的诊断造成了不小的麻烦。母亲一看，急得除了哭就不知道还能做什么了。

此时勃蕾蒂小姐，突然心生一计：趁贝贝暂时清醒的当口，就对贝贝说：Look!Who is crying?It’s your mammy.She is your mother.

她怕当时英文还不那么好的母亲听不明白，又说：我在告诉贝贝，你才是他的母亲。

贝贝此时直瞪着眼睛看着母亲，母亲更急切关注的是，看贝贝有什么反应。

贝贝还记得母亲说过，这一回，他才真正用正眼看了她一眼。母亲已经高兴得不行了，还千恩万谢地向勃蕾蒂小姐连哭带笑地说了半天。其实母亲知道，贝贝不会说中国话，也听不懂她的话。

从那时起，母亲更加努力学英文了。尽管她以前在贝满学校学过，也跟着老太太出过洋，但是由于她学得太晚，说出来的英文就没有那么流利（至于什么老太太、出洋的事，这是后话，您看下去也就自然会明白了）。

打那以后，她每次去医院，都要想法子和贝贝多说话。但是贝贝对她依旧很冷淡，只用两只不大不小的、黑乎乎的眼睛盯着她看。有时勃蕾蒂小姐在边上，要贝贝叫妈咪。而贝贝总是眼睛望着她叫：妈咪。回过头看着真正的妈咪，反而只会愣神儿。因此母亲后来说起这事儿的时候，还总会眼泪汪汪的。

不过从那时起，母亲再去看他，贝贝的眼神里，偶尔也会发出闪烁的光彩来。随着贝贝态度的改变，母亲去医院的次数也就越来越勤了。因为勃蕾蒂小姐说：只要你多来看看他，早晚他会叫你妈咪的。不过不管母亲来得有多勤，始终听不到他叫妈咪。继父有时也会跟着母亲一起去，但贝贝看他，就跟看到医院其他男护士那样，望一眼就又望别处去了。勃蕾蒂小姐也没让贝贝叫他“爹地”（英文 Daddy，是爸爸的意思）。这点继父就从来没有在意过。其实贝贝的这位年轻的继父，从来没有计较过这点。虽然贝贝的医药费有很大一部分完全由他支付——医院也提供了较大数额的优待。加上继父家中本来就是非常富裕的，多多少少也从来没有计较过。只要院方账单一到，没有二话照单全付。说实话，贝贝这条命，其一是靠这家美国教会医院的精心照料和医疗、诊治；其二就是靠继父的大度，和他对贝贝母亲的真挚爱情。

说到这里，读者们肯定会提出质疑。好好一个孩子生下来，住几天医院是常事。连一边做牙部手术，怀孕才 7 个月，一边就又做剖腹手术分娩的母亲，不到一个月就出院了。而贝贝这孩子，却在这家美国医院住了足足 3 个年头。究竟是怎么回事儿？这您就得听我慢慢儿地跟您聊了。

当贝贝还在娘肚子里的时候，头上就已经戴上了三顶很不体面的帽子：私生子、杂种、拖油瓶。这好像是他前世该着的，至于其中缘由，则是贝贝一辈子都不愿意向任何人提起的事。

他同母异父的几个弟弟、妹妹们对此也都是一无所知。尽管他们也先后听到过一些传言，那毕竟是找不出任何根据的。久而久之，也就没人再提起了。

贝贝的亲生父亲抛弃了母亲之后，母亲曾先后两次自杀，最后一次自杀后，来抢救贝贝母亲的是他的继父：杨志毅。在抢救中，继父对贝贝母亲由怜生恋，产生了浓厚感情，并且许诺在孩子出生后，也就是后来的贝贝生下后，一定会当孩子的父亲。这种爱情的许诺，自然感动了贝贝的母亲。在有关人（这有关人，对本书起着绝对重要的作用）的许诺下，他们俩就草草地成了婚。

本来这件事应该是挺圆满的，谁知节外生枝，被继父家中的父母知道了。原本这事瞒得天衣无缝，却由于贝贝母亲栖身之处的一些丫头、下人以及老妈子们的七嘴八舌，就传到了继父家里人耳中了。这在当时可是件了不得的事。

要知道继父的家，可是世代富贵的诗礼人家，祖上五代都是清宫太医。尽管那时已是民国，他家的声望依然如旧。在北京城不但开了几家足以与同仁堂相抗衡的药铺，而且还开了好几家大车店。他们家在保定府附近一个县里的土地，多得无法计数。

像这样的人家，怎么可能允许自己的子弟娶一个当丫鬟的、况且还身怀六甲的女人当姨太太？这在当时是大逆不道的。而贝贝继父在此等高压逼迫之下，依旧不肯屈服。愤怒之下，他就在北京租了一间四合院里的屋子,和贝贝母亲公然同居了。

可是，贝贝母亲却受不了这气。特别听说继父家中还有妻室，就又伤心又懊恼，没多久就得了一种怪病，差一点儿母子同时去了。贝贝一直到以后，回忆此事时，还老说不如当时一口气上不来一命呜呼了更好，这以后无穷无尽的苦难也就不会有了。

贝贝母亲得的是一种什么病呢？按说这应当是个小得不能再小的病。每个人到成年以后，早早晚晚，都要生出两颗近头牙来。本来只是一件太平常的事了，开始或许会疼几天，等牙钻出来，就大事无妨了。可是贝贝母亲就有点儿奇怪了，牙钻不出来不说，左边腮帮子肿得不行，而右边的那颗牙，倒顺顺当当地钻出来了。左边肿得越来越大，而且高烧接连数天不退，眼瞅着人就快不行了。加上贝贝母亲还身怀有孕，那个时候不像现在，打上几针青霉素就万事大吉了。那时候哪有这玩意儿啊？

贝贝继父本身就是个祖传的国医大夫，汤药煎了无数服，偏偏就是不见效。这回没辙了，眼瞅着自己心爱的妻子已经瘦得都没人样了。万般无奈之下，就由朋友介绍，去美国教会在北京办的协和医院试试看。素来不相信西医的继父心想死马当作活马医，就把贝贝母亲送去了。

到了协和医院，那些蓝眼睛的金毛大夫们也都愣了。检查以后，有一个会说几句中国话的美国大夫，就问怎么到现在才送过来。继父又不懂洋文，扯了半天也没说明白。医生就说："这种情势必须开刀，不然生命怕保不住了，再说肚子里还怀着孩子。"他又问："你们是要孩子，还是要大人？"

贝贝继父不加思量地说了一句："自然要大人了，那还用说吗？"

当时大夫就说：这事一定要孩子的母亲说了算。

此时贝贝继父又添了一句："孩子才刚怀了 7 个月不到，就算生下来也活不了了。"

旁边有一位美国看护小姐插了一句："你是不是孩子的父亲？怎么这么说话哪？"

其实这时，贝贝母亲的神智还略微有点清醒着，就插了一句说：孩子不是他的，他当然无所谓了。

另一位大夫又问："那你是母亲总没错吧？你说孩子要不要？"

母亲此时也有些昏沉沉的，但是还是说了一句："孩子要是没了，我活着还有什么意思呢？"

说完这话，她就晕了过去。现在贝贝这条小生命的存与活，全凭他继父的一句话了。

接下来就不必说了，孩子不能不要，妻子也不能不救。此时，贝贝继父心乱如麻。这里暂且不提。

医院里，从医院的院长到所有的大夫们也都很着急。于是反复会诊，开起了研究治疗方针的会议。决定先做剖腹产，然后再做牙部手术。那个年代可不比现在，做剖腹产是大手术，有相当大的风险。大夫要继父签字，可继父迟迟不肯签，他当时对贝贝母亲如是说："你可要想清楚，孩子生不生得下来，生下来能不能活，医院也没十分把握。我劝你还是先做牙部手术，保命要紧，要是你有个三长两短，我还能活下去吗？"

可是这个时候，贝贝母亲对医学上的事一无所知，听了丈夫的这一番话后，就问大夫："如果我先做牙部手术，孩子不会有事吧？"

大夫回答说："那就很难说了，你的手术，已经不是什么牙部的事了，还牵涉到很多外科病的事。如果先动口腔手术的话，孩子嘛，90% 是保不住了。"

母亲一听这话，就急得一边哭一边说："那就让我跟孩子一起去了吧。"

贝贝继父见此情状——他那时也毕竟还年轻，同样也经不住这样生死攸关的事——没说话，就一下子跪倒在地，冲着那些美国大夫们，一个劲儿地磕头作揖。

这些美国人也没见过这阵势，都慌了神。幸好其中有一位年龄稍大的大夫说："既然这样，那就管不了那么多了。既然孩子母亲态度这么坚决，那就按照我们原来的方针，先剖腹，尽量保住孩子，然后再做口腔手术，抢救大人。"

这时，已经有人把跪倒在地上的继父拖到另外一间办公室，一面说服，一面告诉他事态的严重性。一句话，就是要他在手术书上签字。这样，他才在万般无奈的情况下，不得不签下了自己的名字：杨志毅。不是自己的孩子生产与否，却决定了自己深爱的女人的生命，那么这孩子，怎么又不是他的孩子？孩子的亲生父亲是谁？他人如今又在何处呢？这事贝贝后来一提起，就止不住要骂他的亲生父亲简直不能算是个人。

话说到这儿，得先卖个关子。具体手术是怎么进行的，结果如何？其实也并不重要。反正那个贝贝，今天也已到垂暮之年了。现在咱们该回过头来看看，贝贝的亲爹是怎么一档子事儿。

要谈他的亲爹，就必须先谈谈贝贝母亲的事儿了。

要说起贝贝母亲的早年，可真是个典型的苦命人。贝贝母亲的原籍是广东的一个不大不小的县城。她的父亲原来也是混迹于官场上的，照例说应该是个解元公，最大时，当过一任县太爷，出身应该是颇为不错的。但是她的这位父亲，按理贝贝该管他叫姥爷的，当了官，有了钱，也就忘了自己原来的贫寒出身了，交了一些狐朋狗友，成天不是赌钱，就是嫖娼，甚至不成器的他，居然还染上了鸦片瘾。没多久，就因为他贪赃枉法，官职被撸了下来。加上欠了一屁股、两肋骨（旧日北京方言）的债，万般无奈之下，带了妻女，逃之夭夭。最后来到了北京城，投奔了他早年的拜把子兄弟。

这位兄弟也是个为官之人，见他落得如此模样，于是动了恻隐之心，就把他们一家三口留了下来，另外在一个普通衙门里给他谋了个抄抄写写的差事儿。这回该安生了吧？可是这个不成器的老爷子，又交了一伙不务正业的狐朋狗友，旧习不改。最后他不仅气死了贝贝的姥姥，还居然干起了卖掉自己亲闺女的勾当。

贝贝每次一提到母亲的时候，始终处在一种复杂的心情中。

有一次，他在喝多了酒的时候，说："我一生最恨的人，应该就是母亲了。当初她干吗硬要把我生下来？那时死了就死了，这以后的种种苦难就与我无缘了。"

气话毕竟是气话，怎么就能当了真呢？其实他心里很清楚，母亲一辈子吃的苦，还能算少吗？还没完全懂事，就死了亲娘，又摊上那么一个既贪婪又无耻的亲爹。为了自己个人的嗜欲——吸毒、嫖娼、酗酒加赌博，败了家不说，还活活地坑死了和他生活了十多年的妻子——闺女的亲娘。最后倒好，连亲生闺女都拿来卖，卖给了一家唱河北梆子的戏班子。

每次贝贝提到这事，就忍不住一阵狠骂。说实在的，母亲也是真不容易，挨打受骂地在戏班里足足挨了四年。要不是班主的弟弟不动好脑筋，说不定，她还真能熬出个眉目来。贝贝一直说，早年间，母亲唱的河北梆子，真有点儿小香水（20世纪20年代闻名河北的名坤旦）的韵味。因为母亲始终保存着当年小香水灌的一张唱片：《大登殿》。贝贝也曾听过，到现在他依旧能哼上那么几句。

而当年，他母亲在被迫无奈的处境下，从张家口出演的场子里逃出来，吃尽了千辛万苦，好不容易回来找到了她那亲爹。谁知一找到这个老头，他却不由分说嚷嚷着要把她送回戏班子去。说是早先送去的时候，是签了生死合约的，回头班主找上门来，麻烦就大了。

这时的贝贝母亲，也是死了心不回去了，14岁的半大闺女就寻死觅活的，死乞白赖地不肯走。贝贝姥爷一看这情形，琢磨着，这可怎么办啊？最后又是他的一帮狐群狗党帮着出了个主意，说是要把她卖到一个什么当大官的府上当使唤丫头。就这样，生生地折腾了一个多月，母亲还是让她的亲爹给卖了。

这以后的遭遇，究竟是福，还是灾？那就只有听天由命了。

贝贝母亲刚出火坑，眼看又该身陷魔窟了吧？姥爷再次卖女，可以说他是天良丧尽，人性泯灭了。此时贝贝母亲还被蒙在鼓里呢。接连看着好几天，他一点动静也没有，她心想：毕竟是亲生父亲，总算把自己留在家里了。她好不容易从心灵的阴影里走了出来。

那天下午，只见自己的老爹回来了，她还兴冲冲地给爹沏了一壶热茶。只见老爹笑嘻嘻地对她说："我给你找到了一户好人家。你可以去他家学学刺绣什么的，将来也可以自己给自己做个嫁妆啊。"

贝贝母亲一听这话，立刻就犯了疑惑：是不是这回老爹又要打什么坏主意了？她本能地一下子跪倒在地上，眼泪汪汪地问："这回您又要把我卖到哪儿去啊？"

贝贝的姥爷什么人呀？玲珑剔透啊！一听这话，他赶忙把女儿扶了起来，说："我的好闺女耶，我是谁呀？我是你亲爹呀。上回送你去戏班子，也是为了你好啊！他们那样对你，你爹我也不知道哇，我也是让他们给骗了。现在好不容易你回来了，你爹我还会怎么样啊？只怪你娘没良心，丢了咱们爷儿俩，自己去阴间图快活去了。这回怎么着，我也得要为我的亲闺女找个舒服地方，让你也能过上几天好日子，省得在你爹这儿受罪。谁让你娘没有帮夫运，我和她八字又不合，害得你爹好好儿的差事，生生地给丢了呢？得，过会儿我就送你去。你放一百二十个心，这户人家就在北京城，阔着呢，到那儿保准儿你不会受苦。"

姥爷说了半天，只见女儿半晌没吭声，就叫女儿换件像样的衣裳。只见女儿正张罗着要捡东西，他又说了："闺女呀，这家甭提有多阔了。你那些衣裳带不带的，也不嫌寒碜。梳梳头跟你爹走吧。”贝贝母亲无奈地跟着她这个爹，空着个手就跨出了门槛儿。

这一步跨出去，就再也回不来喽。从此贝贝母亲就真的走进了一道又高又宽的大门槛了，以后她就再也没有见过自己的亲爹了。隔了不到两年的工夫，老头就莫名其妙地失踪了。是死是活？反正谁也不知道，连张相片都没留下来。贝贝母亲后来听说，她这个不是人的爹，把她卖到了谈府，足足得了百十来块现大洋呢。

这可真是个大得可以的大门楼，贝贝母亲一进了这家公馆的大门楼，她的命运就起了个翻天覆地的大变化。

事情说到这里，贝贝母亲还没露过真名姓。她的父亲姓张，她自幼取名韵贞。张韵贞在亲爹带领下，一脚踏进了谈家府邸的门槛，回头再看自己的亲爹，不知什么时候，已经溜之大吉了。

韵贞那时年纪也还小，也没那么懂事，见了谈府的气派之大，也就顾不得这么多了。

这时，院子里来了两个衣着洁净的中年妇女，落落大方地对她说：“想必你就是姓张的闺女吧？”韵贞一面偷眼望了她们两眼，点点头说“是”。韵贞从小在她知书达理的母亲的带领教养下，后来又在戏班里学过戏，也还懂点规矩什么的。

再说，到了这样一个既陌生又豪华的府邸，也不敢多说什么。就听两位大妈说：“老太太还在大厅，等着要看看你呢。”悄没声儿地，她就跟着她们走进了三进大院儿。院当间儿摆放着很多各色盆装的彩色斑斓的鲜花，从小就爱花的她，一边看着花一边走，一不小心，差点儿绊了一脚。幸亏两位大妈搀了她一把，才算没有当场出丑。

不一会儿，她们就进了一座富丽而又素雅的厅堂。只见堂前一排衣装各异又不失秀美的姑娘，分作两边站立在一位慈眉善颜、衣着端庄、50来岁而又雍容华贵、显得不那么老的老太太跟前儿伺候着。只见老太太瞅着韵贞，有那么一会儿，然后就问："你几岁了？"

韵贞轻声腼腆地回了一句："14。"

老太太接着又问："叫什么名字啊？"

韵贞又小声地答了自己的名字。

老太太问："哪两个字呀？"

韵贞答："五音六律音韵的那个韵，贞烈的贞。"

老太太又说："看样子，还念过几天书吧？"

韵贞答："是。念过。"

老太太问："念的都是些什么书哇？"

韵贞答说："《孝女经》，还有《诗经》什么的。"

老太太却诧异地又问了一句："你是什么人家出身的？还念了那样的书？你爹是做什么的？"

韵贞答："原先当过县官。"

老太太一听，就小小地吃了一惊，接着又问："上回来我家的，那个抽大烟的，是你亲爹吗？"

韵贞轻声答了一句："大概是的。"

老太太又问："那他人呢？"

韵贞此时忍不住地哽咽着说："没进门他就不见了。"

说完了，她就忍不住哭出声来。

说起这位老太太，可是大有来头。她的父亲，原本是清朝末年的顶级官员。是与慈禧太后对着干的维新派，当初和梁启超等人受到西太后的迫害。在牢狱中关了几年，又被他原先留洋时的同学救了出来。当年又参加了孙文先生的同盟会，摇身一变成了革命党。后来他的女婿，也就是老太太的丈夫谈老爷——当年，也就是黎元洪执政期间——屡当高官，并且还做了一任国务代总理，自然风光十足。谈老太太比丈夫还大了3岁，夫妇二人都曾出过国，留过洋，见过大世面。

不过这位老太太是一个十足的“红迷”，受了曹雪芹写的《红楼梦》的诸多影响，家里上上下下的生活做派，都有意无意地仿照了荣国府，特别是大观园的样式。府上的丫鬟、老妈子都打扮得与众不同：绫罗绸缎穿着，胭脂花粉抹着。谈老太太一见这韵贞，也就是贝贝的母亲，特别有好感，当即就吩咐老妈子中的领头的，把她带到后房，找几件鲜亮点的衣裳，再给她洗个澡，把衣裳换上。

此时的韵贞也直暗自高兴，差点儿连自己是怎么一档子事儿都忘了。等韵贞打扮停当，再次被老妈子领到厅堂上。

老太太一见连声称赞，当场惹得那些众丫鬟们心生嫉妒。

女人嘛，嫉妒心天生有之。这就给刚刚进府的韵贞树下了不少劲敌。这是以后的事。反正韵贞是一个刚进门的小丫头，以后的日子，肯定不会太好过了。是这样子的吗？还得以后看哦。

这也跟唱戏一样，必有前因后果。当韵贞意识到又一次被自己的亲爹卖掉了，而且这次自己由县太爷的千金，变成了一辈子供人使唤的丫头，又会有怎样的心情去应付呢？前景又会怎样呢？这些都不知晓，那时她还只是一个14岁的姑娘，到了这个时候，说什么也晚了。她的命运，已经攥在别人手里了。难怪贝贝每当想到这里，就会说：“我这一辈子的苦难生活，这一场具备真实意义的悲剧，就从这个时候起，已经注定好了的。命是要人去认的，你想不认也是不行的。”

韵贞进了谈府的当天晚上，就被安插到一个叫紫瑛的丫头房里。紫瑛本来一个人住得好好儿的，突然就进来个比自己小好几岁又比自己长得好看的小丫头，心里自然就很不高兴。可是公馆里规定丫鬟起码都是俩人一间，原来的翠香又刚嫁人搬走了，这才两天，又来了一个。紫瑛不禁暗自寻思：我怎么这么倒霉呀？

送韵贞来的那位郁妈妈，也看出一点眉目来，就又添了一句：“紫瑛姑娘，说来也真巧，才走了个翠香。这屋还没闲了两天，就又来了人，也真难为紫瑛姑娘了。其实老太太是觉得你人稳重，特意把韵贞送你这儿，让你好好调教她的。”

紫瑛就说了一句：“郁妈妈，您说这话，我可不敢当。这——叫什么来着？是叫韵什么贞的吧？她可是个识文断字儿的人，又有个当过县大老爷的爹，咱可惹不起。”

话说到这儿，老妈子不高兴了，就说：“那好吧，你既然不乐意，我就把她送回老太太那儿，看老太太再安排个什么地界儿？”

紫瑛什么人呢？一听这话就明白了。这位郁妈妈可真的生气了。万一真送回老太太那儿，自己这才叫吃不了兜着走。可话赶话赶到这儿了，她就立刻就换了个口气，说：“哟！郁妈妈敢情生气了，我这不就那么一说吗？我长几个脑袋？得罪谁不行，也不敢得罪郁妈妈您哪！好了，好了。韵贞妹妹快把东西放下，让郁妈妈早点儿回屋歇着吧。”

韵贞好歹在戏班子里混了几年，尽管开始也有点不痛快，可这眉高眼低还看不出来吗？在人屋檐下，怎敢不低头哇？也就忍了下来。

郁妈妈一看事情妥了，就顺着杆儿下来了，说："那好，就得罪紫瑛姑娘了。老太太那儿兴是还有事儿，我就告退了。"又回头对韵贞说："闺女，折腾了大半天了，你也该歇着了，你也累了，早点儿歇着吧。紫瑛姑娘，那就辛苦你了，多照应着点儿。谁叫这苦命的孩子，摊上那么个丧尽天良的爹呢？"

话说到这儿，紫瑛姑娘才明白过来，原来不但老太太看中韵贞了，连郁妈妈也都疼着这孩子呢，心想这孩子还真得罪不得，赶紧脸上堆足了一副笑模样说："快来，上炕来暖和暖和，别冻着喽。"

韵贞一看紫瑛一下子改了态度，自己也就识相了起来，说："我走了一天脚上该有味儿了吧？怕您嫌弃。请问姐姐有地儿洗洗脚吗？"

紫瑛也连忙说："有，有！我替你张罗去。"

韵贞赶紧说："姐姐，哪能劳累您呢？那可折死我了。"

韵贞和紫瑛两个姑娘，做梦也想不到，她们姐儿俩第一次见面，就弄得别别扭扭的。谁能想到她们在以后的几年间，竟然成了生死亲姐妹。而贝贝长大以后，和紫瑛的二儿子又成了好朋友。这是后话，暂且不提。韵贞在紫瑛的安排下洗漱完毕，各自睡下，一夜无话。

第二天一大早儿，二人起身后，紫瑛就发现韵贞脸色不好，就问："怎么了？妹子，昨儿晚上没睡好吧？又想起你爹那档子事儿啦？到了这个节骨眼儿，急也没用。你爹拿了谈家白花花的现大洋，除了听人家使唤，还能怎么样啊？像我似的熬着吧，我都熬了快三年了，什么时候是个头哦？"

韵贞这时才刚满 14，这么大的孩子哪儿经得住这事啊。说话的工夫，眼眶子一酸，就又掉起了眼泪。

紫瑛一见就赶紧说："妹子，快别哭。待会儿让老太太看见了，又该怪我们谁欺负你了。"

韵贞这孩子到底胆儿小，一听紫瑛这话，就赶紧擦了下眼睛，跟着紫瑛到了上房。学着紫瑛那样，给正在洗漱的老太太蹲身行了个礼。

老太太一见韵贞就说："怎么着，昨儿夜里没睡会子觉？今儿个大早，脸色儿怎么那么难看啊？紫瑛，你没欺负人家刚来的吧？"

紫瑛慌了，连忙说："瞧您老太太说的，我们哪儿敢啊。"

老太太又问韵贞："有没有这档子事儿啊？她要是敢欺负你，告诉我，看我怎么收拾她。"

韵贞赶忙说："老太太，没有，真的没有。"

老太太又再问了一句："真的没有？"

韵贞又说："没有。紫瑛姐姐对我好着呢。"

紫瑛又插嘴说："老太太，我这韵贞妹妹，又想起他爹了，才一夜没睡好。"

老太太又说："就这么个大烟鬼，想不想的，就那么一回子事儿。韵贞，你年纪还小，不懂这世间有多少肮脏事儿，日子久了，自然就会明白的。"

正说这个事儿的工夫，就见郁妈妈慌慌张张进来，禀报说："老太太，刚才有人来报信儿说是……那丫头出事儿了。"回头一见屋里人多，就又顿了一下儿。

老太太就又说："你就说吧！怎么回子事儿？"

原来郁妈妈来报的事，其余底下人都已经知道了。就是原来给老太太梳头的翠香丫头，被老爷送去给一个顶头上司的病重少爷冲喜时，也不知道是什么缘故，竟悬梁自尽了。病重少爷一听说，便也吓死了。这可真是祸不单行。谈老爷的那位上司的四姨太，也就是死去的那位少爷的生母，听到噩耗，当场就晕了过去。那位上司的府上，已然乱得不可开交了。派人到谈府上，要请谈老爷立即就去。

一大早这消息就在谈府上上下下传开了，只剩下老太太一个人不知道了。这会儿老太太一听，就说："马上传话过老爷那里，说我马上就到。"

老太太一边带了几个贴身丫头，连忙就去了老爷书房，见了老爷，就马上叫丫头们退下。这位谈老爷，处理公事倒着实有两下子，但碰到这样的事，却也慌了神儿。老太太毕竟年岁比老爷大了那么几岁，料理家事，确实颇有经验。

至于他们二位在屋里谈的是些什么，无人知晓。

过了有那么点儿时候，老太太就亲自吩咐家里底下人，派几个精明强干的人，随她一同前往那位上司公馆。

为什么非得老太太亲自去呢？这难怪一般人不知道了，其实是因为那位上司的恩师，是老太太的父亲。她去了，料想什么事都可以迎刃而解了。跟随着她去的也都是些男爷们儿（旧日北京方言）。

郁妈妈说："您瞧带哪个丫头去呀？"

老太太想了一会儿，说："就让昨儿个来的韵贞跟我去吧。"

其他丫鬟们都吃了一惊，今儿个老太太怎么了？这么要紧的时候，怎么能让一个刚来的黄毛丫头跟着去呢？

其实老太太肚里早已有了小九九。郁妈妈怎么会知道啊？她就又问了一句："要么叫锦花也一块儿去？"老太太却斩钉截铁地说了两个字儿："不用！"说着，又叫了几个丫鬟跟她进里屋，伺候她老人家更衣。

这时候还有一个人，心里正在打着鼓呢。是谁呀？当然是刚来一天的韵贞啊！正在她不安的当口儿，老太太又吩咐下来，让妈妈们给韵贞找几件既合身又得体的漂亮衣衫换上。韵贞此时心里七上八下的不知该怎么好了。

这边儿，谈府上下人等也都在不停地忙活着送老太太去刘府。这刘府就是谈老爷的顶头上司——刘彦疆家。

甭看刘彦疆这人瘦不溜秋的，人家早先还是一位不大不小的将军哪。这话儿怎么说呢？原来他的祖上，就是世代吃军饭的。再加上他的恩师，也就是谈老太太的父亲，也是一位武将。那可正是北洋军阀吃香的时候，武将？好家伙，了不得呀！

为了给儿子冲喜，把自己在谈府看上了的丫头乘机就接了过来。老头心里明白着呢，反正自己那儿子眼看活不久了。

谁知道这姑娘性子犟，一不留意，就出了那么一档子事儿来。该怪谁呀？刘将军乘机想把责任推到谈老爷那儿。因为他认定，怎么着谈老爷也得买他的账呗。可他万万没想到，谈府这位老太太可不是省油的灯，还高了他半头呢。谁让老太太他爹，是自己的恩师哪？

这时候谈老太太还没到，这刘老头还打着自己个儿的如意算盘呢。他吩咐下人，门口多站几个岗，又说："回头谈老爷到府门前，千万要先挡驾，让我自己出去迎他，我自有话讲。"

这刘府里雇了一些人来号丧，哭声加上乐器声，这不是丧乐吗？里里外外，这个热闹劲儿就别提了。府门前看热闹的，小贩们的吆喝声，加上府门口站岗的那批丘八的咋呼声，比过年还热闹三分。府里的四姨太也不是好惹的，这会儿，正在儿子的灵台前，边哭边骂。刘老头自己坐在堂前不吭声，等着谈老爷登门请罪呢。

正在此时，就听门房里进来个报信儿的，说谈府车到了。

刘老头正懒洋洋地站起身来，打算到门口去挡驾。

突然他的勤务兵进来了，说：“报告将军，谈府来的是位老太太。”

刘将军一听就挠了头了，心想：这事不好办了，怎么这老娘儿们来了？他对老太太可是了解得太详细了，这次看来凶多吉少。正待迎将前去，就听着老太太已然进来了，后面跟着一大帮子人。讲到这里好有一比：门神不到，丧星到。

谈家老太太是谁呀？人家出过洋，见过宣统皇帝、隆裕太后老佛爷的主儿。刘将军不就是个将军吗？可她父亲还能算上个大帅呢。刘老爷一出屋，就见老太太带着随从一班人，已然进了前院儿了。

老太太一见刘老头，这气就不打一处来，可是表面儿上，还得做出一副悲痛的样子，便说：“刘老爷子，这是怎么话儿说的？好好儿的两个孩子，就这么去了？”

刘老头一听就觉着很不对劲，说：“我的老姐姐哎，明明我一个孩子，怎么就让您说成俩了呢？”

老太太接茬儿说：“那我们家翠姑娘就不是孩子啦？怎么说她也该是您家少爷的姨奶奶呀！”

刘老头哼了一声，说：“她不就是个丫头吗？”

老太太有点儿急了，又添了一句，说：“您嫌她是丫头。那您当初干吗还死乞白赖地点着名儿地非要她不可哪？当初要不是我们家老爷劝说，我还真不答应呢。多么俊俏又机灵的姑娘啊？”

她一边说着，一边还掏出手绢儿直抹眼泪。

刘老头一看这情景，心里直不舒服，可还说不出话来。就在这时，他突然眼珠子一瞟，就又发现了老太太身边还陪着个十分秀丽的小丫头。老太太一面擦着眼泪，一面也注意到了：刘老头又在色迷迷地偷瞅着韵贞。老太太也不好意思太明显了，就说了一句："这孩子还小，还不到14呢。刘老将军想替她找个婆家呀？"

她特别把那个"老"字念得很重，接着又说："您还是领我到灵堂去看看吧，我还想为我们家那可怜的翠姑娘上一炷香呢。她还这么小，不能就这么不明不白地去了。"

刘老头就赶快接茬儿说："她不就是个丫头，设什么灵牌呀？早派人抬到山上埋了。"

老太太一听这话，马上就把走在前面的下人叫住了，回过头就对刘老头嚷了起来："怎么着？兴是我们家的人都那么贱。俗话儿怎么说来着？打狗还要看主人的脸面。您这不是欺负我们家老爷吗？得，管事儿的，咱们回！"

这句话说得斩钉截铁。老太太这回真生气了，扭头就走。只剩下愣在那里目瞪口呆的刘老头，脸色儿可是惨白惨白的。

谈老太太怀着既伤心又得意的复杂心情回到了府里，伤心的当然是翠姑娘的无辜逝去，而得意的是，凭着自己的智慧，居然把刘老头那只老狐狸斗得全无招架之力。老太太自然先去向老爷报喜去喽。

而这会儿，令人纳闷儿的事乃是刚来一天的韵贞，却成了下人里面的头号红人了。这是怎么话儿说的呢？

因为今天老太太出门儿，全无以往状况。以往她只要是出门儿，必定带着不少丫鬟，而且令全北京都惊讶的是：她老人家带出去的丫头们，个打个都服饰端庄地坐着二人抬的小轿。

那个威风就甭提了。而今天，她却只带了韵贞一个丫头，而且是同乘一辆法国造的小汽车，这就不是一般的事儿了。这到底为什么，只有老太太她老人家才知道。

此时谈府上下人等，无人不知。

所以韵贞一回来跟着老太太笔直就进了老爷书房。这事儿要是拿到今天来说，怎么也算是个稀罕事儿啊！所以到了晚半晌，老太太进过了晚餐后就对韵贞说："孩子，今儿一大半天，把你也累得够呛吧，快回房歇着去。"紧接着又对着紫瑛说："得，你陪着她，回你们房去吧。她才刚来一天，什么都还不知道，你就照应着点儿。我再叮嘱你一句，别仗着你平时伶牙俐齿的，你要是敢像欺负别人似的欺负这孩子，那我对你可就没那么客气了。怎么说，她还只是个不懂事儿的孩子嘛！"

她老人家又对韵贞说："他们谁要是敢欺负你，告诉老太太我，我非收拾他们不可。"

韵贞到了这会儿，也不知道说什么好了。她心里就想着这老太太真慈祥，活像梆子戏里的王母娘娘，又像自己的亲娘。她半晌不平静的心思，一下子就平静了下来。但是昨晚一夜没能睡着，让她觉得真有点儿想睡了，就赶紧地往屋里小跑。谁又曾料想到，这素常安静的下人房院儿里，围了一大群男女下人。一听到紫瑛和韵贞的脚步声，就一窝蜂地围了上来，问长问短，连紫瑛都快应付不了啦。

问什么呢？还不就是韵贞跟随老太太去刘府的那点子事儿吗？他们最关心的，还是翠丫头和刘府是怎么应付过去的？韵贞一个小姑娘，能知道怎么回复吗？这时候，连紫瑛也应对不了了，急着说："她一个刚进府才一天的孩子，能知道什么呀？"

话刚说到这儿，就听见一副清脆的嗓子，说道：“各位叔叔大爷，姥姥婶婶，大哥大姐。你们先别忙，让我清清嗓子，再跟各位说。行吗？”

这会儿一大群子人反而变得鸦雀无声了。这是为什么呀？因为他们万万没承想，这跟个孩子似的小姑娘，竟然有一副这么好听的嗓音，又有那么伶俐的口才。其实他们不知道，别看孩子小，学了几年的梆子戏可不是白学的。

韵贞自己也没想到，一会儿工夫，自己怎么就成了香饽饽了？

在大伙儿的一再催促下，她就从容不迫地说了下面一番话：“其实也没什么，老太太去的时候，还是好好儿的。刘老爷先没出来迎接，老太太也没理会。等我们进了大门都到了院儿里，刘老爷才走出来。老太太没说什么别的，好像就说了一句，似乎是说，这俩孩子怎么一下子就死了什么的。刘老爷不高兴了，就说什么，我就一个孩子走了，怎么说俩了呢？老太太又提起一位翠姑娘的事。刘老爷就说什么一个丫头有什么可说的，早送到山上埋了。老太太一听这话就不乐意了，所以就这么回来了呗。这不？老太太一路上就再也没说一句话了。”

韵贞这番话一说完，就有那好事的还追着问：“后来呢？”这时候，韵贞抿着嘴笑了一下，说：“没了，这不回来啦？”

大伙儿一听反倒乐了。

从这会儿子起，从今往后，再也没人敢小瞧这个小丫头了。还都说，别瞧这孩子小，论起口才，咱们府上的下人里，还真挑不出几个来。

这时不说别人，单说紫瑛回屋就夸她：“看不出妹子你伶牙俐齿的，还真叫人心疼。这从今往后，姐姐我，还真得从你这儿学学。”

就从这回起，韵贞就真的成了丫鬟里出色的人了。后来人们慢慢儿地才知道，原来这孩子，让她那狠心的爹卖了两回。又知道她还唱了一口好梆子腔，嗓子甭提多脆了。除了觉得可惜，还都认为这孩子将来肯定会有出息的。

果不其然，韵贞刚进府还不到两年，就让谈老爷给看上了，亲自向老太太提出，打算把她收房。那年头一个丫头能让老爷纳为小妾，可真是烧高香的事。

说到这儿，就得提提咱们这位谈老爷了。当年他也就50上下，一点儿也不显老。老太太跟他比起来，反倒看着年纪更大些。到那时候，老爷子已经纳了一房妾了，原来也是老太太身边的丫鬟，姓晋，名字叫瑞芳，长得一般。素来心胸宽放的老太太，也不知道怎么的一口就答应了。其实说起来也没什么，谁让老太太和老爷成亲十多年，连个孩子都没有。娶个姨奶奶，也就是个寻常事。

那么这回轮到韵贞了，她是不是也把这事看成烧高香，求之不得呢？

任何人都会认为，这可是一桩大好的事儿，韵贞肯定是高兴还来不及呢。

丫鬟们一个个直瞪着眼，心里想：怎么什么好事都会落到她身上？

谁知，当老太太把这个喜信儿告诉她——老太太就这么跟她说：“韵贞，你总算熬出头了！连咱们家老爷都看上你了。而今往后，我得管你叫妹子了。”

其实这消息，一天前就已经传到她耳朵里了，她只是不吱声儿罢了。老太太话一说完，她就不吭声地跪倒在老太太膝下，说："老太太您快别折煞我了。我一个还没成年的丫头，活是您老人家的人，死了也是您老人家的鬼。您千万别这么说，往后让我还怎么做人呢？"

老太太一时也就纳了闷儿了，问："怎么，你不愿意？"

韵贞又接着说："老太太，当奴才的可不敢这么说。只是……"说着说着就哭了起来。

老太太此时也琢磨不过来了，又说："你这孩子，平时我说什么你都百依百顺的。今儿个这是怎么话儿说的？先站起来，有话好好儿说。"

韵贞说："老太太您不答应我，我怎么敢起来呢？"

老太太就说："瞧这孩子说的，你到底要我答应你什么呀？"

韵贞说："就这一件。除了在您屋里伺候您，韵贞哪儿都不去。如果您不依我，那我就只有一死，报答老太太您的大恩大德。您想啊，我那狠心的亲爹，卖了我一次还不够，连着又卖了个二回。要不是老太太您善心收留了我，哪儿还有我今天这条命啊？其实当初我就想好了，要跟我那苦命的娘，去阴曹地府了。"

话说到这儿，不光老太太一个人，就这一屋子的丫鬟们，谁还不明白呀？这不明摆着不乐意吗？有的明事理的丫头清楚，韵贞这孩子，别看她平时不显山不显水的，对谁都是一副和顺样儿，到了节骨眼儿上，还真不含糊。

可也有那不懂事的，总觉得这孩子犯贱，万一得罪了老爷子，可怎么得了哇？众人都知道，不管怎么说，老太太还是会向着老爷子的，谁敢得罪他呀？

老太太这时候其实比谁都清楚，这不明摆着的吗？还不是嫌谈老爷太老啦？

这一点，已经很明显了。韵贞自小学戏也爱唱戏，才子佳人那一套，已经深深儿地印在她脑海里了。如今让她去嫁一个半大老头，她要是答应，那她就不是韵贞了。韵贞这个“贞”字，就意味着“贞烈”二字啊。

从这以后，府上的人就更佩服她了。那么老爷那儿，会怎么样呢？老太太又该怎么去跟他商量呢？万一老爷恼羞成怒，又该怎么着呢？有谁能说得清楚呀？

这天全府上下，都在担心的担心，幸灾乐祸的幸灾乐祸，都在猜测，谈老爷会如何对待这个事儿？

只见老太太一个人进了老爷书房。丫鬟们都在门口候着，连老爷身边伺候着的老管家和小书童，也都出来了。过了半晌，只见老太太和平时一样，稳稳当当地出了门儿，一声不吭地带了丫头们回上房了。用现在人说话的口气，好像什么事都没发生似的。至于老爷究竟怎么说的，以后又怎么做的，就无人得知了。

反正是不像别人想的那样。

风平浪静地又过了两年。

韵贞现在可就大大不同了，人家老太太居然把她送进当时美国人在北京办的教会学校——贝满女中念书去了。其实这个时候，老太太已经把韵贞当成亲闺女差不离儿了。这使得下人们再也不会把她当作一般侍女那样了，就差没管她叫小姐了。

这现如今谁见了她，不得称她为韵姑娘呀？她也早已被老太太单独安置住房了，外带一个小丫头伺候着。

这个小丫头名叫小桂，若干年后，她也是韵贞的生死之交。究竟是什么渊源，容后再提。

回过头再说，咱们这位老太太身边十几个丫鬟，谁都不能近老太太的身，只有韵贞例外。这葫芦里装的是什么药，也只有她们俩自己知道。

韵贞除了上学以外，大多时间都在老太太身边。老太太还经常查她学校的功课。有时候她们还尽讲着叽里咕噜的谁也听不懂的洋文。下人们只知道她们讲的这叫英国话。

至于韵贞怎么也会说洋话，还不是在学校里学的。虽然说得不怎么样，但是总比那些一点也不懂的人们强多了。

一直又过了半年才听说，老爷、老太太要出洋跟洋人去谈什么事了。至于韵贞，不用说，老太太是要带着一块儿去了。再说了，老爷、老太太这随身要带的，除了韵贞还能有谁呢？

老太太还叫了洋裁缝，替韵贞做了好几套洋衣裳呢。正在全府上下喜气洋洋的当口，老太太突然旧病复发。眼看起程的日子就在眼前，老太太的状况突变，势必会影响此行。不去吧？听说还是上边指派的。要去吧？老爷一个人，身边总得有个照应的人吧？那么韵贞去与不去，则成了焦点问题了。

尽管上面也派了一应人等，但总不如自己身边的人吧。如果韵贞不去，那么又有谁能去呀？

在这个节骨眼儿上，韵贞说了，老太太病了，我能去吗？我去了，老太太谁照应啊？

正在两难之间，老太太发话儿了："还是韵贞跟去，我这儿怎么说也好办。"

可就在此时，韵贞也说了："老太太您想啊，我去合适吗？我看我还是不去得好，免得今后别人嚼舌头根子，大家都不好吧，您说呢？"

老太太一琢磨，就说："这话也对。"就叫丫头们去把老爷请这屋来，她自有话说。

老太太的病实在不是什么偶然的，这可是她在年幼时就已经出现了，属于妇科病，既不是三两天就能好的，也不会纠缠不休的。因此老太太的不能生养跟这病有好大关系。一旦发作起来，肚子剧痛不说，饭不想茶不思，还老是成夜成夜地睡不着。老爷心里也是有数的，可他从没计较过。他常常喜欢说这话："这凡俗世间，一切都是天定的。"因此不管遇着什么大小事情，他总爱用这句话来辟解。

这回事就算是够难人的了。他也依旧不慌不忙地照样该做什么还做什么。他做的第一件事就是，请大夫。请谁呢？

自然是杨老大夫了。要说起他来，那来头就大了去了。他们家祖居浙江绍兴府，祖上历代都是当大夫的，在当地是享有盛名的。乾隆年间就入京，进了清宫太医院。接连三代都是御医，最差的也是太医。

这御医和太医，到底有什么不同呢？要说这个不同，那可就大不同了。

御医是指那些专门给皇上、太后和娘娘、妃子们瞧病的。而太医就只是给宫中其他人看病的。

这位杨老大夫进得府来，随身还带着个十七八岁的男孩子。当场就被请到老爷书房去了。好茶好烟地待着，老爷还得好言语，向大夫介绍老太太的病情。

那位杨老大夫就说了："您家老太太的病我也知道，那就先让我进去瞅瞅？"

老太爷就叫身边的小仆陪着杨大夫，到老太太屋里去了。

话还得分两头说，老太太早就听说这老大夫来了，心里还正烦着呢，对丫鬟们数落着，说："这老爷怎么又去叫这个糟老头儿来了？我一瞧见他，气不知道打哪儿就来了，没病也成真有病了。”

等到那老头颤巍巍地进了上房门的时候，老太太也只得无奈地笑了笑，说：“怎么又劳您老人家的驾了？（那老头也看不出别人的眼高眼低了）我这病看不看的，就是这么回子事儿了。”

杨老大夫还不识相地唠叨个没完，说：“您娘家府上老爷子、老夫人的病啊什么的，也都是我去看的。”啰里啰唆的又是一大套。

这时候老太太早就不耐烦了，就跟边上的韵贞说：“孩子，你还不去给老爷子端茶呀？”

老年间，都有这么个老规矩，端茶那就是轰客人走的意思。

这话老头还是听得出来。他身边那个半大不小的孩子也说话了：“爷爷，咱回上房开方子去吧。”

老太太这会儿才注意到老头边儿上还有个人呢，就随意地问了一句：“这孩子是？”

老头回了一句话：“噢，这是我孙子。”

正说着话，就见韵贞端着一碗儿茶进来，不小心就撞了那小伙儿一下，差点没把茶洒喽。二人一照面儿，都忍不住要笑出来。这一撞不要紧，可就又留下了后话。我不说您也该明白，这孩子就是以后贝贝的继父。

瞧过大夫以后，老太太心里总觉着不安泰。过了一会儿，当差的把老大夫开的方子送过来让老太太看，老太太就说了：“我又看不懂，搁那儿，反正他的药我就是不想喝，喝了也没用，还苦得要命。”

那当差的是老太太娘家带来的，也快奔60的人了，说话总那么让人受听。他喊了一声：“小姐，（一般从娘家带来的下人，总乐意按原来府上的称呼叫）您别看这小药方，还是那杨大夫的孙子给改了几味药。那孩子还说：‘一般老太太，都不爱喝太苦的。要不我给她加两味甘淡之药，也去去火。’兴许对老太太这病有点儿好处？那老大夫居然就答应了，看那孩子挺机灵的样子。小姐您不如试试？”

老太太一听这话，就吩咐韵贞赶紧地给专门煎药的老妈子送过去。别看这一来二去的，服了两帖药，老太太的病还就真见好了。

过了些日子，老太太又对韵贞说：“别看杨大夫那孙子还真是个有心人，回头去账房，让他们多给那孩子赏钱。”

紫瑛在边儿上就又多嘴了，说：“还是老太太您多福多寿哇。”

话分两头说，老太太这病一见好，老爷也就高兴了。眼看着行期将到，老爷特意破例，亲自来老太太房里。一看老太太气色转好了，他也就又高兴又放心地说：“这回好了，咱们可以按期去大英格兰帝国了。”说完话，还又特意有意地瞅了韵贞一眼，然后出门走了。

韵贞从这时候起，就有了存心了。

又过了三四天，老太太可以下地走路了。这回就万事俱备了。单等着行期一到，就可以动身了。这谈府上下，这个一阵子忙噢！

谁知道这天下午，老太太一阵子眼晕，差点儿又要昏过去，身边的丫头又慌忙搀扶。一下子忙乱，眼看老太太又不行了，老爷也没了主意。

这时候还是韵贞出来说：“没关系，回屋吃点儿上回那个小大夫送来的万寿膏。他说这是他们家祖传的，吃了可能还有用。

病到这个份儿了，老太太还去得成吗？万一去不了，又该怎么办呢？”

病也病了，苦也吃了。好歹亏了杨家孙子的这个方子，怎么说，这也是他们老杨家的祖传秘方。太医院大夫的偏方还会有错吗？

老太太这回可有点儿不买账了，说：“不是说上回的方子挺不错的？这才好了几天啊？又犯上了。我看吃了怕还跟上回那样吧？”

大伙儿听老太太这么一说，也都没了主意。

而韵贞这时候却又不慌不忙地说：“老太太，您这回倒是想不想陪老爷去外洋呢？”

老太太听她这么说，就问：“我倒问你，你想不想去吧？”

韵贞说：“我们做下人的有什么想不想、去不去的？”

老太太就又说了：“那我倒是想真个问问你，你倒是想不想去呢？”

韵贞又添了一句：“我们做下人的有什么想不想的？”

老太太一听这话就立刻说：“谁说了你是下人哪？”

韵贞接着问：“我们总是跟着主子呗。”

老太太说：“不说什么主子不主子的，我当然是老爷上哪儿我上哪儿啊。”

韵贞就说：“既然您这么说，那这药您也该试试吧？万一有效呢？”

老太太这会儿才明白韵贞这叫激将法，就爽快地说：“原来你是在这儿等着我呢？”

大伙儿一听老太太这么一说，就都笑了起来。

紫瑛又出来说了一句：“瞧老太太您这话说的，跟前几天那个说相声的说得一模一样。”

这时又轮着老妈子出来说了：“紫瑛这丫头，说话没轻没重的。”

老太太向来不喜欢下人们争来争去的，就回过头对身边的韵贞说：“得！快去把药端来我试试。至于这药灵不灵，还难说着呢。”

这回老太太的病真的大事无妨了。府上人等都在忙着老爷出洋的事。

这天总算到了。只见老爷戴着高高的元帅帽，身上穿的是威武的军服，外面还披着黑色的大氅。那叫一个帅！

老太太身穿花色洋服，拖着长裙。韵贞也是一身儿洋服，显得那么俊俏、妥帖。

北洋政府也早已派了四四方方的洋轿车，在府门口候着。阖府上下，都在府门外列队相送，煞是一番热闹，而又不失庄严的气势。老爷自是自己先上了车，那叫一个威风潇洒；然后是韵贞扶着老太太上车，那叫一个雍容华贵。

这一旁人等，也在围观的老百姓面前，显得也有几分光彩和荣耀。

再说北京火车站月台上，早已有许多人在大厅和月台上迎着，那叫一个庄严肃穆。开往天津的火车正等在那儿。这时老爷在不断地和前来欢送的一班人等，握手的握手，挥手的挥手；连侍立一旁的韵贞，也倍感骄傲，甚至有那么一点儿自豪。

等上了车以后，老爷和老太太还把头伸出窗外，摇手示意。

这时候韵贞在干吗呢？她正自环视那十分华丽的火车包厢呢，心里想：这有钱有势真好，什么时候能轮到自己呢？

从这会儿起，她就开始为自己的前程着想和遐思了。及至火车开始启动了，老爷和老太太才又把身子退出了车窗。二位也开始聊起来了，说的都是韵贞还听不大明白的话。

大概的意思，也就是商量着到天津以后，该怎样怎样吧。

韵贞看到火车已不止一次，可坐火车才真正第一回。以前跟戏班子走南闯北，也只是班主和角儿才捞得到大车坐，自己和其他当徒弟的，以及其余打杂儿的都得双腿两脚走哇！那个辛苦受累的滋味就甭提了。现在想起来，还一阵阵儿的心酸呢。

正想着事儿呢，老太太果不其然地问了："韵贞，你在想什么呢？怎么一大会儿子，没见你出声儿呢？"

韵贞这才醒过神儿来，红着脸答说："没想什么呀，老太太。"

老太太就说："没想什么，你脸红什么啊？"

这时老爷也说："兴许车里水汀（这里指的是暖气，英文是 Steam）太热了吧？"

老太太说："不，一定在想什么呢。这孩子天生心里一有事，就会愣神儿的毛病呢。她在我身边儿，又不是一时半会儿，都快 4 年多了。"

这叫韵贞怎么答话儿呢？

到了天津，自然有更多来接送的人。从车站到当时天津最有名的六国大饭店。反正是吃不完的酒宴，看不完的戏。还有很多说不出名字的大会小会。闹得韵贞没有一天安宁，整天价儿都没个安生觉睡。

在天津就待了三天。然后就到了轮船码头，登上洋船。那船那叫个大呀，一眼都望不到边儿。上面的一切华美的装备，更是韵贞想都想不到的。她只是觉得一阵眼晕，又似乎在梦里似的。尽管她也在贝满读了几年书，在一起的也都以洋人和汉人家的千金小姐为主。但是如此的场面，还是让她有点儿困惑。老爷老太太却认为这不是什么奇怪的事，也不很在意。

因为在北京，虽然老太太和老爷住在同一个宅子里。可是他们单独在一起的时候总是不多的，所以他们二位也有很多平时没机会细说的事，所以对韵贞的细微变化也不会注意的。不知不觉地，在海洋上，都记不清走了几天。

好在他们没碰上什么风浪，加上船又大，走得还是挺稳、挺平安的。而韵贞的心里，却是好比经历了一场大风浪，七上八下地闹腾个不行。

按理老两口也应该想得到的。她到底打小的时候，跟着她那个没出息的爹，吃了无数的苦。后来到了戏班儿，走南闯北又经历了无数的伤心事。

自从几年前来到了谈府，承蒙老太太的种种优待，又念了书，进了洋学堂，学了点儿洋文，也增长了见识。一路上看到了种种情形，他们住的是优等舱，吃的是上等西餐。晚上还接长补短的（旧日北京方言），让老太太带着她去舱顶舞厅，这让她更开了眼。她有时候还会有一种错觉，心想：这都跟做梦似的？这场梦要是总不醒，该多好哇？

说话间，眼看着就真的来到了大英帝国。上了岸，除了多得数不清的高鼻子、蓝眼珠、黄头发的花花绿绿的、男男女女的洋人以外，也还见到了前来迎接的中国人：有的穿着洋装，也有穿着大清官服的。韵贞也知道，这些黑头发、黑眼珠的，想必是咱中华国的外交官，他们显然是来接老爷老太太的，里面也还夹杂着几个洋人。下了船又是一番热闹。韵贞一面搀扶着老太太，一面到处观望着，心想：到底是人家大英帝国，气派就是不一般。至于到了以后又该是什么模样呢？

上了岸，这就算到了大英帝国，眼看着大桥啊、塔楼啊、高得可以冲天的大楼啊！让韵贞好像都摸不到门儿了。

老爷和老太太这时候也都忙着和前来码头欢迎的人握手的握手、作揖的作揖，也没谁顾着韵贞。而韵贞也算是见过点世面的人，怎么着也不至于失态吧。就一会儿工夫，他们也都上了汽车。

韵贞听老爷他们夫妇俩说，这就是伦敦了。那可是大英帝国的京城啊。估摸着他们在伦敦也就住两天，下站就应该是法兰西国的巴黎了。

说到这儿，就又得提到咱们一开头就提到的那个贝贝了。就是这个巴黎，也就是在这个巴黎城，让韵贞遇到了她一生中的孽障：贝贝的亲生父亲。那个为贝贝带来了一世苦难的可恶的葡国人。

至于老太太、老爷他们那点事儿，提不提的也就这么地了。他们在外洋的所有活动，也没什么赘述的必要了。

因为我们这个故事，记录的就是贝贝一生的坎坎坷坷以及千辛万苦。这一切，都是在一次舞会上这个葡国人邂逅了韵贞才开始的，在他看来，这只是一段浪漫的偶遇。他也万万没有想到，这次偶遇给这个无辜的孩子带来的是什么。

一次，贝贝和我谈了一番话，他说：“我看了一辈子的小说、电影、戏剧、电视剧，人家演的都是离不了亲情。演了大半辈子的戏，我自己也还是离不开‘亲情’这两个字。可我的亲情又在哪里呢？我的亲生父亲连面都没见过。我的母亲呢？肚子里还怀着我的时候，就又嫁了别的不相干的男人。我还没生，就有了三个十分难听的名字：私生子、杂种、拖油瓶。我怎么就摊上了这么个娘和这么个爹啊？要是我母亲不上这个法兰西，也不要认识我这个葡国爹，那该多好哇？”

说着这话，他又接着说了一句：“还有我那个不是人的姥爷。”

所以呀，这人世间的事就这么奇怪。不过话又得说回来。这能只怪他的父亲、母亲这么简单吗？按理说，这里面也是逃不了两个字：缘分。

首先贝贝的母亲，也就是韵贞，她的出身原来也不低呀！老爹大小也是个进士，当过县太爷，老娘原来也是出身于书香门第的大小姐。谁叫他爹没出息，烟、酒、嫖、赌样样都来，好好的一个家，让他败得一无所有。老婆气死了，再把闺女卖了：先是戏班，后来又卖进谈府。还算是老太太会识人，总算少吃不少苦，熬到这天也算不错了，然后又有了这么一个出洋的机会。

可是她做梦也没想到，一个丫头居然让一个洋人给看上了。里里外外这多少事儿啊？这不都是缘分吗？瞧这事儿闹的！

但这就叫缘分那么简单吗？怎么这段缘分又那么作孽呢？那实际上应该被叫作孽缘才更妥当。

孽缘就是孽缘，说不清，道不明。

韵贞跟着谈老太太去了一次外洋，怎么也料想不到，在一次豪华的舞会上，被那些洋女人艳丽的服饰闪得眼花缭乱的当口，不小心踩到了一位外国老太太的裙边儿，害得那个老太婆差点儿摔倒喽，又差一点儿就挨了那个老太婆的骂。要不是她身边的一位有着乌黑头发的外洋小伙子帮了忙，韵贞就要在舞场上出丑了。

那么这个时候，老太太上哪儿去了呢？原来老太太正跟另外几个洋人太太聊在兴头儿上。韵贞跟出来也有了好几天，老太太认为她也不是那没见过世面的小丫头了，一时就大意了。

正在那老太婆要龇牙咧嘴的时候，旁边那个年轻人用熟练的法语和那位老太婆说了句什么，反正韵贞也听不懂。然后那老太婆也就不吭声儿地走开了。

到这时候，韵贞才发现那个年轻人，有点儿面熟。

那个外国青年男子，也微笑地看着她，开口用英文对她说：Are you from Peking？

韵贞一下子就懂了。他是在问她：你是北京的吗？

韵贞也有点儿不好意思地抿着嘴笑了笑，又点了点头。心里想了，他是怎么知道我是北京的？

那男子又说：We’ve met there.It was also at a ball。意思是：我们在那里见过面，也是在一次舞会上。

韵贞到这时候才想起来，好像是有那么回子事。因为在北京的时候，老太太每每出席什么社交场合，总爱把韵贞随身带着，兴许是那时候见过。

韵贞见他也觉得有点儿面善，那个外国年轻人又说：Will you be back to Peking soon?Maybe,we will meet each other again,there。（你很快回北京了吧？可能在那儿我们还会见面。）

韵贞也慌不及地点了下头。

那男子说完了就离去了，可能他也还有什么别的事。

这时候老爷就走过来，问韵贞：“老太太在哪儿呢？”

韵贞用手指了指说：“在那儿呢！”

一眨眼的工夫，这事也就不声不响地过去了。谁也没料想到，这一次的邂逅可不一般，在无形中，改变了几个人的命运。

贝贝一向不愿让更多人所知的事，谈到这里，想必也都明白了。在法兰西的这次偶遇，原本无人知晓。

可是自从韵贞随着谈老爷和老太太回到了北京才没几天

时候，老太太就催着韵贞赶紧销假回去念书。

就在韵贞刚回学堂第二天，放学的时候，她就发现不对了。怎么呢？在学堂门前，对面儿一家门墙那儿，站着的，不就是她在法兰西国遇见过的那个年轻爷们儿吗？

而他就站在那儿一动也不动，只用两眼盯着她看，既不打招呼也不吭声。

韵贞心里也是七上八下地跳个不停，生怕被来学堂接她的赶马车的小宝儿看出来。回头传到老太太那儿，可不是闹着玩儿的。她心里这个着急就甭提了。

然而事儿到这儿，还真没完。

那个洋小伙儿，还天天儿来守在那儿。

韵贞这几天，天天晚上睡不好觉，总在那儿担着心。

谁知道第三天放学回来，正在老太太屋里请安的时候，老太太说："韵贞，回头吃完饭，打扮一下。咱们今儿个晚上，还有个地儿去。"

韵贞就问："上哪儿？"

老太太随意地又答了一句："还不又是葡国使馆吗？去年你跟我去过那儿，这就忘啦？"接着就对在她身边陪她说话的、名叫瑞芳的姨太太说："你瞧韵贞这孩子念书念书的，还把个记性也念没了。"

这只不过老太太随意的一句笑话，可是什么叫做贼心虚哪？因为这时候韵贞一下子就想起来，那个年轻的外国小伙子，可不就是葡国大使馆的？韵贞想到这儿，脸就先红了起来。

边上那个素来话多的紫瑛，又插嘴说："你们瞧喂，韵贞姑娘脸红得像朵花儿似的，多招人爱呀！"

这会儿，老太太也注意到了，就接茬儿问了一句："你今儿个怎么了？不是哪儿不舒坦吧？”

韵贞趁着这句话儿，就也答了一句：“好像有那么点儿，要不，今儿晚上让别人陪您去吧。”

老太太一听这话就有点儿不高兴了，说：“怎么着，你不去，还得我一个人去吗？”

瑞芳也趁着这话头插了一句：“算了，韵贞姑娘今儿个就委屈一下吧，赶明儿个，到学堂告个假不就得了。再歇一天不就是了？”

万般无奈，韵贞只得回屋去更衣梳妆了。心里这个着急和担忧就甭提了：万一去了以后，真碰上这个人，我该怎么办啊？

那天晚上韵贞和老太太乘着洋轿车，一到使馆门口，就看到那个韵贞最怕见到的人。可巧他和另外一个老头，估计该是公使本人了，就站在大门外，迎接宾客哪。

这时候老太太突然轻轻地对韵贞说：“瞧你这孩子，你哆嗦什么呀？”

韵贞只是低着头也不言语，只顾着搀扶着老太太往门里走。

而门口那位在学堂门口等了好几天的小伙子，也直接过来迎着老太太，招呼着往里头领。

等到了大厅里，他还十分热情地招呼老太太落座。招呼老太太是一回事，俩眼珠子却紧紧地盯着韵贞，直愣神儿。

韵贞这时候的心情简直没法儿形容。幸亏外边儿有人叫，这位不识相的洋爷们儿才算离开了。

老太太也觉着，这位外国的年轻的爷，怎么那么殷勤呢？随口就问立在身边儿干站着的韵贞，说：“这小伙儿是谁呀？你认识吗？”

你说叫韵贞怎么答？说认识是万万不行的，只是低着头吭了一声说："瞧您说的，您都不认识，我上哪儿知道哇？"

这回总算躲过去了。好不容易轻松了会儿，老太太也就顾自地去找别的熟人聊去了，把韵贞一个人晾在一边儿了。

韵贞心里也是七上八下地直嘀咕，生怕那位到现在连名字都不知道的洋小子又会溜过来。那可该怎么办啊？

也还真巧，直到舞会散了，那小子也没过来。

那天晚上的舞会，其实是十分热闹的，连总统夫人都来了。好不容易等到老太太说："天也不早了，咱们先回去吧！"

韵贞身上的包袱总算卸掉了。

谁知道，她们刚走出大门口，就见那位洋小子又不知道从哪儿钻了出来。他径直地就奔老太太这儿过来，开口说话了：Hello,Madame TAN,Shall I send you home?(意思是说：谈夫人，要我送您回去吗？)

韵贞这回可忍不过去了，就说：No,thanks.We have got our own car.We can go home ourselves.(谢谢，不了，我们自己有车，自己回去就行了。)

话没还说完，不知道哪儿来的一股劲儿，就夹着老太太往停车场那儿去了。幸好谈府的汽车司机眼尖，跟着过来了，才让韵贞再次躲了过去。

俗话说：躲得过初一，还躲得过十五吗？最后就剩下那个倒霉蛋儿在那儿干瞪眼了。

当天晚上，韵贞一夜都没睡好。心里想的事，连她自己都捉摸不定。说是怕吧，又不全是，更多的是这个洋小子的影子，净在她眼前晃悠。她一边想着一些压根儿也不可能的事，一边心里直发慌。真会对他有了……韵贞脑子里一下子钻出来一句话：情窦初开。莫不是自己真的恋上他了？然后又想：这可是个洋人。嫁个洋人，能行吗？不惹人笑话？可又一想，他可是个外交官哪！去年不是听说有哪家小姐，好像也在贝满学堂念过书，嫁了一个德意志国大使馆的什么参赞。听说现在已经跟着丈夫去了德意志国。她思前想后，又总觉得不靠谱。

就这样，韵贞折腾了大半宿，快天亮才睡着了一会儿。第二天天都大亮了，才让招呼自己的、大伙都管她叫傻丫头的小穗儿推醒了。

她猛然想起来，自己还得上学堂呢，就赶紧地爬了起来，一面对小穗儿说："瞧你这孩子，怎么到这光景才叫我，早干吗去了？"一面急急匆匆地起床梳洗。喝了两口稀粥，赶忙让车夫用马车把自己送到学堂——差点儿就晚了。

等上完了前半晌的课，上饭堂吃饭的时候，就见一个自己平时不熟的小跟班儿站在饭堂门口向自己招手。韵贞心里琢磨着：他是跟我打招呼吗？回头看，没别人呢，就凑了过去问："这孩子你跟谁打招呼呢？不是跟我吧？"

那小厮就说："小姐，您跟我这儿来。"边说就边把韵贞引到饭堂门口外，把一个不大的小绸子包递给了她，又说："小姐，这是瓦伦先生让我交给您的。"话说完，哧溜儿地就跑没影儿了。

这时候，韵贞心里可跟明镜儿似的清楚得很：这不是他还能是谁呢？

虽然这样想，可是心里更怕让别人看出来，赶紧地就又进了课堂。那小包先被掖在怀里，又被塞进了书包。韵贞心里一阵慌乱，生怕被人看出来。这时候的她的心里，就跟有个兔子在怀里一样，不停地踹着。

好不容易下了课，韵贞就急匆匆地想往外跑。坐在她身边的那个同学就问她：Christina（克丽丝缇娜，这是韵贞在学堂里用的洋名儿），你干吗那么慌啊？不是心里有什么事吧？

其实这时候韵贞心里，就跟十五只吊桶打水——七上八下似的，不知道说什么好了。走到大门口，一眼就看到对面门楼下的他了。

见到门口对面站着的那个既让自己害怕又让自己期盼的外洋男人，说不出心里是个什么滋味。

猛地一下，就觉得自己刚刚揣进兜里的那个小包，怎么就那么沉呢？正处在万难之际的韵贞，突然见到来接自己的马车夫就在眼前，也就管不了那么多了。上了马车，回头一看，那人还在探视着自己的行踪。不由地掏出了那个小包，用手试探着。这里头究竟是个什么物件儿？心里头只是惦记着，想打开，又不敢。手里紧紧地攥着，心里那个慌劲儿就甭提了。等到了大门口，她才又赶紧地把那个小包揣进衣兜里。心一慌，脸也就更红了。就见服侍自己的小翠儿在外院里迎着她，心里也就更紧张了，好像不知道又会有什么事儿了。

那个丫头果然有事在这儿等她。说是老太太正在屋里等她。

她便问："什么事？"

小翠回答说："不知道。"

韵贞有点儿做贼心虚，提着一颗忐忑不安的心，跟着进了屋，只见老太太脸板得铁紧。

韵贞一面心里在想，自己不会有什么事吧？一面还得扮着笑脸，向老太太那边走过去，说："老人家，又有什么事惹您不高兴了？让我给您来消消气儿。"

老太太仍然板着脸说："你还问我？我没找你就算好的了。"

话说到这儿，韵贞这回还真慌了，心里想：怎么？难道自己有什么把柄，落在了老人家手里啦？这么多年，老太太还真没冲自己发什么脾气呢。

而老太太倒又说起来了："这些丫头没一个让我省心的。好衣好裤穿着，好饭好菜伺候着。活该让我生气。"又再对韵贞叫着："也怪你，你应该是早就已经知道了。"

到了这会儿，韵贞可真是丈二和尚摸不到头脑喽！

老太太越是盯得紧，韵贞心里就越是慌。难道自己什么地方露了馅儿？又一想，没有啊。她的脸也就跟着红起来了。

老太太一看见就问了："瞧，脸红了吧？这事儿你们准备瞒我到什么时候啊？我的娘家兄弟是什么样人，我还会不知道吗？"听到这儿，韵贞才开始有点儿明白了。

原来老太太这儿，说的不是韵贞的事。而是另外一档子事儿。

那还不是紫瑛和老太太的兄弟沈永坡那点子事儿吗？下头人其实都知道，这位沈少爷素性风流。他原本靠着老爹，也就是老太太的父亲的面子，一直在汉口当盐务局局长。照理说，他们家在北京城，有那么大的一个宅子，好好儿的去哪门子汉口哇？

这事不提谁也不明白，原来这位少爷爱逛窑子。他无意间在北京八大胡同的窑子里又搭上了一个姑娘，生生把自己个儿的少奶奶气得回了娘家。家里人一看不行，就赶紧把他支到汉口去。谁知道他去汉口还不到三天，就又偷偷地回北京，躲到姐姐府上来了。因为那窑姐儿一听说他走了，就又是上吊，又是投井的，闹腾个没完。窑子里的老板娘赶紧地叫人捎信儿，因此这位沈少爷又赶紧地回来了。

他麻溜地回来，就应该赶快处理那窑姐的事才对呀，哪儿知道这位爷偏偏又看上了紫瑛，整天有事没事又只顾缠着她。

说来这事儿，已经快一个多月了，闹得府上除了老爷、老太太不知道，谁都清楚。

韵贞虽然成天上学，也没工夫去烦这些个事儿，但是风声还是听着点儿的。那天她在院子里碰见紫瑛，也好像无意地问了一句，谁知紫瑛慌慌张张地就溜了。

而这会子老太太这么一问，韵贞心里也就有了八成数了。她这才放下了一颗忐忑的心，正准备应付两句赶紧回房啊。

老太太她老人家可又开口了，说："韵贞，你留一下，我还有话问你。"

刚刚把心放下的韵贞，这会儿又吊起来了，不知道老太太究竟有什么事要问她。

这一个人过日子，那叫一个字：难。回想韵贞，一开始从戏班跑出来，就又被他那不争气的、畜生似的亲爹，卖进了谈府。一眨眼的工夫，就又过了这么多年了。幸好老太太慧眼识珠，看出这个丫头非比其他丫头。这也对呀！怎么着韵贞也该算是个官家千金啊，还不是让她那不是人的爹给害的。韵贞好歹念过几年书，现如今又让老太太送进了洋学堂，念洋书，识洋字儿，还会说几句洋文儿。按理说老太太这样做，自有她的道理。

明眼人一看就明白，老太太自己个儿没有儿女，这是想收她为干闺女。谁让老太太不会生养呢？目前虽说老爷已经收了自己身边儿的丫头瑞芳为妾，可到现在也没见瑞芳有什么动静啊。正在这儿发愁来着，偏巧紫瑛又出了这么档子事儿。那么这会儿老太太又叫住韵贞，是为什么呢？

其实老太太心里还装着一档子事儿呢。怎么呢？

因为大概半年前，韵贞曾经告诉过老太太，她老人家的这位弟弟，还动过韵贞的歹心思。老太太这会子把她叫住，就是要问问清楚。

韵贞一听老太太问的是这回子事儿，自然就又放宽了心，随便应付了两句，就回房了。

等进了房门，还两面看了一下，赶紧地就把门关上还上了栓。就把兜里藏着的包儿，取了出来。这不是想知道里面究竟放的是什么东西吗？等一打开来，她可一下子就愣在那儿了：原来里面装着一个镶着紫玉的金镯子。这可非同小可，凭什么自己要接受这么重的礼呀？万一让别人知道了，这可怎么说呀？想还给他吧，怎么还呀？让谁看见都不行啊。

事到如今，韵贞除了怪自己，还能怪别人吗？只怪自己当初处事没果断，也就是自己的小心眼儿里，还存着非分之想。那现在怎么办呢？要是老太太知道了，真不知道会怎么说啊？思前想后还是没个准主意。

这天晚上一夜没睡着，折腾来折腾去，快到天亮了才迷迷糊糊地睡了一会儿。正睡得熟熟的，就听小丫头在叫："韵姑娘，快醒醒吧！大事不好了！紫瑛跑了！老太太正在堂屋生气骂人哪！您快起来瞧瞧去。"

做人难，难做人。事情到了这个节骨眼儿上，进也没法进，退也没路退了。韵贞突然觉得自己，过去在戏里唱的、演的还有就是看别人的这些个情节，怎么就全部应到她自己身上了。

没法子，硬着头皮，她就又来到了老太太跟前儿，只听着老太太跟她说的还是紫瑛的那点子事儿。

其实老太太想这会儿套套韵贞的口气，看看她知不知道紫瑛老家的住址。要说不知道那是假的，可现在韵贞的心情，早已不在这些事上，就顺口答了一句：“只知道是河南开封那儿，详细就不清楚了。”照理说她不应该不知道，因为紫瑛提过她家在开封，究竟哪个县那就真的不知道了。因此老太太看看再也问不出什么了，就说：“得，你上学去吧。”

等到了学堂门口，韵贞坐在马车上，又看到了那个洋小子，正站在那里望着她的马车……

关于韵贞和那个洋小子，也就是贝贝的母亲的那点风流韵事，贝贝就再也说不下去了。因为这可是贝贝一生中最不愿意再提起的事了。以后接下来，也就是些个见不得人的事了。这件事唯一的结果就是，贝贝母亲也就是韵贞怀上了这来路不明的孽种——贝贝，以及带给他这一生的苦难岁月了。

人就是这样的，自己心里想的和嘴里说的往往不是一回子事儿。贝贝这一辈子受过的每一次伤痛，都和他的出身有着密切的关系。特别是新中国成立以后，参了军，当了文艺兵后过得还挺滋润的。等到由于一个特殊原因又调回了上海，满以为一个辉煌的未来正在等着自己，心里充满着对未来的种种憧憬。

谁又曾想到，刚出一个月，就仅仅一个月，来自上级有关单位的通知文件就到了。上面绝对清晰地指出了：

此人出身自地主资产阶级家庭，历史不清，政治面貌可疑，社会关系复杂，还有海外关系，不能作为重点培养对象，经上级决定：只能控制使用。

短短的这几句话，就决定了这个贝贝，也就是后来的杨博平苦难的一生。他这一肚子冤屈上哪儿诉说啊！

博平终于离开了医院

一

人生世间，本来就是变幻无常的，作为一个从出生就是病恹恹的，光在氧气保温箱里就待了大半年的早产儿，人人都认为这孩子肯定活不久的。母亲三番两次地要求把贝贝接出去，医院院长的态度很明朗，说：“这个贝贝是你们的，你们说什么时候接出去，那是你们的自由，和我们医院没有任何关系。但是我有一句话，听不听也是你们的事。只要这孩子一离开了医院，他的生死安危就和我们医院一点关系都没有了。就算现在接走也可以啊！”

说完这话，院长就出门走了，丢下母亲韵贞和继父杨志毅俩人。他们俩呆愣着，谁也没张口。韵贞思忖了一会儿，就对丈夫说：“你看该怎么办吧？”

继父到了这个节骨眼儿，心里也挺没主意的。眼睛直溜溜地望着韵贞，一言不发。他心里想这话让他怎么说呀？说接走，可万一……这话谁说得准儿？没看见这院长分明是在撂挑子，全然一副不负责任的样子。也就是告诉他们，孩子接了回去，一切后果就和他们医院一点关系都没有了。明摆着他们对接贝贝出院是不同意的。可他们也不会明说，这还用说吗？还不是为了那个“钱”字？好家伙！多住一天那可是要花大把大把的银子啊！

韵贞这会儿琢磨的也是这个“钱”字。这白花花的银子也不可能从天上掉下来。虽然自己的丈夫家里有钱，可也不应该是这种花法儿啊！但是回过来又一想，不怕一万，就怕万一。万一这贝贝接了回去，有个好歹的，自己可怎么活啊？

就在这个时候，勃雷蒂小姐走过来了。看见这夫妇俩站在那儿，一言不发。勃雷蒂小姐心里当然有数，于是就走了过去，拉起韵贞的纤细的手，说：“你们俩是怎么打算的？我可有言在先，贝贝要是离开了医院，指不定什么时候会有什么状况发生，到时候我看你们怎么办？”说完这话，她就两只眼睛直愣愣地望着继父，看看他是怎么反应的。

韵贞听了勃雷蒂小姐的这一番话，心里也只着急。但是这钱是要自己的新婚丈夫拿出来的，他的钱也不是那么容易得来的。虽然他自己现在也在西四牌楼开了个小门脸儿，就这还是瞒着他们家的两位老爷子开的。

回过头再看看贝贝继父的脸部表情，谁也说不清这会儿他心里是怎么想的。是啊，他这会儿心里想的可复杂了。一边是自己挚爱的爱人——妻子韵贞，一边是那位肥胖身子的勃雷蒂小姐。这种情况，你叫他该怎么说呢？尽管贝贝这孩子不是他的亲生骨肉，可怎么说这也是一条人命啊？万一这孩子有个三长两短，自己怎么交代呀？人家又会怎样看自己和说自己呀？女人你要了，可人家这活生生的儿子没了。自己这就留下了个把柄，往后怎么做人啊？

其实后来贝贝三番两次地和我说过：老先生（这是贝贝从小到大对自己继父的称呼）为人还是很厚道的。不管怎么样，他对我跟亲生孩子一样。

贝贝继父是个本真而又本分的人，除了和贝贝母亲韵贞的这段风流韵事外，一生再也没有做过丝毫越轨之事了。说起他继父的事，贝贝直到晚年仍旧觉得非常遗憾：他后悔自己离开杨家以后对继父的态度十分不妥。

其实贝贝能活到今天，继父大部分得居首功。要知道贝贝在协和医院接连住了三年，虽然医院也有补贴，但是继父无私的帮助，是任何人也替代不了的。既然自己是个私生子，又是个世人眼中的杂种，换了谁也完全可以不管的。

博平是贝贝的本名，从这会儿起，也不应该再管他叫贝贝了。一个 80 岁的老头叫贝贝，似乎有些滑稽。

每一次想到他的继父时，总会以这么一句话开头：其实我是很对不起老先生的。他待我不薄，从小到大，他对我没有过任何不好的地方。我今天的存在，说句老实话，多亏有了他。没有他接连三年支付协和医院昂贵的医药费，那么我今天和昨天的一切，也就不会发生了。

继父自幼家境就与众不同。祖上五代就是清宫太医院的，从他的祖父开始又成了御医。

继父祖先五代先人是浙江绍兴府百官县人，他们杨家世代儒医，闻名天下，这为以后上调北京安下了一个扎实的伏笔。

而继父自幼绝顶聪慧，习医又勤，得到其祖父和父亲的青睐，12 岁就跟着其祖父和父亲出诊，被称为神童。但是在那个时候他始终是不快乐的。为什么呢？要想把他的不快乐做出准确的诠释，那就是他的婚姻。现在的人们会很奇怪，那么小的孩子谈什么婚姻呢？这您就不知道了。博平继父的第一次婚姻是在他 12 岁的那年。

12 岁结婚！不是开玩笑吧？可这是千真万确的，他就是在 12 岁时拜堂成亲的。照他本人若干年后和我说的，那个时候他还没发育呢。而对方是知名的大家闺秀，比他大 6 岁，长得又很难看。尽管那时的他还没有发育，但是美丑他还是能辨别的。面对着这样一个老婆，谁能高兴得起来？

故事写到了这儿，又得旧事重提了。贝贝当年不就是因为在娘胎没足月，又赶上母亲开刀提前剖腹产，生下来二斤半都不到，要不是协和医院的医生及时抢救，今天哪还有个什么杨博平老爷子啊？怕是早到阎王爷那儿报到去了。

说着说着贝贝就在医院里待了半年了，多亏医院里的美国大夫和看护小姐的精心照料，总算从保温箱里抱出来了。

按医院里的美国医生们的说法，最好还是在医院里多待些时日，等有了把握再出去也不算迟。而母亲的意思是，越早离开医院越好。为什么呢？说句实在话，怎么说贝贝也算是个中国人的孩子，总待在美国人开的医院里，万一将来连句中国话都听不懂，到时就不好办了。

本来这事顺理成章地就可以把贝贝接出去，然而谁又能够料到，继父这儿又出了点儿麻烦。不知怎么的，本来瞒得好好儿的，却不知谁把话给传到杨家老爷子耳朵边了。这还了得？这可是败坏杨府门风的大事啊！

不过怎么说当时的贝贝继父年轻，少不更事，哪儿经历过这么大的风浪啊？反正他们俩同居的事儿早就已经捅出去了。那年头讨个小（是指讨小老婆，或是娶个姨太太）什么的也不算是什么大事儿。而最关键的事却是贝贝这个孩子。那个年头儿，哪有人会娶个已经有孩子的姨太太呀？何况这孩子还不是继父自己亲生的。再也不用提什么混血儿了，那个年头又哪来这么个时髦名称啊？俩字儿：杂种！

各位看官您想想，一个私生子外带还是洋人生的杂种，这事儿传了出去败了杨家的门风不说，这里里外外牵涉的人就多了去了——包括谈府。这要是让谈公馆老爷、老太太晓得了，还指不定会闹出什么大乱子呢？这于里于外都是说不过去的。

继父和贝贝母亲可真是左右为难。照贝贝母亲的意思，还是和丈夫离开，免得又会连累自己心爱而又爱自己的男人，让他为难。她就对丈夫说："我看你还是别管我了，谁让我命苦遇上那么个人，惹得里里外外都不是个人，干脆你回家去得了。"

贝贝继父当场就下了狠心，说："韵贞，你活是我杨家的人，死了也得是我杨家的鬼。这个孩子的事，你不说，我更不会说。他们谁爱说就让他说去。"

韵贞听了自己心爱的人这么一句体贴的话，心思也就安静下来了。然而不一会儿，韵贞又想起了这孩子的事儿，就对男人说："那这孩子咱是接出去还是……"

贝贝的出院与否，到了这个节骨眼儿已经成了这对夫妻委决不下的事情了。接走吧，怎么向众人交代？不接走吧，一怕委屈了这无辜的孩子，二怕这昂贵的医药费已交付不起了。

左右为难的继父，面对妻子的婆娑泪眼：这面是可怜而又羸弱的婴儿，那边还有医院里的勃雷蒂小姐和众多的美国医生的目光注视。矛盾的心情，为难着继父同样也为难着贝贝的母亲韵贞。

这个时候，韵贞突然觉得自己是那么的无助。离开丈夫？忍不下心；留下孩子？更加于心何忍。两个人竟然无奈到不知道应该怎么样处置这个孩子。

突然间，韵贞一下子就想到了孩子的亲生父亲。左思右想，开始正想把这股子怨气发到他的身上，认为这一切应该负责的除了他还有谁？但是往回头这么一想，难道自己就一点责任都没有么？当初要不是自己意志薄弱，外加心里惦记着这么一段暧昧关系，可以侥幸改变自己的命运？今天也不至于闹到这种地步。怪谁呀？除了自己还能是谁吗？

回过头看着自己这个正在苦恼万分的丈夫，忍不住一阵子心酸。可是这事情明摆着，接与不接这个可怜的孩子，成了他们俩的一块心病。

尽管勃雷蒂小姐对于他俩的内情不甚了解，但是她毕竟已经是 40 多岁的人了，整件事情也能够看出个八九不离十来。看到这对夫妻的苦恼表情，她也是有点儿于心不忍。

她就悄悄地把韵贞拉到门口，用生硬的中文说："杨太太，虽然我不是很了解你们中国人的事，但是孩子是混血儿，很明显他不是你现在的先生密斯特杨的亲生儿子。你们的为难，我也能看得出来。要不这样，你们先把贝贝留在医院里。杨太太，你也看得出来，实际上贝贝这孩子相当于是我把他带大的；我非常喜欢他，这你肯定能看得出来。不如这样，你们还是暂时把孩子留在我们医院里，具体的事情先由我来解决。其他事情你们自己先去处理着。"

事情到了这个地步，贝贝母亲韵贞除了感谢还能说什么呢？连忙和丈夫商议，勃雷蒂小姐就在门口朝着他们俩望着。只见韵贞丈夫一个劲儿地摇着头，看样子好像还不同意，勃雷蒂小姐这会子也纳了闷儿了。

二

关于贝贝继父的遭遇，之前就已经提过了。他虽然出自名门之后，祖辈世世从医，医术高明。加之在清宫太医院一待就是五代人，而且代代都是有声望的名医。照例他应该也是有些身份的年轻人，就说他的名字志毅——其实他这个名字没有按照家庭祠堂的祖上规矩排名的，他的原名是毅琛。他总觉得这个名字不够响亮，也不符合他的个性，才改成志毅的。他的意思是：扬名四海，志在天下，刚毅昂然。这就让人不得不把他往高里看。

本来勃雷蒂小姐的这个建议，换做谁也不会不赞同的。这多省事啊？一推三六九，大家都求得个安生，但是志毅偏偏不是这样看的。他心里想：韵贞这个苦命的女子是自己看中的，她的孩子也自然应该是自己的孩子，这样随随便便地把孩子推给外人，韵贞现在当然不会说什么。可是日子久了呢？这世上有哪个母亲愿意无端地丢弃自己的孩子的，这要是让人说起来，我杨志毅成了什么人啦？想到这儿，志毅马上就站起身来对韵贞说：“韵贞，咱们先回家。再想想辙，这人还能让尿给憋死？”

说完这话，志毅伸出手就把韵贞扯出了门，就剩下勃雷蒂小姐在他们身后干瞪眼了，连站在边上的其他的美国医生和看护小姐们也都愣在那儿，一时也回不过那个味儿来了。

回头咱们又得说说志毅和韵贞这小夫妻俩了。一出医院门，志毅就急赤白脸地对韵贞说：“我说你傻不傻呀？这么一个孩子，你随随便便就答应人家把孩子留在医院，万一将来人家不肯把孩子还给咱们，我看你怎么办。你不知道呀？人家勃雷蒂小姐是个老闺女，自己没孩子。要是将来她不吭声地就把咱贝贝带回美国，我看你上哪儿找去？”

韵贞毕竟也不是个傻女子，她还看不出人家勃雷蒂小姐的小算盘。这不是没法子吗？怎么说贝贝也是个孽种，留下来也不是什么好事，还不如……

那个时候，志毅和韵贞租住在一个四合院儿里，这是为了避开家人的骚扰不得已而为之的。他们俩从韵贞出院就搬进了这家，房主是个通情达理的老太太。韵贞刚一推开门，就见老太太正在上房等着，一见他俩就慌忙站起身来问，说：“怎么着，孩子没接回来？”

韵贞见老太太这么一问，顿时鼻子一酸，眼圈儿就红了。老太太又看志毅脸上神色有变,也就不吭声地搭讪着退回去了。

志毅和韵贞相随着就进了右边里屋。志毅闷声不响地坐在自家的堂前，韵贞也知道他想不开，就试探着问他，说：“你说说，你心里到底是怎么打算的？我这还不是为了你，也为了你们家两位老爷子。咱们怎么说也是理亏的。你娶了我这么个当丫头、当戏子的不算，外带着还有这么一个见不得人的孽种。你们家能饶过你吗？我也知道你这是为我着想，怕我舍不得贝贝。可是不这样，还能怎么样呢？再说了，万一这事儿传到谈府去了。老爷好说，可老太太这脾气，你也不是不知道。”

韵贞刚把话说完，就见志毅用拳头在堂屋桌上捶了一下，说：“我说你还是不是韵贞了？你、你把我当成什么人了？如果我真是那么个薄情寡义的人，你跟着我干啥呀？你把我当成那个葡国的臭小子了？”

他话还没说完就又捶了下桌子，回头就掀起帘子进了里屋。韵贞到了这会儿,话也说不下去了,干脆就趴在桌子上哭起来了。难道她真的不知道志毅的为人？这怎么可能啊？当初她在老太太的责骂下，羞臊得除了死，就再也没有别的什么路了。

先后两次自杀没成功还不都亏了人家志毅啊！做人得凭良心。志毅家是上等人家，人家还不就是恋着我的面容和脾性，不然的话，十个韵贞，我也早早儿地去了。到了这会儿，韵贞就又回想到当初老太太是怎么把自己往死路上推呀！志毅为了求着老太太饶我一命，在那石头地上整整地跪了两个时辰。就凭这点，怎么着我也不能连累他呀。

就在那天晚上，韵贞一个劲儿地哭，饭也不吃。还是房主家老太太派了个丫头送进来两碗面条，这才见志毅从里屋出来又哄着韵贞吃点儿。两人这一夜谁也没睡着，都在琢磨着这事究竟该怎么办。

第二天一大清早，韵贞醒了，眯缝着眼往枕头边望了望，发现身边的那个男人不知道什么时候就不见了。韵贞下意识地哼了一声，说："志毅，你在哪儿？这么早你就起来了？今天要回你家去么？"

韵贞说了这番话，还是听不到一点儿动静。心想这是怎么了，难道他生气了？就这么走了？她立刻就起身，想到门外看看志毅究竟还在不在。

其实志毅是到胡同口替韵贞买豆汁儿，另外还要了韵贞最爱吃的酱黄瓜，当然还少不了她最爱吃的贴饼子。正回头往家走着，就见韵贞披着上袄在门前望呢。他心里想，怕是韵贞不放心在门口儿等呢，也就加快了脚步赶紧往前走。这时候韵贞看到志毅两只手都拿着东西，就赶紧地往前去接，嘴里还说："这么凉的天，也不披上大褂，就不怕冻着？"

志毅看见韵贞也只是披着一件小短褂，就赶紧往前凑。俩人这么一碰不要紧，差点儿就把那大瓷碗里的豆汁儿洒喽！志毅就说："你招呼别让热豆汁儿给烫了。"

瞧这模样，这夫妻俩把昨天的那档子事儿给忘了？其实这样的事谁又能忘得了啊，只是俩人都忍在心里不吭声罢了，谁都不愿意先开口谈这事儿。吃罢了晌午饭，韵贞赶忙取了碗去厨房洗了。因为平时都是志毅先抢着去干的，这不是因为韵贞心里总觉得自己过意不去。

不过这事早说晚说总是跑不掉的。韵贞洗罢碗进屋发现志毅已经不在屋里了，心里就一个劲儿地犯迷糊，想：这人一会儿工夫又上哪儿去了？不会是去什么人家里借钱去了？

其实这回志毅是回他自己家，去找他那家里媳妇儿去了。要说志毅家里的媳妇大凤也不是省油的灯，只是这个可怜的女人心里还恋着志毅，一心一意盼着他回去。当志毅一进屋门就冲着她叫了一声大姐，这个称呼是他家媳妇儿最不爱听的，但是也还是忍着气应了一句："你回来了？这又多少天没回了？你今天回来必是有事儿，不然你那边屋里的人会放你回家来？我可跟你说，咱爹咱爷爷都来我这屋问了好儿回了。要不是我替你瞒着，指不定会出什么乱子呢？"

志毅心里想：你别跟我要什么滑头，你不瞎跟着掺和就算我杨志毅烧高香了。但是没辙呀，志毅这次回来是想问她借钱的，万一谈崩了还真的没法子了。

大凤今天总算抓到了志毅，唠叨个没完，面上露出了一副得意的模样，说："怎么了？印头他爸，你今儿个回来怕是没安什么好心吧？回来干吗来了？不是又跟老爷子那儿蒙钱来了吧？不然的话那个小骚娘们儿哪能放你回家来呀？"

这志毅听到这会儿忍不住了，就说："你怎么出口伤人呢？她又哪儿得罪你了？你怎么开口就伤人啊？再说你总这样，下回我可真的不回来了。”

大凤立刻接茬说：“你回不回来都一码子事儿，爱回不回，谁稀罕呢？当然了，有了那样儿的丫头胚子勾三搭四的，这个家你还会要么？魂儿都让那个丫头片子给勾走了。你不回来俺们还清闲些，我有我的两个儿子足够了。你滚一边儿去！省得老娘看着心烦。”

到了这个地步，志毅也知道这回彻底没戏了。不如回去吧，省得听她唠叨，心里就更加烦了，也接着骂了一句：“你真是个不懂事儿的。好！这话是你说的，我走还不行吗？”

这回大凤也慢慢地垂低了头，半天没出声儿，心里想：这会儿，你吼有什么用？

这边儿俩人闹哄哄，韵贞那边也急得直冒火，又着急又上火，心想：这接孩子的事儿已经急得火冒三丈。你志毅这一走，也不知道上哪儿去了。没法子就说没法子，赶快回来咱商量着办。总比我一人待在家里干着急强吧？

这会儿正赶着韵贞急得没法子的时候，突然门外又听见有人嚷着:“韵贞在家吗？你住哪屋？谈府老太太派人来找你呢！还不麻利儿地出来呀？”

三

韵贞在屋里听到嚷嚷的声音，就知道这不是旁人，必是紫瑛那疯丫头！这个节骨眼儿，她到这儿来凑什么热闹来了？不至于会出什么大事吧？边想着边迈门槛儿。去干吗呀？去迎接紫瑛这个贵客啊！是祸还是福,有谁会知道？走一步瞧一步呗。

谁叫咱命苦卖到人府上当使唤丫头啊？

外边紫瑛的叫唤声，震得韵贞心里瘆得慌，差点儿把刚才想的事儿都给忘了。

很多事往往会凑到一块来的。韵贞和杨志毅那会儿虽然不在一起，但是也说不清是怎么回子事儿。俩人的心思会往一处使：志毅在自家府上和妻子急赤白脸，但是心思不宁；而韵贞呢？尽管总惦着不去想这个事，手里拿着刺绣夹子有一针没一针地拉直丝线和针，嘴里还哼着她最爱唱的那段河北梆子《大登殿》——王宝钏的唱段，都快让她唱得没词儿了。怎么呢，谁让她脑子里想的事儿太多了呢？

她一边惦记着志毅怎么还不回来，一边又担心没钱怎么办，总不能让贝贝总待在医院里吧。可是如果接了回来，这杨家和谈府又想个什么法子去抵挡一阵呢？贝贝要是回来了，就凭他那长相也止不住别人家的闲言闲语吧。这时候韵贞突然又哼起了：左难右难，难煞了我。这可是梆子戏《小上坟》里的一句唱词儿。

正在这节骨眼儿上，紫瑛的到来引起的可是一场大风波。

原来是谈府里老太太让她来给韵贞递话儿，让韵贞把孩子接回来了以后，一定要抱到谈府上让给她老人家过过目。紫瑛还悄悄地跟韵贞说："说不定老太太还会给赏钱呢！"

韵贞心里可不会这么想，她对老太太可太了解了。她老人家可不是什么省油的灯，当初她对韵贞跟贝贝的葡国亲爹的那码子事儿可是好大的不满意。自己离开谈府的门，可是费了好大的工夫的。明着她是让谈府给赶出来的，实际上她可是向谈府花了银子,写了字据的。万一找志毅取赎身银子可怎么办啊？他们俩身上的银子，至多也只有不到一百两。

要说到紫瑛这个早已离开了谈府的丫头，怎么又会上门大兴问罪之师呢？原来啊，虽然紫瑛逃出了谈府，但是架不住咱们老太太的那位舅老爷的厉害啊，三下两下就又把她给从河南找回来了。

这一回的紫瑛可不是当初的紫瑛了，人家已经让老太太那位胞弟娶作姨奶奶了，人家升了级了。一听说了韵贞这档子事儿，就不由得从心底乐开了花，心想：这可倒真好，瞧你韵贞当初在老太太那儿得宠的时候，连我紫瑛也得让你三分。哼！瞧瞧咱俩谁有本事？

可这会儿待在屋里的韵贞，也不知道怎么才好了。眼瞅着紫瑛带了一帮男男女女的下人一个劲儿地往里跑。韵贞这心里就像是打翻的佐料瓶，五味齐全。但是没法子呀，谁让咱没理不是？只能忍住一肚子苦水，装起笑容迎上前去说："哎呀，这不是紫瑛姐姐吗？你什么时候回来的？怎么不让我去接你啊？反而劳你的驾亲自上门来了？"

韵贞这一连串的问句，倒让紫瑛有点招架不住了。紫瑛也就扮起了一副笑模样说："瞧瞧你这话说的。韵贞啊！怎么说咱们也多年的姐妹了，哪劳妹妹你这么客气。倒让我不知道怎么说了。"

紫瑛边说话一边就进了屋，说："哟！怎不见我那妹夫啊？他上哪儿忙乎去了？不是又去哪个大户人家看病去了？还有你俩的儿子呢？还不让我这个当姨的瞅瞅？听说是怪俊的，活像个小外国人儿似的？怪不得老太太总惦记着想亲自看看。这不是？今儿个就是她老人家派我带着人来接你们娘儿俩过府去见见。该不会不行吧？"

这个时候，韵贞这又是气又是恨的，连一句囫囵话儿都快说不周全了。正在这当口，门口又进来了个不该进来的人了。

志毅带着从自己家回来的沮丧心情，匆匆地回到这个才住了几个月的四合院。一进院门就觉得有哪儿不对劲儿，他万万没有料到家里已经出了事了，大老远就听到自己屋里闹哄哄的，似乎屋里有什么人正说得热闹。毫没犹豫，他就笔直地走进自家房门。

正赶上听到紫瑛在里面说什么孩子啊的。他人刚一进门，紫瑛一眼就看到了，扯着嗓门儿就吆喝着："啊哟，这不是咱妹夫他回来了么？我说妹夫您也真是的，一个人出了门儿就把我韵贞妹妹一个人撂在家，你还真放得下心啊？"

志毅一见是紫瑛，心想准没好事，但是也还得应付不是？脸上也不得不显出了点儿笑脸，说："紫瑛姐，老没见了。不是听说您回了河南老家？怎么？这么快您就回北京了？家里大人都好啊？"

紫瑛马上就接着往下说："托您的福。他们都好着呢，我们在这儿给您请安，道谢了。要说我回来得快，那就托了咱们老太太他们家舅老爷喽！是他亲自去了开封府用了八人大轿把我接了回来的。"

志毅也不是什么省油的灯，心里早就料到这来者不善，善者不来了。他这人是老实，可是经过了他和韵贞俩的风风雨雨的吹打，也慢慢地学会了点子应付人的本事。反正是祸躲不过，不如就挺到底吧！接着他还往下说："这也是的，谁让咱紫瑛姐姐长得标致啊？"

紫瑛是什么人啊，这听话听音，心里可跟面镜子似的清清亮亮的，就故意搭讪着说："我说咱们杨家少爷啊，您千万可别打哈哈了。我这不是有事儿吗？要不然的话，老太太她老人家能派这么多人跟着我来登门拜访？是这么回子事儿，老太太呢，总是惦记着我韵贞妹妹还有那孩子，当然还有妹夫您啊。今儿个让我把你们俩带上孩子，去见见咱们的老太太。她老人家也是菩萨心肠啊！怎么着？咱们带着孩子这就走吧！省得老太太她老人家不放心不是？哎？闹了半天这孩子呢？我还没见过呢，长得是像妹夫您啊？还是韵贞姐呀？”

紫瑛刚才这一说，志毅心里算是真的明白过来了。可这孩子还在医院里，况且这不明不白的，怎么去见啊？他回过头去认真看了看身旁站着的愁眉苦脸的韵贞，心里顿时又没了主意。

正赶上志毅和韵贞没主意的时候，突然听到门外有人说话。这个人一挑门帘就进来了。这是谁呢？房主老太太啊！她进来干什么呢？原来这位老太太，虽然老了点儿，可是架不住人家眼明心亮啊！这老太太可不是什么一般人，她出身高贵，又善言能道的，可知道心疼韵贞哦。她一见屋里似乎有些剑拔弩张的气氛，就带着笑容地问韵贞：“这些都是你们家什么亲戚啊？活脱一副要债的神气。没听说你们夫妻外面还有债主啊？怎么今儿个来了这么多人？说句不太客气的话，你们这是来要债，也得先上我这儿过个趟儿啊！”

紫瑛一看，这人好像来头不小啊！就说：“这位老太太，您是哪儿的？管天管地，还管到我家门口来了。”

那位老太太也不是什么善茬儿，嘴里还咂了一下，说：“什么什么？谁的家门口？你倒给我说说明白，到底谁的家门口？岂有此理了。来人啊！快把这帮子人给我轰出去！我还真就不信了。”

这时候紫瑛也蒙了，回过头就问韵贞：“妹子，这人谁啊？怎么敢管到你们家来了？”

韵贞悄悄地对着紫瑛的耳朵边说："这是我们院儿的房主，他们家可不是一般人。人家前清是个大官儿，正黄旗的。"

紫瑛撇了撇嘴说："前清？前清怎么了？现在是民国了，她能把咱怎么了？咱们谈府赫赫有名，她敢把咱咋地？"

就在紫瑛说话这工夫，志毅早就走到老太太身边，和她打招呼说："老太太，您误会了。这是我们家韵贞的干姐姐，来看我们来了。没什么事儿的。您消停歇着去。"

这时候人老太太还不答应了："就算是干姐姐，也不能带这么一大帮子人来呀！"

老太太边说话，还边给志毅使眼神儿，又加了一句说："再怎么着，也不该带这么多人来啊！"

老太太把话撂这儿了，站起腿来走人，连眼睛也不朝紫瑛瞅一下。

院儿里的老太太，瞅着这屋子里的一帮子人，怎么看怎么别扭，心里一边还在琢磨，怎么想个法子把这帮子人给赶出去，一边还用眼神儿扫着志毅，志毅怎么会不明白这老太太的意思？可谁让韵贞和紫瑛是姐俩啊？

按说紫瑛也不是那种看不出眉高眼低的，只是她也是奉了老太太的命令，不把韵贞接去就交不了差啊！于是眉毛一皱，主意就来了，对着那位急赤白脸的老太太说："我说这位老太太，我看您也是个知书达理的人。他们俩的事，也不是我要管。就算我想管也轮不到我呀不是？那是我们谈府的谈老太太想这位韵贞姑娘了。这不，明摆着是派我们来接她进府的，您这不是瞎操心啊？"

那位老太太，人家是什么人哪？前清时候也是有头有脸的，压根儿就听不惯这个，就斜着眼瞅着紫瑛，一边还说："你是谁呀？你以为我看不出来呀？你大不了也就是个当丫头的料，在我面前你要个什么威风？”

老太太这句话不要紧，可是真的伤了韵贞的自尊心了。韵贞这会儿鼻子一酸，眼皮儿一红，就流起泪来了。老太太这么一看，心里也就知道自己说的这话，无形地伤了韵贞，闹得韵贞心里懊恼得不行。看样子是真的伤心了。

事情既然已经这样了，院儿里这位老太太也试着找个台阶下嘞，谁知道这会儿紫瑛又嚷嚷着说：“闹了半天，你们那孩子呢？韵贞快抱上孩子走吧！咱们老太太该等急了。”

一说起孩子，韵贞这回可是真的要挠头了。孩子？孩子还在人家医院哪。这可怎么办啊？

正在大家伙都在忙乱之中，突然人家院儿里老太太又发话了：“我说韵贞，孩子在医院里究竟怎么了？还在发着烧呢，你们俩还不麻利儿走啊？”

院儿里老太太说这话自有她的道理。她是这么想的，眼瞅着一对小夫妻怪可怜的样子，您还别说老太太她心里也挺憋屈的。可别看这老太太，她的主意大着嘞！这世上还有什么事情是她看不明白的？明摆着这对夫妻都是那可怜的人，经过的事肯定不少，从他们俩一搬进来，她就觉得不对劲儿，但是她看这俩孩子长得都是那么俊秀，谅他们也不是那种一般人家出来的。

经过了小半年的交道，院儿里老太太总算是真的明白了他们俩这番事儿的来龙去脉。这会儿又看着紫瑛那伙子人，张牙舞爪横行霸道的，心里直别扭，才想出这么个招。

紫瑛一听这位老太太这么一说，就泛起了疑惑，当场就对韵贞说：“妹妹，这是怎么说话的？孩子不在？上哪儿去了？

还不赶快把他给接回来。回头惹恼了老太太，可够你们俩喝一壶的。”

院儿里老太太也火了，就指着紫瑛说：“你是什么人？居然敢在我这院儿里撒泼。你把我当成什么了？我可告诉你，这是我的家，他们俩是我的亲戚。谁敢在我家对他们俩说话那么不客气,我可不是那好说话的。你们给我出去！我不说这个‘滚’字算是给你们留足了面子。”

紫瑛这人一向是欺软怕硬。见这位老太太这副阵势，说不怵那是假的。可这人就这毛病，该缩头的时候，怎么着她也还要撑那么一下子，不然那多丢人啊！就应着说：“那好，你不讲理，我回去跟我们家老太太说，看她会怎么支应你？”

这话还没落地，对她带来的那些人使了个眼神儿。就见他们哧溜地就全跑了，闹得院儿里老太太这个乐呀。可是这会儿，最难受的就是志毅和韵贞了。他们这心里的愁啊，千言万语都无法描摹了，没地儿说去。

四

话分两头，那边四合院里闹得个纷纷扰扰。医院里也一样的热闹。为什么呢？说来也巧，贝贝那孩子也不知道是怎么的，这几天又在发烧，烧得还挺厉害。勃雷蒂小姐很着急，赶忙到院长办公室请示，是给他治呀，还是不治啊？院长就对她说了：“你看，这事闹得我们也很为难。给他治吧，他的账上眼看着就没钱了；不给他治吧，我们还真的说不过去，他毕竟也是条小生命啊！我们这样做，我们在天上的主，也不会允许的。”

勃雷蒂小姐就说：“那好，不如还是让我先替他把这医疗费垫上？”

院长接着就说：“这合适吗？万一……”

勃雷蒂小姐就接着说：“没什么一万万一的，还是救命要紧。”

于是经他们两个人同意，护士办公室、医疗科、药房一起动员起来，刻不容缓地进行紧急抢救，据说花了差不多两个半小时，小贝贝这条总是那么悬乎的命，居然又奇迹般地被救了回来。

到了这个时候，勃雷蒂小姐才算放下心来，擦了擦头上的汗，嘴里不断地祈祷着，说：“谢谢主耶稣，谢谢主的恩典，贝贝总算脱险了。”

医院的这么一个场面，韵贞到第二天才知道。她也不断地说着：“谢谢主耶稣，谢谢主耶稣！”回过头来又对勃雷蒂小姐道谢，说：“勃雷蒂小姐，你叫我们怎么感谢你的恩情啊？”

勃雷蒂小姐也不住地说着：“你也用不着感谢我，还是贝贝这孩子善良的灵魂感动了主耶稣和圣母玛利亚。愿主保佑他吧！”

韵贞又对她说：“勃雷蒂小姐，你替我们贝贝垫付的医疗费，我们无论如何怎么都要还给你的。”

勃雷蒂小姐就连忙说：“什么钱不钱的，我们的一切都是主耶稣赐给的，快不要提这钱的事了。关键是贝贝这孩子你们是接走还是不接走啊？如果……”

韵贞说：“我们正在想法子把这孩子接走，只是……”

勃雷蒂小姐看看两边有没有人，然后就把韵贞拉到她的办公室去说悄悄话了。究竟说些什么呢？

谁也不知道勃雷蒂小姐把韵贞拉进办公室干什么，也没有谁能猜出她们俩各自又有什么念头。请看官们想一想，勃雷蒂小姐是一个什么样的人呢？她根本就是一个咱们中国人说的老闺女。她终生未婚，一个人孤零零地过日子。况且她过不了多久就要回国了，咱们猜也猜它个八九不离十了。

没错！她打的就是这个主意。她心想：贝贝是韵贞的亲生儿子这不假，但是说得好听是个非婚生子，说得不好听呢，贝贝就是个私生子。再说了，贝贝的亲生父亲又是个洋人，这在当年的中国社会是不被承认而且是会被唾弃的，这是一。加上韵贞改嫁的男人又不是个一般的家庭，人家可是世代御医的大富大贵之家啊！能容得下一个混血儿进家门吗？说他是个混血儿还是好听的，一般人管这叫什么？杂种啊！因此勃雷蒂小姐的如意算盘打得当当响。说到这儿，列位看官，您得研究研究，勃雷蒂小姐的这种想法也不是一点根据都没有的。

勃雷蒂小姐是这么琢磨的，韵贞呢？她满心以为这位老小姐一副菩萨心肠，不！应该说是圣母玛利亚的心肠才对，心里的感恩之情是无法用言语来表达的。

所以一进了看护长办公室，她就已经热泪盈眶了，差点儿就要给这位老小姐下跪了。她说："勃雷蒂小姐这回多亏了你，不然的话，我们家贝贝还不知道会怎么样了？我除了道谢我还能说什么呢？"

勃雷蒂小姐这会儿反而十分的平静，说："这话你就说远了。这是我们的本分也是我们该做的事。你就不要再去提它了，我倒是还替你担着忧呢。像贝贝这样的孩子，你能带回家么？你就不担心吗？别人会怎么说？杨先生的亲属又会怎么说呢？谈家老太太又会怎么看呢？你有没有想过啊？"

这会儿韵贞一听到她的话，就一直在激灵着，心里想：这话说的是啊！其实韵贞对这件事情的担忧，也非自今日始。被勃雷蒂小姐这么一提醒，才刚平复了一下的紧张情绪，又再次升空了。一面想着这些，一面也在琢磨，勃雷蒂小姐在这个时候要旧事重提，其中是不是有一层什么意思？

到了这个节骨眼儿，只要是有一点儿脑子会想事儿的人，就一定会想明白了。你说是勃雷蒂小姐居心不良吧？那倒也不是，她可是个脑筋好厉害的人，琢磨得够可以。贝贝直接跟着韵贞回到杨府的可能性，几乎太渺茫了。

您想啊，人家可是世代名门，能允许一个当过丫头的人进门当姨太太，就已是应该念阿弥陀佛的事了，还带上个洋人的杂种儿子？叫谁也接受不了啊！何况是赫赫有名的杨府啊！这要是传了出去，可真是件了不得的事啊！让他们老杨家在人前怎么做人呢？

勃雷蒂小姐考虑得没错，只是她偏偏忘了母子骨肉深情了，那可不是闹着玩儿的。尽管到这会儿为止，勃雷蒂小姐还没把真话透露出来,韵贞也没有真正明白她说这话的真实用意，心里还把她当成救命活菩萨对待呢！

勃雷蒂小姐这会儿还在看她的态度。等了一会儿，她就突然冒出了一句话："哎！我说韵贞啊，要不这样，你们俩先回家，孩子暂时还放在我们这儿给你养着。将来万一有了希望就再带回去。怎么说现在带回去肯定是不行的。什么事你都得防着点儿，到时候惹出了事儿，那可就真的麻烦了。你说呢？韵贞。"

韵贞也不是没往这上面想过，可是把孩子留在医院算是怎么档子事儿呢？别人是会怀疑的。再加上协和医院里的住院医药费那么贵，那岂是她一人儿就能行的呀。志毅家里是有钱，可是也得拿得出来啊！她一边想着一边琢磨。

勃雷蒂小姐看韵贞的模样，心里想，这事许是能成。正在想着下面的话该怎么张口，只见韵贞很突然地抬起了头，说：“我这倒有个主意您看行不行？”

勃雷蒂小姐猛地一抬头，就问：“什么主意？快说呀！”

韵贞说：“要么我们先把他接出去，实在不行再把他送回来？”

勃雷蒂小姐听到这儿就赶紧插进去说：“你这叫什么主意啊？先接出去，不行的话再送回来？你以为这是在你们家呀？这儿是协和医院，世界闻名的医院！不是你说来就来的地方。你以为这是王府井大街啊？四通八达啊！”

其实勃雷蒂小姐也是说说的，难道她就一点儿也不同情韵贞吗？不是的，只是她自己心里有自己的意图，生怕不成功，那么她心里打的这个主意，不就泡了汤吗？很简单。她是个老闺女，听说在美国家里也没什么亲戚。说不定哪天她要是退休了，一个人孤苦伶仃地可怎么过呀？现在现成一个贝贝在这儿待着，不如自己认他做了儿子，然后顺理成章地就可以带回美国去了。

这儿，也许有看客会问了：怎么着？外国人也有认干儿子的？怎么没有啊？多了去了！勃雷蒂小姐的这个念头，至少在那个时候韵贞还是没有想到的。所以她才会想出这么个招儿啊。

勃雷蒂眼看着自己的这个打算要落空了，那么自己要怎么跟韵贞说哪？说直了，万一韵贞不乐意？反而闹个不欢而散。谁让咱们这位看护长，聪明着呢？她眼珠子一转就说了这么一句话，顿时让韵贞一阵吃惊。她说的是什么呢？

她说："韵贞，反正你现在很难的。我看你还是把你先生叫来，看他会怎么说？行不行？"

韵贞思忖了片刻，就接着说："那好。我回去先跟志毅商议一下，看看他还有什么主意。"

勃雷蒂小姐静了一会儿，说："那好吧，你先回去。我一面再和院长说说，看看是不是能把医药费减去一点。"

到了这个坎儿，韵贞还能有什么可说的？回去吧。

勃雷蒂小姐在这儿答应韵贞去和院长商量，事实上她也就是奔院长办公室去的，到底说什么或是打算怎么说，只有她自己心里清楚了。

医院这边就谈到了这里，没有一丝结果。而待在家里的志毅更是挠心地难受，他想，自己怎么就那么倒霉呢？娶个媳妇是个那样的人，好不容易找着了个可心的人吧，偏偏又是那样的一个结果。自己怎么就会那么背啊！

他百无聊赖地坐在前屋的那张竹躺椅上，心里头七上八下地那叫一个烦！忽然听到门外有脚步声，志毅原以为是韵贞回来了。后来仔细一听，不对，这一定不是韵贞的脚步声，那么会是谁啊？等到人一走进门，他才想起了这档子事儿。

这进来的人不是旁人，正是自己的四弟志琛。他来这儿干吗来的？志毅这才想起来，一定是四弟替自己送钱来了。可了不得，这个痨病鬼居然自己跑了出来，心里一阵感动又有点酸酸的。赶紧地迎上来了，嘴里说："我的四弟吔，你怎么就大老远地上这儿来了。老太爷知不知道？万一让他老人家知道你上我这儿来，非把我宰了不可，那我可就冤喽！"

五

志琛怎么又成了痨病鬼了呢？还不是让那场婚事给闹的。

本来他跟自己姑家表妹相好已久，眼看着就能成亲了。偏巧这个时候，姑家出了命案。老姑家大小子和人打架，把人家好端端的一个儿子给打死了，闹腾得那叫一个厉害。

这个打架又是怎么一回子事儿呢？说来说去也还是为了一个“情”字。因为那家的儿子早就看上了志琛的表妹，为了这事，官司都打到巡抚大人那儿去了。

对方人家仗着自己家里有那么点面子，亲戚多，亲戚里当官的也多，三下两下就逼着志琛他表妹过门守孝，当了个望门的寡妇。志琛这人气性又盛，一下子就病倒了。您说这事儿冤不冤啊？

志琛是怎么知道志毅等钱花呢？这里面还有那么一回子事儿。这不是志琛房里的奶妈和志毅的关系也挺铁，她自小就看着俩孩子长大，他们的母亲又死得早。她一听到志毅和他那个人高马大的媳妇儿斗嘴，就准知道这公母俩唱的是哪一出，赶紧回房告诉志琛说：“可了不得了，你二哥和你二嫂又闹起来了。”

志琛就问：“为啥闹的？”

奶妈说：“还不是为了那边的事？”

志琛又问：“哪边的事啊？”

奶妈看他还不明白，就说：“我的那个大傻小子啊！还不是为了北京城里的那个姑娘啊？”

这不，志琛就赶着路来给他二哥送钱来了。

这才叫手足之情啊。志毅这心里一阵儿暖啊！一把将志琛那瘦弱的双手攥在自己火热的手掌中，眼眶一酸那连线似的泪珠就顺着脸颊掉了下来。心里想着弟弟的病，担心着家里万一知道志琛来这儿，肯定会怪罪的，就对弟弟说："四弟，我看你还是赶快回家。不然让爷爷知道了，我可担当不起。再说，你这么病怏怏的，万一又发了病可怎么好啊？"

志琛一听这话心里顿然就有些不爽了，说："二哥，您也太胆小了！就凭咱们家那么大的一个院子，爷爷哪儿能这么快就知道呢？您放一百二十个心，就算爷爷知道了，还不有我在这儿挡着呢么？二哥您胆儿也忒小了。"

志毅接着说："不是我胆儿小，我还不是担心你吗？瞧你这打小就养成的倔脾气到啥时候能改啊？唉！快回去吧。"

这回志琛可是真的不高兴了，说："我的二哥哎，你弟弟这么大老远地赶了来，您连饭也不留啊？我说您也忒小气了吧！"

志毅看见自己的四弟还真的不高兴了，赶紧地又把他的手拉过来说："志琛你千万别怪哥哥胆儿小，我也是没法子不是？韵贞去医院到这会儿还没回来，也不知道是灾是祸。接回来吧！爷爷和爸爸知道了可咋整？无论如何这孩子是进不了咱家的门。要是回不去，那韵贞可怎么办啊？把孩子扔了？这事我可做不到。"

志琛又说："二哥，不是我说你，当初这孩子就不该生下来。弄得现在活不成，死……唉！"

正在他们哥俩谈话的工夫，又听着院子里有脚步声。志琛就说："那屋我二嫂她回来了？"

说到这儿，我得补充一句，为什么志琛在二嫂前面还加上一句"那屋"？这现在人就真的不明白了。韵贞跟志毅不是二房么？姨太太啊！不说那屋还说这屋啊？明白了没？

志琛这一说反倒引起了志毅另外一层顾虑。志毅心想：老四这来送钱的事还不能让韵贞知道，不然的话……

就在他们哥俩说话的时候，只听脚步声近了，刹那间，就见门帘一挑，进来的不是别人，却是志琛的老奶妈，她那么大年纪干吗来了？还不是因为对志琛不放心吗？当时志琛人一走，老奶妈就琢磨，这钱怕带得不够。志毅虽然不是她奶大的，可是也是她看着长大的，心还连着肉呢。她就回到她自己房里拿了点儿她的积蓄，这不就赶紧地送来了吗？

哥儿俩一看，得！这可了不得了。把周奶妈也给惊动了。哥儿俩赶忙地就过来搀扶周奶妈。先是志琛说："我的好奶妈妈啊！这么大老远地，您跟着凑什么热闹啊？这还不嫌乱啊！您都这么大岁数，万一摔个好歹的。让我们哥俩可怎么好啊！我这么个大小伙子要您着什么急啊？"

这工夫，老奶妈一边喘着粗气儿，一边说："我倒也不是全为了你。我想着你二哥这么大个事儿，靠你带那俩钱儿，能够吗？这不是我这儿还有点儿闲钱，先垫上。所以我才急急忙忙地赶来了。"

周奶妈一边儿说这话，一边儿掏钱。您猜怎么了？老奶奶掏出了一个小红口袋，里面居然装着十几块银洋，志毅哥俩感动得都不知道说啥好了，志毅的眼圈儿早就红了。

这事咱就讲到这儿了。

再说说韵贞这么一大会儿上哪儿去了？难道她不知道志毅在家有多着急吗？贝贝是出院还是留下？医院究竟是个什么态度啊？勃雷蒂小姐能帮得上忙吗？欠下的医药费住院费要什么时候还啊？这都是让人着急上火的事。其实韵贞没到别的地方去，她是去找涂妈妈了。涂妈妈是谁呀？这话要说可就长了。

涂妈妈是谁？韵贞来找她干什么呀？她又能帮得了韵贞吗？在这个节骨眼儿上，其实韵贞能找的除了她以外就没别人了。因为这位涂妈妈本来就住在韵贞家隔壁，她和韵贞的母亲就像亲姐妹似的。当初一听到韵贞他老爹把韵贞卖进了谈府，气得她跟韵贞她爹大闹了一场。

后来韵贞进了谈府老太太那儿，接长不短的，涂妈妈还间接托人把她带进谈府看韵贞来着。一直到后来见韵贞在谈府过得还可以，这事就算过去了。

过了些时，韵贞也多了些自由，于是也偶然回去看看老人家。最近这档子事儿，韵贞也实在是太为难了。心里有事自然会去找这位老妈妈，商量个什么的。有时候也会把老妈妈带回家吃上一碗炸酱面，包一回小茴香的饺子——老妈妈就好这一口。一来二去的，就成了亲戚似的。

这不是韵贞出院那会儿，涂妈妈接长不短地会去医院看看。这回为了贝贝出院的事，韵贞没少往老妈妈家走动。今天她抱着一肚子委屈，回去跟志毅说吧，又怕他难受心里想不开。一出医院门，韵贞神不守舍地就来到了红孩儿胡同找涂妈妈了。

等到她不由自主地进了涂妈妈家的院子里，韵贞才发觉自己不知怎么的居然走到这儿来了。

这会儿，涂妈妈她老人家正在扫院子，抬头一看正巧看见了刚进院子的韵贞，就放下了扫帚赶忙往前凑着，说："啊呀！我说刚才一大早，就听着喜鹊在院门外树上叫唤，原来真是贵客临门了。快进屋，瞧这天，黑洞洞的怕是要下雨吧。"

韵贞则浅笑了一下，低头进了门，心里的酸楚只有她自己心里明白。等她抬头看见涂妈妈那副关心的眼神，心里更是觉得一阵酸，泪珠子就禁不住地掉下来了。涂妈妈一见这光景，就明白了。明白什么了？这还用说吗？八九不离十，肯定还是贝贝这孩子那点事儿。可怎么办呢？涂妈妈心里也没个主意。

志毅在那边也是心事重重。想着韵贞怎么还没回来呀？不是医院那边儿，又出了什么幺蛾子了吧？因为他心里对那些个洋医院、洋大夫还就是不放心。特别是那个胖子勃雷蒂小姐，怎么看怎么不顺眼。其实他到那个时候也还不知道那个胖婆娘心里到底打什么主意。

无言，叹息，无声地抽泣，这就是这会儿身在两处的韵贞志毅夫妻俩的现状。

这边韵贞面对着涂妈妈，那边是志毅面对着自己的同胞兄弟和他的奶妈。一是同样地都不知道说些什么好，二是事情摆在面前却找不到解决的办法。

那边医院里也同样上演了一场话剧，院长面对着愁眉苦脸的勃雷蒂小姐干没辙。照勃雷蒂小姐的意思是，既然韵贞的状况是这样的，想她接走贝贝的可能性实在是太小了；不接走，他们也付不起如此昂贵的医药费呀。不如院方先缓一缓，以后再说？

院长倒也干脆，就给来个死不吭声，急得勃雷蒂小姐身上直冒汗，也不知道该说什么，更不知道该怎样说。其实勃雷蒂小姐手里委实是有点钱的。只是在这种情况下拿不出来啊！怎么说啊？以什么理由啊？韵贞会怎么想啊？

明明院长是知道勃雷蒂小姐的心意，可架不住他刚调来不久，对中国人的处事方式一无所知啊！万一有个什么好歹的，自己也没把握啊。突然勃雷蒂小姐一拍巴掌说了一句:“有了。”

这话却让咱们那位新调来的院长丈二和尚摸不着头脑

啦！这老头一看她如此高兴，以为她一定想出了什么绝招。刚想问呢，门外又传来了一阵人声。这究竟又发生了什么事情啊？

六

正赶着医院里乱糟糟的时候，韵贞也已经回到了自己住的那个四合院儿里。刚一进门就看见了屋里来了两个不相识的人，也一时弄不清他们二位到底是谁，及至走近了仔细看看，才明白是自己的小叔子来了。这边上还站着个老奶奶，这又是谁呢？心里正纳闷儿呢，就听那位老奶奶说了一句：“这不就是咱们老二那屋里的？哟！长得还真挺秀气的，快过来歇着。”

瞧！这不整个一反客为主了么？闹得韵贞还真有点儿不好意思了，赶忙说：“这位奶奶，怎么能让您忙乎呢？”

待了半天，志毅才醒过神儿来，赶紧地就过来招呼韵贞，说：“韵贞，你出去半天了，先歇会儿吧。这都自家人，我四弟志琛你是见过的，这位周奶奶是志琛的奶妈，志琛从小就是他奶大的。用不着客气，都是一家人。”

韵贞也定了会儿神，说：“周奶奶，您先坐着，我进里屋换件衣裳再出来伺候您。”

韵贞进了里屋，边换衣裳边伸长着耳朵，听听外屋的人在说些什么。她心里不踏实不是？志琛她倒是认识的，那么这奶妈她干什么来了？不会是志毅的家里人又怎么了？特别让她不放心的就是府上的那位大娘了。会不会这奶妈是那边派来打探消息来了？常言说得好，这人就是做不得那亏心事，这心里甭提多难受了。就这工夫，韵贞差点儿把袄给穿反了。

这外屋呢？也不那么安生。奶妈一边看着进里屋的韵贞，一边回头对志毅说：“瞧这位二奶奶脸上还有着泪痕，不会是在外面受了什么委屈了吧？”

志毅就连忙对老奶妈说：“没什么事儿的，兴是外面风大让风给刮的。周奶奶，这天也不早了，您老人家也累了，趁早回去吧！”

志毅这三说两说的就把这周奶妈给送走了，志琛也得跟着不是？等韵贞换好衣裳一出门，一看屋里没人了，就问志毅：“这人呢？”

志毅说：“走了。”

韵贞说：“怎么这就走了呢？我还准备给他们包饺子吃呢，这就让他们走了？回头你不怕人家背地儿里说我不懂事儿呢！”

志毅说：“怎么会呢？都是家里人。”

韵贞说：“你们是一家子人，这话不假，可我呢？我还没过门呢，回头……”

志毅接着说：“你这话就见外了不是？周奶妈她是谁啊？我跟老四和老三都是她老人家看着长大的。我跟你说，这老奶奶心善着呢。人家这是给咱们送钱来了，她可不是那一般的人。瞧你这小心眼儿。”

这回韵贞可真的不乐意了，就说：“那好，就算我没说。反正怎么说都是我没理。”

行！这会儿眼看着他俩就要吵架了。这是他们俩第一次吵吗？才不是呢。

夫妻相争，本乃常事。韵贞和志毅相处，眼看就已经有了那么小半年了吧。可是始终还没吵过架，而今天却有点异乎常情：韵贞在医院带着一肚子怨气回家，虽说在涂妈妈那儿吐了口怨气，不料回得家来却见志毅家来了人，是祸是福也不清楚。满心以为自己一个妇道人家，包顿饺子招呼他们也是应该应分的。可刚进屋不大会儿，就不见了人影儿。显着她气量小没见过世面似的，心里自然就会不大高兴了。

三句两句跟志毅争将起来，换了谁也会不舒坦的。

可是志毅和别人不那么一样。自小就性子腼腆，从来不跟谁争啊闹啊的。况且韵贞是自己屋里的，就更吵不起来了。

韵贞的脾气就不一样了，要么不跟人吵，吵起来就轻易不肯饶人，没理也要说出个理来。再说今天为了贝贝那点事儿，最后闹了个没结果，接和不接简直成了他们家的一桩大心事。

原来指望回家跟志毅诉诉苦，说说委屈。这事儿还真没那么巧的，赶上自己吃了个哑巴亏，气就不打一边儿来。说起来这事儿就没那么寸的。正赶着韵贞决心拿志毅撒撒自己心里的那股子怨气。说时快，来却是慢，没谁还能高兴得起来的。

过了会儿，吵也吵了，闹也闹了，也没个结果。虽说常言说得好：夫妻吵架，床头闹床尾和，过了一夜也就风平浪静了。这明儿个这台戏咋唱还真说不清哦！

却不料第二天一大早，人还睡得稀里糊涂的，就听到外边有人叫门。俩人一琢磨，心想这又能是谁呢？

那么门口来的又是谁呢？他们俩一个都猜不出来。等到赶紧穿衣叠被，这人一掀门帘就直接进来了。俩人一看，来的人不认识，志毅就问：“先生您找谁？”

来者是个大高个儿，30多岁的汉子，粗眉大眼够吓人的，一股子凶相，对于问话根本不理，直直地就朝着韵贞这个地方走过来了，开口就问韵贞，说："姑娘，您还认识我吗？我是老粗腿啊！怎么？不认识了？我还帮您推过车呢。"

韵贞愣了一会儿，突然双手一拍脑瓜，说："原来您是……"

汉子说："我就是你爹的小老弟儿啊！不记得了？"

韵贞沉下头想了一会儿，突然抬起头说："你是前院儿的崔大叔？您怎么找到这儿来了？这是出了什么事儿了？"

这位韵贞叫崔大叔的原来跟韵贞家是隔壁，经常会伙着韵贞她爹一块儿打牌喝酒什么的，闹得还挺热乎的。不过这个人跟韵贞她爹不同，他这人吧，特讲义气。特别那年韵贞娘生病，还是他把韵贞娘送医院的呢！这回韵贞算是认出来了，就对昨晚上刚吵过架的志毅说："快！快去胡同口，买儿块煎饼给崔大叔垫垫饥。"

这位崔大叔也不客气说："行啊！正巧我肚子饿得够呛。"

志毅呢，那还用说，马上就出门去买。

韵贞说："崔大叔，您现在在哪儿干活儿啊？我还记得您是干泥水的。"

崔大叔赶忙说："快别提这档子事啦。要不是你爹，我还不至于落到今天这个德行。"

韵贞一听心想：这位崔大叔不会是来讹人的吧。这么多年还亲自来找自己，其中必有蹊跷。但是她还是抿着嘴笑，就又开口问了一句："是不是我爹他……"

崔大叔这才把他来这儿的原因跟韵贞说："你不知道啊？你那没出息的爹他……他……"

韵贞听他这么说就问："我那个……他怎么了？"

那个崔大叔又说了一句："你真的一点儿也没听说过？他去年秋里就走了。"

韵贞心里咚的一声，就又问：“这就是说他……真的就那么走了？”

说实话，自打那年她爹把她卖进了谈府，她心里就已经没了这个爹了，根本就从来没有想起过他。

不过今儿个，听说他居然就那么死了，自己心里谋算了一下，他可刚过50，不算老啊，就这么莫名其妙地没啦？突然她又想起了有那么一回子事儿，她记得自己的娘还留着一本儿不知道是什么账本儿，本来说是留给她的，结果后来自己进了谈府，就把这茬儿给忘了。今儿个一见了这个大叔，猛然就想起了这档子事儿，就说：“那么崔大叔，他临死前没留下什么东西？”

那位大叔倒也干脆，就回了一句：“原来你真的不知道啊？你那个爹结果又欠了一大笔阎王债，他是跟着我逃跑了。后来到了关外，又去赌，结果病死在奉天了。这不是，他还欠我一笔呢。我这不是来找你要了吗？你看看……”

韵贞一听这话，气就不打一处来，断然说：“您也不瞅瞅我现在过的是个什么日子？”

那崔大叔听了这话就追了一句：“你没听说过父债子还吗？”

韵贞说：“那好，你去找他儿子好了，到我这儿干吗来了？我又不是他儿子，我这都已经是过了门的人了。我管得着吗我？”

那人一听此话就急忙说：“好！你不管是吧？行！那你跟我走。”

韵贞问：“跟你上哪儿？”

那人接着说：“你不是不认账吗？那好，跟我回奉天，给你爹下葬去。”

韵贞是谁啊？她可不是当年那个小丫头片子，怎么也这么多年了，她又不是没见过世面的。回过头吧唧就给那老小子一个大耳刮子，打得那老小子直发愣。那人心想怎么着？这小娘儿们不要命了？敢打老子？伸手就过去拉了一把，说："好你个小臭丫头片子，我不把你打死，我就不姓崔了。"

正当这个时候，门一推，志毅就进来了。一见韵贞让人欺负了，赶紧就过去了。

这会儿最让韵贞心疼的就是志毅了。她虽然认识他有些年月了，但是没想到一向让她认为是优柔寡断的志毅，今儿个突然就高大了起来。让她几乎都不敢认了，这是志毅吗？

让她没想到的这就叫爱情吧！自打韵贞第一次见到志毅，她就认为这小伙子简直就是个面糊人儿，十棒槌打不出个闷屁来。而今天，就是今天，韵贞眼里看到的才是铮铮的男子汉。至于昨天那点儿事儿，早就抛到了九霄云外了！

要说老崔这个人呢，还真是有点欺软怕硬，他一见到门外进来了个大小伙子，就立刻明白喽，这一定是韵贞她家丈夫。闹不好自己得吃亏，他嘴里吼着，说："好你个臭小子，你敢打老子？你给我等着，我马上去找人，打不死你们这对狗男女，老子跟你们姓！"

这个老浑小子一边说，一边就来不及地往外跑。志毅夫妻俩看着他跑出去的一副鬼样子，就忍不住地笑得前仰后合的。韵贞看见自己丈夫这么勇敢，心里疼得慌，赶紧问："你没事儿吧？可别气坏了。这小子本来是我那个没出息的爹的赌友。"

到这会儿，志毅反倒想起了医院里那档子事儿，一边摸着后脑勺子，一边问韵贞："怎么着？不生我气了？"

韵贞柳叶眉一挑，用一双丹凤眼斜看着志毅说："谁生气了？算了，不说这个了。”

志毅就趁着这话头接着问：“医院人家是怎么说的？没提钱的事儿吧？”

韵贞一听志毅提这事儿，一下子眼神儿就又变了，说：“钱的事儿倒是没提，只是勃雷蒂小姐讲了些让人摸不到边儿的事。”

志毅问：“这个洋婆子又说了什么？”

韵贞答：“说了好些个事儿。可我怎么听也听不明白，也不知道她想说什么。”

志毅又说：“管她说什么，反正咱们就一个主意，她爱咋咋地,咱们不听她的就行了。要不今儿晚半晌我再陪你去一次？看看到底怎么样。好在四弟跟周奶妈他老人家昨儿个带了点儿钱来，再看看够不够。”

韵贞听志毅这么一说，心里倒来了劲儿，说：“这怎么好意思啊？这是人家的钱啊！”

志毅用眼横过来盯了韵贞一眼，说：“钱是不多，不过应应急总还是可以的吧。”

志毅这么一说，韵贞就已经料到钱数不大，心就一下子沉了下去。两眼珠子直瞪瞪地望着志毅，这回心里可真是没主意了，心里只想着这事儿该咋办啊？

夫妻俩过日子就是这德行，昨天俩人还在吵架，今儿个就平安无事了。志毅心疼韵贞是有原因的，从他第一次见到韵贞那天起，韵贞的面容身材以及一颦一笑都深深地打动了他，心里想：像这样的美若天仙似的姑娘上哪儿去找啊？

那么韵贞呢？她可不是一般的姑娘，跟着谈家老太太那么多年，什么世面没见到过啊？什么样的俊秀男子没见过啊？贝贝的亲生爸爸也是爱她的，可是谁让这个外国男子没骨气啊？一句话没留下，一溜烟儿地就回国了。害得她吃了多少苦，受了多少罪？人前人后，自己脸面算是丢尽了。怪谁啊？怪自己吗？要不是他死乞白赖地追着她不放，他本人也不至于落得这般下场啊！听说是让葡国政府外交部给调回去了，可这事是真是假，谁知道呢？

可现在眼面前这事儿该怎么办啊？虽然这会儿志毅说是先去医院再看看，但是谁知道这有用还是没用啊？可心里急归急，去还是得去啊！两口子这会慌忙地又往医院奔，总巴望能有个结果，万一医院里同意暂时把钱先欠着，那不就可以把贝贝先接回家了，至少那贵得要命的医药费可以省点儿下来。

话虽这么说，可天下的事儿哪有那么顺呀？眼看着在他们俩紧跟慢走地，医院就快在眼前了。到虽是到了，可这俩人心里直打鼓，也无法预料进了医院以后会是什么样子。这种矛盾的心情岂是外人能想得到的。

回过头，咱们还得把医院里那档子事儿说一下吧。医院里上上下下，都把这事儿没当一般的状况处理。医院院长为了这个事儿，接连开了三次会。为什么呀？因为这毕竟不是一笔小数，这款项上哪儿去报啊？

其实这时候心思最定的还是勃雷蒂小姐了，她的主意已然打定，就等着韵贞和志毅夫妻俩去上钩哪！勃雷蒂小姐满心以为这笔医药费就凭韵贞志毅夫妻俩是绝对付不清的。要接孩子？拿钱来！没钱那是想都不用想的。而让她始料而不及的恰恰是志毅这回是带了钱来的，尽管不那么多，至少不会一文不名啊。

那么志毅的钱又是从哪里来的呢？当然是四弟志琛和周

奶妈拿来的那是一份儿，而志毅这么多年就真的一点积蓄没留下吗？那是绝对不可能的。

七

要知道，志毅自小以勤俭为本，腰里从来就没落过钱。自己结婚的花销，都是家里操办。

再说志毅这人生性淳朴，从来没有通常富家子弟那样的虚华行为。对人诚实，诚恳；交友不广这是事实，但是却委实有几位知心朋友。

其中有一位我要是不说，列位绝对想不到会是谁。这位可是前清宫里的一个小太监，他原来就是在太医院当差的，跟志毅他爷爷和他爹可是十分相熟的。后来清宫倒了，宣统皇帝也就是溥仪也被赶出宫门，靠着日本人悄没声儿地就把他接到天津去了。

小太监平时做人厚道，也没积攒下几文钱，要不是志毅的帮衬，他早已流落街头了。现在他在前门开了个小铺子，凭着自己的太监身份，铺子里的生意倒也挺红火，居然还娶了个小媳妇儿，过起了舒坦的小日子。

这孩子挺感激志毅的这份情。这不，听说志毅有难了，赶着前一天晚半晌儿给志毅送钱来了。钱虽不多可情意重啊！多少也让志毅宽了点儿心，这不是还没来得及告诉韵贞么？

兜里有了几个钱，志毅这心里也就踏实多了。想着看那个勃雷蒂小胖娘们还有什么话可说？

勃雷蒂这位老小姐怎么也料不到志毅还有这一招。所以她一见韵贞进去，就一副笑模样迎着韵贞，说："你可来了。我还以为你怎么了，正打算安排人去看你了。你倒来了。"

等她正要回头给韵贞端水的时候，可巧就看见了后面跟着进来的志毅呐，这笑脸儿也就僵住了。

就算勃雷蒂小姐有一百个脑子也预料不到，今天的志毅跟前些日子大大不同了。怎么呢？兜里有钱了呗！勃雷蒂小姐是谁啊？她瞥了一眼志毅，就看出来他的神色与以往不一样。她从他的眼神儿里，就琢磨出点儿什么滋味儿来了。

那还用说吗？志毅其实也还是心虚，为什么呢？说实话，他心里也还有那么一点儿慌。因为他明明知道他们欠医院里的钱，绝不是仨瓜俩枣能付得清的。自己腰里的钱也不是那么清楚，昨晚半晌小太监也不过只给了他一个红纸包，里头有多少钱也还说不清楚。这会儿他的心里这个后悔劲儿就甭提了。可是志毅也不是个毛头小伙子，心里再怎么有事，也不能暴露不是？

勃雷蒂一边注意着韵贞的心里有什么打算，一边又注意志毅的心思，嘴里还跟韵贞应付着。她这半句京话，半句英文，志毅哪能听得惯啊，他就直接对韵贞说："你现在可以问问她，咱们到底欠医院多少钱啊？"

韵贞就看了他一眼，没吭声。接着她就跟勃雷蒂这个难缠的人说"我们家男人是想问问你，我们究竟还欠医院多少钱？"

勃雷蒂一边听她说，一边也还看她的神情。探探虚实吧。过了会儿，她就问："你们是不是筹到了钱？那好，一共是180个大洋。"

尽管韵贞也知道这钱少不了，但是也没有料到，居然有那么多的钱啊？

志毅在一旁一听也吓了一跳，心里又急起来了。手插在裤子兜里，才想起来去摸摸，去摸摸小太监昨晚上那个钱包。不摸倒也罢了，一摸到那个小钱包，心里就咯噔了一下，心想这回可真的是大事不好了。

这回轮到韵贞着急了，她眼看着男人的脸色不对，心里这个急啊。

勃雷蒂小姐心里也在琢磨，是不是他们夫妻俩没钱，自己个儿跟自己个儿这个高兴啊。她心里认为自己的打算眼看着马上就要成功了。

就这么会儿工夫，志毅脸上慢慢地泛出笑模样。怎么呢？原来志毅打开钱包抽冷子这么一看，心里顿时亮了起来。原来小太监包里包的是一张银票。多少钱呢？

常言说得好：世事难料。这什么意思呢？这句话正好写照了勃雷蒂小姐此时的心情。照着她原来的想法，本以为韵贞夫妻俩怎么说一时也找不到那么多的钱呢。没承想这回志毅算是铁了心，兜里装着钱还怕啥呀？

韵贞看着志毅心里想：怎么了，今儿个志毅的神情和以往任何时候都要好。是不是找到钱了，要么志琛和那周奶妈拿了很多的钱？可又一想，不对啊。他们老杨家怎么可能拿得出那么多钱啊？说不定还有别的什么人帮了忙？这左思右想，韵贞还是不放心，但是也没辙啊。

这时候志毅明明看出来韵贞的心神不定，他却不明说，看看你韵贞能有个啥办法。

勃雷蒂小姐也直纳闷儿，看着他们俩的表情不一样。一个似乎很着急，而另一个呢？就跟个没事人儿似的。这回仨人儿仨想法儿就是总挨不上边儿，各自都在闷头大发财。

最后还是韵贞急性子，回过头盯住志毅，说：“志毅，你倒是说话呀？你老这么不吭声，还等到什么时候呀？”

志毅倒是挺冷静的，说：“你着什么急啊！我这儿不是掏钱呢么？”

话还没说完，一手往兜里掏，掏出了一沓子钱往韵贞手里这么一塞，说：“妥了！还不跟那洋婆子一块儿交钱去，不就得了。交钱，咱带着孩子走人！”

志毅这人一辈子老实巴交的，一直到老都是那样，可是这回他可真的是扬眉吐气了。

于是贝贝也就是后来的博平终于离开了医院。离开医院以后呢？以后再说。

接下来也就得说说，志毅和韵贞夫妇俩把贝贝这个瘦得出奇的孩子抱回家的第一天。

一到家，韵贞先把事先准备好的小床扫了扫，顺手就把怀里抱着的贝贝放了下去。低头一看，怎么着，这孩子双眼紧闭。说是睡着了吧，又不像。她赶忙回头对志毅说：“你快看看，这孩子怎么了？神色不对呀！”

志毅是干吗的？是祖传的大夫呀！他一看，又摸了摸贝贝的脸，一惊，就赶快对韵贞说：“不好！这孩子怕是离开了医院不习惯，好像在发烧。”

韵贞顿时就急了起来，说：“那怎么办呀？赶快给他看看，看看他是不是受了风寒？不然怎么刚到家就发烧呢？要么是水土不服？”

志毅就回了她一句：“这怎么可能啊？这才刚进门啊。我想他一定是在医院待久了，不能适应咱家这个地方，要不……”

这会儿韵贞可就受不了了，就追着问：“那你说怎么办啊？你可是个大夫啊！连孩子的病都看不了？你这些年的大夫不都白当了？”

志毅是个多好的性子啊？到了这会儿他也耐不住了，就说：“我当大夫是给大人看病的，我又没看过儿科，我怎么知道是怎么回子事儿啊？我看干脆先把他抱回医院吧！”

事到如今，也只有这样了。看来贝贝这孩子还跟协和医院结下了不解之缘了。

“协和医院”这四个字，志毅怎么听怎么不舒坦。贝贝一生下来就待在这家医院，眼看待了小半年了，怎么一到家被褥子还没焐热，就又得送回去。您说这该有多窝囊啊？这不活受罪吗？志毅就对韵贞说：“我说要不这样，咱们俩还是把他送到别的医院去瞧瞧。你说行不行啊？”

韵贞呢？听他这话半晌不吭声。志毅就又追着问：“你咋不开口啊？哑巴了？你倒是说话呀！真是要急死我呀？”

其实这会儿韵贞是一肚子的话也不知道从何说起啊！说重哩，怕志毅受不了；说轻了，这可是明摆的事儿。她也知道志毅心里最腻味协和医院了，想了一会儿，就说：“那好，你看去哪家吧。”

志毅这会儿就盼着韵贞这句话了，接着就说：“听说前门外有一家医院还可以。咱去那儿瞅瞅？”

韵贞听他都这么说了，心想就是它了。

不大会儿，他们俩抱着一声不吭的贝贝就来到了这家医院了。刚一进门，里面的大夫一看见贝贝那要死不活的样子，就立马开口说：“这孩子怕是不行了，赶快送他去急诊室。不行的话，你们还是把他抱回去，我们可负不了这个责任。你们自己也应该看得出来，就算是要抢救，我怕你们也拿不出那么多钱。”

韵贞一听这话就赶紧问："这得用多少钱？"

那个身材胖乎乎的男大夫就说："少说也得百十来块大洋。"

韵贞一听这话，连腿都软了半截儿，回过头冲着志毅只嚷着："你倒是说话呀？眼看着我这孩子就要完了。干脆我也甭活了，一块儿死了拉倒！咱们上哪儿去弄这么多钱呢？"

事到临头自己还能有什么好主意啊？志毅心里边想边琢磨。过了好大一会儿，韵贞差不多就要倒在地上了。志毅突然心生一计，就对韵贞说："你先别急，不是还有协和吗？"志毅这会儿连"医院"俩字也没说出来，因为他怕这所医院里的大夫会看不起他。

那么结果是去了协和医院还是没有呢？

由于博平不堪的命运，弱小的他，不得不再次被其继父志毅和生他的可怜的母亲送进了协和医院。这就是博平这条可怜的小生命的最后结局。

博平，这个可怜的孩子，将走向哪里，谁知道呢？他那坎坷曲折的一生，就是这样的吗？他不服，但不服有用吗？其实，他现在很想哭，可他的滴滴泪水流向哪里呢？你能告诉我吗？博平的这一生的苦难，向谁去诉说呢？

我居然当了一把医生

记得那应该是 1980 年，当时我在江西珠湖农场，当了一名就业人员。有一次，我请假去场部，目的只有一个——购物，而请假理由却是去医院看病。要知道，我所在的大队去往场部是十里路程，除了徒步而行，别无他法。

早上六点半出发，到场部应该是七点半，不仅医院没开门，当时的购物天堂——场部合作社也还没开门。

合作社，这一称呼，如今人当然觉得十分陌生，可对我辈人等而言，乃是最高享受之宝地也。因为在这里可以买到香甜的桃酥饼、水果糖，偶然还能买到几瓶水果罐头，几瓶那时很流行的三虫酒。

在场部到处逛了一圈，总算等到合作社开门了，此时合作社门前早已等了一大堆人了。这些人当然以我们这些就业职工为主喽，偶或还有少数劳改犯人中的特殊人物，例如像我这样，当个什么包耕组长的或是记工员、卫生员之类的。

门一打开，门口人群蜂拥而入。而那些所谓“服务员”，她们卖东西，我辈人等必须叫一声：报告干部，然后才能小声地、谦卑地告诉她们自己需要什么东西。看脸子，那是不可避免的。

而我却依旧占着自己当初在戏剧队待过的优势，怎么说我也是名闻全场的“著名演员”啊。这些卖东西的干部家属都早已是熟人了，买东西比其他人自然是能讨方便得多。

不一会儿，该买的、可买的稀里糊涂地就装了一大帆布包，然后背着它向医院门诊部走去。

也还借着我待过戏剧队的福，多数“医师”也都认识我，其实这里所提的“医师”就是极为普通的医生、护士、卫生员。不管他们是干什么的，我们都得管他们叫医师。不这样，就显示不出对他们应有的尊敬。

当时怎么也没想到自己后来竟然也会列入此等“医师”之列了。

就在这一天，在农业大队待了十多年的我，又将跨进一个全新的生活中去。

不会忘怀的，就是在那一天，我一走进医院门，就碰见了宋院长，这个和杜政委一样令我终生难忘的人之一。

他见了我第一句话就叫我的名字：“你是陈岚吧？”

那时我还不知道他是院长，但是很明显，从他的行为举止和外貌上，判定了：他一定不是一般人。

我就答了一声：“是。”还追问了一句：“有什么事吗？”

他又问我：“是来看病的吗？”

我答：“是。”

他再问我：“什么病？”

我就告诉他我是由于感冒引起干咳，吃药也没用。

他就说：“咳久了是不行的。”然后叫我跟他走。果不其然，没几步，就进了院长办公室。

他先招呼我坐下，然后说："你想住院吗？"

当时的我也就奇了怪了，哪有这样的院长？就凭咳嗽，让我住院？开玩笑吧？又不像。我可真丈二和尚摸不着头脑啦。我就说了一句："不至于吧？这么点病能住院？"

他又肯定地回答道："可以，只要你愿意。"

我说："我回去我怎么说呀？"

他说："你不用回去了，今天就住吧！"

我问："你没搞错吧！我是个就业人员呀！"

他答："没错，就是你。"

我问："算什么病呢？"

他答："什么病都行，只要你来住院都行。"

我心想，这是怎么话儿说的。我就又说："我什么东西都没带。"

他答："这不是问题，你说要带什么东西吧？我打电话给你们大队部，叫他们送来不就行了吗？"

我再问："我还有好多事情要安排呀，怎么办？"

他再答："你不就是个包耕组长吗？多大的事呀？你们大队干部会来的。你再跟他们说也不迟呀。"

这回我可真没词儿了，脑子一再地捉摸，院长怎么想起来要我住院？没啥大病，住院干啥？真是有点莫名其妙。

这时宋院长站了起来叫了一句，具体叫啥我也想不起来了，好像是一个卫生员吧！还是个女的，他和她咕哝了几句，那人顾自走了。

他转身对我说："走吧！跟我上住院部去。"

那时的场部住院部是两栋三层楼，前面一栋住的是我们这些所谓的就业人员和劳改犯。而后面那栋不言而喻，必然是干部病房无疑了。我以为他肯定让我住前面那栋。

说到这儿我要插一句了：这就叫“世事难料”。他老人家竟然把我领到后面那栋去了。怎么？住干部病房？

我挺莫名其妙地就跟着宋院长走进二楼的一间单人病房。说不清是受宠若惊还是别的什么感觉。

进屋后，一个护士就进来问宋院长：“他吃哪个伙房的伙食？”

宋院长回了一句：“当然小伙房，让他们给他送上来吃。”

后来我才了解这医院中，螺蛳壳虽小，道场还大，有三个伙房：小伙房，供应干部的；中伙房，供应就业人员的；大伙房，自然是劳改犯吃的。护士诧异地望了一眼宋院长和我，无言地出去了。

那时候我这农场的老江湖也不知道问啥、说啥好了，只是瞅着宋院长，半晌说不出话来。

宋院长开了口：“你是不是有点摸不清头脑了？”

接着他又说：“你先坐下，我慢慢告诉你。我们知道你过去在社会上的时候，是专门学英文的，而且还挺厉害的。我们医院里的干部医师年底要考职称，而英语又是必考科目。这可是省里规定的，而我们的干部医师里，有的学过，但是早已忘记了；有些根本就没学过。据我们在管教科查档案的结果，发现我们全场懂英语的，目前只剩 7 个。连场部中学的英语老师都算进来，个个都是你们就业人员里的。听说那时候场部中学曾经调过你，你却推三阻四，宁可留在生产队劳动，也不肯来。我们呢？比较了一下，论学历，数你高一些的，特别内科的徐文才医师对你有些了解。你今天就是不来，我们也要去找你的。

偏巧你今天来了，我们医院领导就决定先把你留下，再去请向场长请示，估计问题不会很大。”

宋院长把话说到这里，我算是明白了，心想：这可是又一次天上掉馅饼。哪能不乐意呢？我又添了两句：“要么我先回大队，明天再回来不一样吗？”

他说：“那可不一样，生产大队可没有那么好讲话，他们培养你这么个管理生产的就业人员很不容易的。为了防止万一，你先歇下来。我马上亲自去场部办公楼请示，把住院通知书批下来，什么话就都好说了。至于你们大队，我会请场长直接打电话过去就行了。”

他都把话说到这个份儿了，我还能咋样呀？只有骑驴看唱本儿，走着瞧呗！

到这儿，我先要插上几句话，那就是我这篇“命题作文”可能会写的较长。因为这些旧事一经回忆起来，便会铺天盖地般地涌来，好像永远也有写不完的事。如果有一丝兴趣的话，请耐心地看下去，也许有人会说：你这个《我居然当了一把医生》命题似乎连边也沾不上。要谈到我和“医药”二字从来搭不上界的人，怎么能、怎么可能给劳改犯看病，那咱们得从根处谈起呀！下面闲话少说，咱们还得言归正传吧。

话说那天我进了干部住院部，住进了专门提供给科级以上干部住的小单间，真有种不可思议的感觉。

不大会儿，我躺到雪白的床铺上，想休息一会儿。突然门外进来两个都挺年轻的、扎着白围裙的人，一个端饭端菜，一个端汤。饭用细瓷大碗装的，菜装在两个搪瓷饭盆里，还有一钵汤，上面还浮着油花。我心里琢磨着，这是哪辈子做了好事修来的？

两个人放下盒，各自用着一种迷惑不解的目光望了我两眼，然后无言，离去。

后来我才知道，他们两个都是在小伙房干活的，而且都是和我一样就业的，这就难怪他们会这样看我了。

饭摆在桌前，齐刷刷的一荤、一素、一汤，干干净净而又漂漂亮亮的，突然我的酒瘾上来了。如此美味佳肴，焉可无酒？但我把我在场部合作社买的三蛇酒忘在宋院长办公室里了。回去拿吧，不会露洋相吗，干脆忍一下，俗话说得好啊，忍得一时之愁，免得百日之忧。

我一边吃着饭一边还在想：宋院长到了场部会有好消息吗？这顿饭究竟啥个味儿，我却咋也想不起来了。

那天午饭后，刚要准备找地方洗碗，只听门被敲了两下，接着推门进来的，是那两个伙房里的人中那个瘦点的。我手里这还端着碗哪，他一下子就接了过去，说了一句：“我拿去洗吧！这碗都是我们小伙房的。”

一眨眼，他就没影儿了。

我一个人待在那间狭小而特别干净的病房里，顺着那张小病床就势躺了下去。觉得有点倦了，可这心里还有事存着，也得睡得着哇。只是眯缝着眼，假睡了一会儿。

正当我脑袋沉沉地有点要睡的样子时，门被一个小护士推开了，她愣愣地叫了一句：“你就是那个叫陈岚的？院长打电话让你去他办公室哪！”

话没说完一阵风儿似的，她人就没影了。我一边心想这护士真够邪乎的，一边小快步地向院长办公室走去。

刚一出住院楼，就碰到一个手持铁锨的中年人，手里还提溜着个簸箕，似乎在捡什么，见我后就叫了一句：“你不就是那谁吗？那个沙老太吧？你上这里干什么来了？这可是干部病房，你别乱窜呀。怎么着，咱们也是就业的。”

说起沙老太，恐怕谁也听不懂，可是革命样板戏《沙家浜》里的沙奶奶，稍微有点年纪的人都很熟悉的。因为在1964年底，场部不知从哪里搞了一部沪剧剧本《芦荡火种》——也就是后来被改编成京剧样板戏之一的《沙家浜》。而当时我演的是那个沙老太，到了京剧里就改名为沙奶奶。

草草地和这位到第二天才知道的人点了个头，顾自走了。

他可是场部医院里赫赫有名的院部统计员。

心里多少有些忐忑不安的我，来到了院长办公室，见他老人家正在跟两位医师聊些什么。看到我去了，他就说：“你来了？正好我要叫人去找你来着。告诉你，现在你只是来‘住院’的。场部已经通知你们大队，估计你们大队下午就会把你要用的东西送来。来，来，来，我给你介绍这两位医师。”

其中那位卞医师，后来我跟他还成了朋友，这事以后再说。

我一听就明白了，毕竟官高一级大三分。大队里怎么也搞不过医院呀！

介绍两位医师给我认识，其中必有缘故。后来我才知道，除了卞医师，还有一位孙医师，他是厂部医院的内科主任。他就问我：“听说你英语不错。教我们能行吗？医学名词你懂吗？我们内科医生用英语怎么说？”

一串问题接连问来，行，给我来个措手不及。我心里想：你以为我是谁呀？我说英语当一碟小菜时，你还不知道在哪旮旯猫着呢。

心里是这么想，可我敢这么说吗？我只是轻轻地说了一句：“医学名词由于专业不同，说不那么好。但是一般的，还是会说几句的。至于内科大夫嘛，应该叫 physician 吧。”

他很快又问：“那么外科大夫呢？”

我不假思索地回了他：surgeon。

他愣了一下，又问：“动手术呢？”

我回他：operation。没错吧？

当时宋院长却吭了一声，还瞪了我一眼。我当时就明白了，这话说的不是地儿，可话却已然说出去了，抓不回来了。好在他们两位一时对此话并没怎么理会。

再说这位孙医师问的问题真有点儿太小儿科了。

可是我从他们的眼神中已经看出了端倪。我心里想：如果他们问出了什么较难的问题。我又不是学医的，哪会知道那么多呀？没准儿得露馅儿，那可真是吃不了兜着走。

看样子，这两位医师的关可以过了。从他们的表情，就可以判断：我征服了他们。对于一个劳改就业犯身份的我，可以说是满足极了。谁都可以想象得到，这种满足感，将为我带来的是信心啊！

从这事儿起，我才开始在那种环境里，真正体会到精神力量之可贵。快 30 年了，我再一次找到了自我。

其实这一次，就是开始进入了我生命中的一个全新的转折点。

不容易呀，这一切就已经预兆了我的今天。

从院长办公室出来，又回到了病房。不知怎么，心里有点空落落的。也不知道下一步该怎么走，更不知道明天还会发生什么？

晚饭又是那两个炊事员送来的。一瞧，碗里装着一只鸡腿。这种享受，已经离开我将近 30 年了。

吃过晚餐，护士长过来说：“院长说了，晚上你可以到干部食堂去看电视。”

这可又是一大惊喜。因为在下面生产队里，除了干部民警，谁还有此等待遇啊？要知道那时候，电视机这玩意儿进农场也才不久。

记得那晚看的是一场花样滑冰决赛。光是伴奏音乐，我就听得如醉如痴。至于滑冰表演的舞姿，更是让我得到了数十年未曾有过的艺术享受。我心里在想，这世道是不是要变？革命样板戏就将离我而去了？《地道战》和《地雷战》也会一去不复返了？《语录》也会不再来了？

老天啊，原来一个人活着，还能有这么好啊？我不禁庆幸，我居然又重新回到了人间。

那晚回去就寝后，不停地做着五彩斑斓的梦。全然没有去想：明天将会有什么在等我？

一个人一生中，都有无数个明天，这每一个明天都意味着希望和梦想。

但是得分什么人？那些为非作歹的家伙们，则在时时算计着如何坑害别人，盘算着如何掩盖自己的种种丑态及恶行。

试问我这一生又还会有多少个明天？每一个明天都是无法预料的。

明明前一天晚上还坐在干部食堂里，享受风花雪月的美景。第二天一大早就来了麻烦。一位住在场部干部楼的医生对我的到来一无所知。他一走过我的病房，就发现里面有一个皮肤黑漆漆的人坐在病床上喝粥，还一边啃着馒头。

他是什么人啊？干部呀，而且是劳改农场的干部呀！有着一双火眼金睛，一眼就看出：这人必定是个劳改的。没错儿。

于是一脚踩进门，叫唤着：“你是哪个队的？谁让你跑到这里来吃饭的？”

我还没来得及咽下饭去，就听他大声喊着护士长，说：“你们都干什么吃的？会让一个劳改犯猫在这里吃饭？”

紧接着一个小护士奔着过来，一边还说着：“护士长还没来，仇院长，您有什么事吗？”

这时，我一听这话，心想着怎么又蹦出一位院长来了？

又听着那个所谓的什么“球”院长叫唤着：“都什么时候了？护士长怎么到这时候还不来呀？”

那小护士轻声地说了一句：“现在还早啊，才七点不到。您来早了。”

“球”院长这气就不打一处来，说：“来早了犯法呀？都是什么工作作风？赶紧的，快把这个劳改犯赶出去。太不像话了。这可是干部病房啊。岂有此理！”

话没说完，他就顾自走了。

您说这戏还怎么唱下去呀？

说什么我也不明白怎么就一下子又弄出来一个“球”院长来，看来凶多吉少，到了这节骨眼儿，又退回大队里，哪还有脸见人哪？

但是我又想了一下，难道这么大的场部医院、干部之间，做事相互间都不通气的？正在胡乱琢磨中，没承想，那位“球”院长，已经又转回头，昂然地就站在我面前，上下打量了我好一阵子，说道：“你就是那个叫陈岚的？我怎么看怎么不像。你真的就是那个英语好厉害的陈岚？”

他停了一下又接着说：“黑不溜秋的，说啥也不像个知识分子。”

我光瞪着两眼瞅着他，半晌不吭声。这样对视了一下，挺尴尬的。

他突然又说："瞧你这股稳劲儿，还真像那么一回事。不错，有点儿知识分子那股酸劲儿。"

话说到这儿，我还真有点儿不服气。知识分子怎么你了？你倒是个知识分子，有样吗？

可是迫于身份不同，我还是来个不吭声，只是深深地望了他一眼。

他有点儿耐不住性子了，又说："你不就是个上海佬吗？听不懂北方话啊？你在农场这么多年，还听不懂俺北方话啊？"

我还是一个劲地望着他。

这时候他有点耐不住了："我跟你说了这么多话，你怎么不理人呢？"

而我到这时候就说了一句："你不刚才说我是劳改犯吗？劳改犯敢跟你说话吗？"

这话可把他着实地呛了一口。

这时候护士长走了过来说："你这是怎么跟院长说话呢？"

我心里想的是，谁知道你们有几个院长啊？话说到这儿，那位"球"院长也就讪讪地走了。

这时候护士长就又说了："你知道他是谁呀？他可是杜政委的女婿呀！得罪了他，有你什么好处吗？"他居然是杜政委的女婿，这可真是大水冲到了龙王庙。一家人认不得一家人了。可他怎么是这么个态度呀？

这会儿我正纳着闷儿，那个小护士又过来了，说："院长打电话来让你去。"

我就问："哪位院长？不会是刚才那位'球'院长吧？"

她说："你胡扯什么呀？是宋院长，一把手。'球'院长是副的。"

不知是什么时候，又进来了个年龄大些的护士，从旁插了一句，说："你才在这儿瞎扯呢。"

回过头又对我说："你也得小心，'球'院长还在办公室生闷气呢。说话注意些，想想你自己的身份。得罪了干部，会影响你自己的前途的。"

不说这话，还差不多。既说了这话，不是打我的脸吗？你一个女人家多什么嘴呀？

我心里想：老子还真就不伺候了，大不了，回大队种我的田去。出了病房下了楼，气愤地向院部走去。走着走着就见宋院长正和几个医生站在他的办公室门前聊着。

这时候我已经下了狠心，干脆回队。这个劳什子院，老子不住了。你们不是找英语老师吗？找去呀！关老子个鸟事？

一旦做了决定。就什么都不怕了。

这时宋院长已然看出我的神色不对，一边还对我笑眯眯地说道："昨晚睡得还好吧？"

我则碍于情面地哼了一声，接着说："院长，我今天回大队去。"

他愣了一下，说："怎么了？"

后来我知道他那时心里跟明镜儿似的，谁让人家是一院之长啊？

我那句回大队的话，一说出口，宋院长脸上的笑容，顿时凝结了。他用着一种疑惑的眼光，扫了我一眼。这时在场的那几个医生也都回头注视了我。一个当过多年演员的我，自然能解读他们的面部表情。

我这时有点豁出去的意思。已经可以说无所畏惧了。

接下来宋院长就低声说了一句："怎么了，好好儿的又怎么说要回大队了？"

我答："反正我本来就没什么病。大队生产挺忙的，我在这儿住院，本来就没什么意思。还是回去的好。"

宋答："不对。昨天还说得好好的。今天怎么又变卦了？说！到底怎么回事？"

我答："没什么。就是想回去了。再说，我一个劳改犯住在干部住院部，也实在有点说不过去。"

宋问："谁说什么了？会不会是仇院长哪？这也不能怪他，他刚调来不久，事先，我一疏忽就没跟他通气……"

说到这儿，我得补充一句。他其实不是姓"球"。再说《百家姓》上也没这个姓儿啊！他是姓仇。这个字当名词念愁，而作姓却读作球音。你比如曹禺先生的剧作《原野》中的仇虎的仇字，也要念作球字啊！

我抢答道："他是干部医生，说什么都是应该的。"

这是我故意把当地习惯用的医师称呼，改叫医生。这也是一种撒气的办法。

边上的徐医师就有意地说了一句："昨天三对六面的，说得好好的，就这么变卦了？你也太不把我们当人了吧。"

我说："您这么说，可要折煞我了。队里这么忙，好歹我也是个包耕组长。600多亩田哪，到时候减了产，我一个劳改犯可真吃罪不起了。"

现在想想，我这其实也是在穷摆活。有意无意地，透露出一种说不出的傲气。要放在现在，我再也不会那样说了。

当时宋院长就对其他几位医师说："这样吧，你们先回去。

我和他谈谈。”

他边说边把我拉进了他的办公室，拉了一把椅子，叫我坐下，然后说：“这会儿没人了，你倒说说，究竟是怎么回事？”

我呢？依旧无言。

进了宋院长办公室，我心里却无形中有点儿发毛。为什么呢？大家想啊，昨天，就在昨天。离那时还不到24个小时，事态在我这里起了变化。弄得他也很不好下台，说不定他会对我大发雷霆的。真是这样，我又该如何去对待呢？也发火吗？显然是不合道理的。干脆看他怎样对待了。反正我是无权对他发什么火的。静观其变是我那时的唯一良策。

当我随他进门后，他却面带微笑地指着一把椅子，让我坐下。又说了一句：“你不抽烟吧？要抽，我桌上有。”

他这么一来，我倒反而招架不住了，下意识地回了一句：“谢谢您，我从来不抽烟。”

说完后又补了一句：“宋院长，您有话就说吧，这么多年的改造，说什么我都不会在乎的。”

谁知他马上就接了下去说：“真的不在乎？我看你倒是蛮在乎的，仇院长随便两句话，你就受不住了？”

他这么一讲，使得我除了目瞪口呆，还能说什么呢？

他看到了我的面部表情有了缓解，又紧接着说了一句：“你当我也傻呀？刚才仇院长打电话来说，你也够傲慢的。你别看他脸色看起来很凶的样子，日子长了，你就会明白，他可真是个大大的好人呢。不过工作认真是他的习惯。”

我嘴里不说，心里直犯嘀咕，这话怎么说的？这样的好人可真够人喝一壶的。

紧接着他又说：“你肚里的小九九，谁还看不出来？得了，我陪你回病房，其他事情我会安排的。”

不知怎么的，我却老老实实地跟着他走了。现在想想：我那时怎么那么傻呀？这场仗我彻底输了，自己给自己找了个下不了的台阶。

人就怕受冤枉，那位仇医师，随随便便地就把我凶了一阵，思前想后，还是干脆回大队的好。留在这个地方，指不定哪天又会碰上个别的什么神头神脑的家伙来老三老四的熊人，我可受不了这个。

回过头我还向宋院长说：“不是我不听您的，更不是为了别的什么事，只是我这个人您还不太了解。我是最不愿意受冤枉气的人，脾气又不好，日子长了免不了要遇见个什么事。反正能教英语的不只是我一个，您还是让我归队吧。”

这回宋院长可真的不乐意了，他说：“那好吧，你实在想回去就去吧。大不了我到场部去开个调令来，哼！还怕你不来？”

一听他这话，我又犹豫起来。如果真是这样的话，那我可就真的被动了，倒不如……

这时候他见我的态度也有些松动，就又说了一句：“行，你还是先回病房考虑考虑，别这么快就下结论。这对你可是有百利而无一害的事哦。”

我听了他的话回头就走，后来一想：不对呀！回到了病房不等于承认我是错了的啦？待会儿一进病房不又碰上那个仇医师了？我刚才面子不就丢到底了？

可谁又料到那位仇医师竟然又过来了，老远看到他笑盈盈地过来，眼睛直接向我这边看来。他说：“你就是那个会演戏的《芦荡火种》中的沙老太的陈岚吧？”

我愣了一下，情不自禁地点了个头。

“我爱人认识你，她说你戏演得好，还会说相声；听就业科的李科长说你的英语真的很棒。档案上都有说明的。看来我还真的小看了你了。还生气呢？”说完就连声大笑起来。

这事我也纳闷儿，这么个凶巴巴的人，怎么一顿饭的工夫就像又变了一个人似的？

现在我回想起来，还不是因为杜政委的关系。后来宋院长也出来打了个圆场。这事就算过去了。

满天乌云刹那间就散了，当晚我依然住在原来那个干部病房吃着小伙房的饭，优哉游哉，不亦乐乎。

这回我和干部之间的斗争，初战告捷，这可是第一回在劳改场所没让干部赢。打从这天起，我在劳改场所再也没有受什么干部的气。开始第一次得到了扬眉吐气的感觉。

这回该怎么样来解释呢？雨过天晴吧。

住院那阵，可真享了福。好菜好饭伺候着，补药吃得不得了。你们想啊！那些医师都指望我多教些，教好些。

加上我这人从小就养成了一种干活时倾尽全力的习惯，用英文来说就是 Play while you play,work while you work。这句话用中文来说就是：该干活儿的时候干活儿，该玩儿的时候就痛痛快快地玩儿。给那些干部上课的时候，用现在人的说法就是：特卖力。

不知不觉就过了一个月，加上我根本就没病。时间久了，大队中队的干部加上组里的伙伴时不时地就到医院来看我，盼着我早点回去，因为眼看就快秋收了。

有一天我刚上完课回病房，就见宋院长和仇院长两个人，一前一后都进了我的病房。

宋院长先张口，说：“你来了快一个月了吧？”

我说：“差不多了吧。”

他又说：“你们大队长和教导员天天来催。你的课还有得上呢，医师们又不乐意让你走，你看怎么办吧？”

我说：“我一个劳改就业犯，我有什么发言权呢？大队要我回去，我还敢不去呀。”

这时候一向心直口快的仇院长就开口说：“干脆把他调过来算了，有啥了不得的？”

宋院长说：“你这话倒也有理。”

这后来的事就不用讲了，这可不是别的单位。什么单位都好得罪，谁敢得罪医院啊？这生病的事可不论干部劳改，生起病来都得找医院啊！

当时过了几天场部的调令就来了。我没回大队，我的东西还是大队派人替我拖过来的。

其实我现在想想，人还是逃脱不了命运的摆布，那时活该我走运。按现在人的说法：该是你的总归是你的，不该是你的，你就是跪下来求也是没用的。

照理我以后的日子就要好过多了？不，且不呢！

这事现在我还记忆犹新。仇院长这个人应该是那种比较较真的人，不论什么事情，他必须问个水落石出。那天他第一次来上课，一进门就若无其事地瞧都不瞧我一眼，好像把我当成了空气一个样，一副目中无人的德行。当时我实在非常反感，但是我也只能干瞪眼。谁叫他是干部医师呢？

无奈呀！我也只有忍气吞声。开始上课了。我记得那次上的是一篇什么童话故事，里面提到了王子、公主什么的。等到我念到那个 princess 的时候。他突然哼了一声，当场引起一些人的注意。旁边坐着的是另外一位医师，回过头捅了他一下。可他却不以为然地大声说了一句："本来就是他读错了。重读音节应该在第二个音节上，他倒好，把这个字读成王子的复数了。"

当时我一听，就想原来他还是个真正的内行。没错，原来，这位还真不是个棒槌（京剧有这么一句行话，是指外行的意思）。我就补了一句，说："这位医师说得对，按照英式发音本来就是应该读作这样的。但是我这读的是美式的发音，重读音节是放在第一音节的。"

他却依然故意轻蔑地又说了一句："我们是土包子，不懂什么'英式''美式'的。"

当时课堂上一阵子笑声。但是我却看出了一点，这个时候他心里是明白的。他那么说也不过只是聊以自嘲而已。我也就接着讲我的课了。

这回他就再也不吭声了，还似真似假地记起了笔记。等下了课后，他就再也没说什么了。

第二天下午我在门诊部过道上碰上了徐医师，他见了我就笑起来了。他说："你还真不错。昨天下了课，人家仇院长还一个劲儿夸你哪！说你还是真的懂英语的老师呢，看来这回他是真的服了你了。"

他说的没错，就从这一次起，我俩的僵局就无形地解除了。从那个时候开始，我和他之间的关系更进一步了。不久我俩就真的成了莫逆之交了。什么干部、就业犯的劳什子关系，无形之中都消失了。他应该是我在劳改农场交到的第一个朋友，我俩很快成了无话不谈的哥们儿。这实在是我后来得以离开劳改单位的一个重要因素了。

现在我回过头想想，其实从那时开始，我的命运就已经开始有了一个转机了。

今天我回忆那件事依旧觉得很不可思议，那位副院长开始看到我一副凶巴巴的样子。可以后我和他之间竟然建立起了不分敌我的微妙关系。连他和他妻子之间的一些暧昧的事情，他都会来和我谈个没完。下面有一段我和他之间的一段对话：

他说："你知道我为什么总愿意和你聊吗？"

我说："这我可真的不知道了，你我属于那种敌我矛盾的关系。你是公安干部，我是无产阶级的专政对象。你是共产党员，而我呢？典型的崇洋媚外的反革命分子。至于你为什么喜欢和我谈，那我就真的不明白了，难道场部政治处给了你什么任务，到我这儿来摸什么底来了？"

一听我以上的一番话，他就哈哈大笑起来，说："你这个老小子，你可真逗了。我是谁？不就是个大夫么，这事和我有个毛关系？只是你我在性格方面有些相似，都是那种有屁就放的家伙。"

我马上接着说："你这可就奇怪了，我刚还说过，你我存在阶级矛盾。你我相似，这话打哪儿说起？"

他说："咱们能不能不谈这个什么阶级不阶级的事儿？老缠着这个话题有意思吗？说实话，我觉得你不愧为一个知识分子。"

我马上接茬说："那你就不是知识分子啊？怎么说你也是堂堂的大学毕业的大医师啊？我了不得是个唱戏的，能和你比吗？"

他也就立马接下去说："至少你不虚伪，就不像那些个……"

说到这里他就停了一下，向门外望了望，又说：“咱说话可以不那么大声吗？你喊口号啊？”

话说到这儿，他顿了一会儿，就又说：“你知道什么呀？按照我的资历，根本就不应该调到这么一家小小劳改医院。起码应该在省医院当个外科主任什么的。”

听他说到这儿，我也觉得有些好奇，就紧接着问他：“这是为什么呀？”

他就接着说：“你不知道我的出身，我爸爸也是当过右派的，只是后来上级指出是过分了，才没有被打倒。”

“那你还是比我强十倍呀！”我抢白了他一句。

“你这样说不是跟我抬杠子么？”他有些不高兴的样子。

我一看他的样子，知道他是有一点生气了，就拐了个弯说：“瞧，您还不是和我生气了。好了。仇院长，怪我不服从管教。晚上我做检讨不行吗？”

他也就顺着杆子往下滑，说：“谁跟你一般见识？算了算了，去食堂吃饭吧。我也该回家去了。”

我俩的争执也就此结束了。

话说到这儿，我俩心里都跟明镜儿似的。之前我跟仇院长之间的不打不成交的阶段已然过去了。

记得我在场部医院先后四年，除了开始教英语时，他还有些不服气，因为当时医院里所有医生数他的英语最棒。头几天他都不来上课，做出一副挺自以为了不起的样子。下课后，他还先后找了几位医师探听了一下虚实。过了几天医生们似乎都有交口称赞的意思，他才悄悄地来到了课堂上。

仇副院长不愧是个底子硬的人。他是杜政委的女婿，又是劳改局党委副书记的表弟，可以说是个说话算数的角儿。

宋院长把我招了进去，再加上后来仇副院长又成了我的哥们儿一样的人，于是我在医院里的日子还过得有那么滋润。加上我打小就在继父那里学到了一些医术。再说这医院里上上下下几乎都是我的学生，谁还敢来欺侮我？熬了大半年架不住我这个人有着一种天生的学习资质，一有空闲时间我就去几位医生的门诊上旁听。有时候我还会老三老四地瞎插嘴。慢慢地，我还在医生们去厕所的时候，代他们给劳改犯人看病，还学着开处方。别看就这么点儿事儿，对我的一生都起了很大的作用。

时光如梭，我在医院里待了将近四年了。干过的活儿不少，由此学到的东西也挺多的，简直是我毕生享用不尽的。所以说啊，这古人怎么说来着？说是：学到老学不了。这是古人说的吗？我也实在说不清了。

回忆起来也真好笑，那时候到医院看病的犯人，见了我谁敢不叫我一声医师啊？而我那个得意劲儿就甭提喽，骨头轻得那叫没有四两重。还和你们说一句悄悄话，其实那个时候的劳改单位里还是蛮有点儿人情味儿的，当然和“文革”时期是大不相同了。那么和今天的美国电视剧《越狱》就更加有着本质上的区别了。

您还别说，直到现在，我还不时地回忆起那一段劳改医院的岁月，那一段生活带给我命运转换期的影响的确是很大的。

我感谢宋院长，是他鼓励了我，并且帮助我摆脱当时农场领导以挽留为借口的阻难。

我感谢仇副院长，是他给了我不少的人生感悟。

我也同样要感谢徐医师他们对我无微不至的照顾，有时候甚至是一种怜悯，让我能够在那个劳改农场有一个足够的生活空间和生存余地。我摆脱劳改生涯，他们起了举足轻重作用的。

我更要感谢我自己乐观主义的心态，不怕艰苦、不惧劳累的无畏精神。

我还想感谢……

记忆罗钻——我一生难以痊愈的伤痕

我曾提到过我一生中三个不眠之夜。其中最为惨痛的一夜，刻骨铭心的就是罗钻临行和临刑的那一夜。

天良一丝仍存的我，作为一个人起码的良心和仅存的良知，尽管几十年中，这已逝的惨痛，是我最不愿意向人提及的，而又永远也逃脱不掉的。

平时我常常会提到一个“诚”字，我始终认为这个“诚”字是我做人的一个基本准则。我总说我始终坚持待人以诚，和我好的我诚挚地待他，和我不好的或者我不喜欢的，我也会诚实地告诉他：“我和你合不来，咱们做不了朋友。”然后退避三舍，老死不相往来。

但是一旦这话说出来，往往我的心中隐隐作痛，不能自抑，为什么？因为在我心灵深处，始终有一个死疙瘩，让我解不开也驱不走。

那就是之前我提到过的，我生命中一个十分重要的人——罗钻。由于我一生中不同的时期，先后接触过的人数不胜数。除了部分与我个人没啥瓜葛的名人以外，我好像从来没有具体提过什么人的名字。

主要是遗忘了，还有的是我不愿意去牵扯别的什么人，而避嫌疑的。

但是罗钻，他却不同，我是亲眼看着他一步一步走向死亡的。从他执行死刑的那一天起，我三天没有吃过一口饭，三天没有睡过一个囫囵觉。眼前总是不停地回旋着，他那羸弱的身躯、清秀的面庞；有时高雅，间或咆哮的谈吐方式。

两个月零七天哪，从1958年12月7日到次年2月14日，他被枪决前，就是我，也就只有我始终守在他身边，在一个阴暗永远见不到一丝阳光而又微小的监房里度过的。

一辈子，不同时期发生的事，不胜枚举。可是绝大多数，我会把事情发生的具体日子忘记了，但是其中有几个日子我是一生也无法忘怀的。

比如说1949年参军的日子，那时是1949年5月27日，也就是上海解放的第二天。

还有1957年我被逮捕的日子，11月26日。

还有是我来到现在居住的小城的日子，1988年7月2日。但是最令我难忘和感伤的日子，就是我搬去与判处死刑的罗钻共处一监的以及目睹他离去就刑的那个时刻。

那是二战时期珍珠港事变的前夕——12月7日。

记得三天前，也就是12月4日上午，当我在我们监房长长走廊上拖地板时，突然，监狱的管理员戴主管对我说："监狱长要见你。"

我心里首先就觉得有点古怪，他找我干什么？更奇怪的是戴主管把我一直引进了监房大门外的办公大楼，这可是个例外，犯人一般是不被允许出监舍大门的。

上了二楼，进了一间干净利落、整洁无比的、只放了一张写字桌的房间。

监狱长就在那里坐着写着什么。戴主管突然大声地喊道："报告监狱长，犯人273带到。"只见监狱长抬起头，直直地望着我。

还记得这位监狱长姓王，戴着一副眼镜，威武不失儒雅的那种。我在广播话筒中经常听到他训话的声音，另外每次监狱文艺演出，他是每场必到的。记得有一次我唱《三击掌》后，他亲自到后台看了一下，向我笑了那么一下。如此近距离接触这可是第一次。他叫了一声："你就是273吧？"

273这个奇异的数字，几乎陪伴了我大半个晚年。至今，我的银行卡密码中还用着这个数字。这可是我在这所监狱里的番号呀！因为人一进监狱，自己个人的姓名就已消失，改之为番号了。此时我心中依然忐忑不安，正琢磨着这是有什么大事，要我来见监狱长？监狱长可是专门管理狱中劳改犯人的管教干部的，一般来讲跟犯人是不接触的。今天他找我必有缘故。

这时他又说了一句："273，你想不想立功呀？"在监狱中待了一年多的我明白了，他们这是在动员我立功呀。立什么功呢？我诧异了。

那位姓王的监狱长把我找去后，就说了几句不痛不痒的话。什么你作为一个罪犯，首先要认识自己的罪行，狠挖自己的阶级根源，要向政府靠拢。然后说了几句表扬的话，又淡淡地提了一些目前存在的问题，总之不外乎靠拢政府不够，反映情况太少，最后才提到点子上。

他大概是这么说的："现在我们要给你一个考验，你必须得接受一个重要的政治任务。完成得好，政府会知道的，你应该知道政府的政策，具体情况会由楼面主管向你布置。”

就这么几句似乎轻描淡写的话，就把我给打发了。

回到监舍，因为开饭的时候到了，我也就去扛饭，发饭了。晚饭打发完了，我也吃完了饭，开始读报学习了。戴主管又过来了，说：“你来一下，你们其他人由1049（当时的副小队长）带回监房吧。”

于是我又跟着他到了四楼的一间主管办公室，里面坐着另外四位主管。然后戴主管就对我说：“监狱长下午已经和你谈过话了，你有什么想法，说说看吧。”

我能有什么说的呢？只是说感谢政府对我的信任等一些不着边际的话。但是，我看这五位主管坐在那里，十只眼睛都盯牢了我。心里不由得有些紧张，心想究竟是什么事呀？

接着另一位更年长的李主管双眼直视着我说：“273，我们打算暂时停止你在楼面劳动队的任务，你必须和其他犯人一样，到监房里继续接受改造。”

当时我就懵了，紧接着问了一句：“我犯了什么错误了吗？”他就逐字逐句地对我说：“你劳动是改造，叫你演戏是改造，现在让你进监房也是为了改造，而且是更好地改造。”

最后戴主管说了一句：“叫你进监房，并不是为了别的什么，而是对你一次更深刻的考验。明天市监狱要调一个犯人到我们这里来单独关押。为了安全起见，我们决定由你去监督他共同改造。”

什么人呀，用得着这样？我心里嘀咕着。

这时，就有一位姓孙的年轻主管插了一句：“他是一个判了大刑，罪大恶极的历史反革命犯人。”

这句话可把我吓了一大跳，为什么要让我去陪一个死刑犯，这个人应该是青面獠牙的那种。我哪行啊？可是来不及了，政府已经决定了，我有何可奈呀？因为我知道所谓大刑犯就是判了死刑的呀！和这么一个十恶不赦的人共处一监，该多恐怖呀。

那天夜里，噩梦始终伴随着我。

那时候监狱里忌讳说这个“死”字，都把判了死刑的叫大刑犯。我听了以后，只感到毛骨悚然。

第二天清早 5 点钟，按例主管们该给劳动队犯人开门干活儿了。那天又是戴主管，他先说：“273，你今天不用劳动了，把东西整理一下，回头我送你去监房。”

忐忑了一夜的我，此时又无端地神经紧张了。那种感觉就好像我自己被判了死刑一样。劳动队犯人也都大致理解了，我要进监房了，不同的眼神向我身上投来，有惋惜的，有同情的……这只有让我越发难受了。

只听戴主管说：“1049，273 进监房以后，这一堆子事都由你负责了。你们看看，都有什么需要交代的吗？”

向来有点啰唆的 1049 就问了我一下：“大组长，有什么活儿交代的吗？”

我心想，天天都是同样的活儿，不咸不淡的有什么好交代的。谁知，他趁戴主管不注意时对我说了一句：“你要小心呀，别翻了船。”

我一时回不过神来，翻什么船？

这时戴主管就说：“整理好了，把东西拿到我办公室来。”说完就走了。

劳动队总共 16 个犯人，每个人都到我面前，或示意或点头。我记得那个我管他叫“小饭格”的苏北孩子，他才 19 岁，还过来用手掐了我胳膊一下，挤了挤眼睛。没两下工夫，他们全干活儿去了，有的去楼下，有的在楼面口站着，等着当班主管开监房门后提马桶—— 一天中最紧张的活儿——倒马桶就要开始了。

而我提着东西，却没料到东西太多，一下子提不走。棉被、毛毯、旅行袋，还有家里给我送来的书籍，零零碎碎一大堆。我搬了两次才搬完。我就问坐在办公室的戴主管："我进哪间房？"

他说："上四楼东部。"

听说四楼东部，我又不安了起来。因为四楼东部是专门关重刑犯的，也是最安静的地方所在。

戴主管帮我提了点零碎东西，从二楼上四楼。到了472号监房口，说了一句："273，进去好好反省自己的错误，回头我还要找你谈话的。"

在我印象中，472监房原来关着的是一个老头儿，听说还是复旦大学的教授；另外三个人我就弄不清了，而现在在监房里叠被子的却是一个挺清秀的小伙。

我心想，难道他也是来陪送的？

戴主管开了监门叫了一声："1814，这是调来跟你同监的273。你们要相互监督，共同改造。"说完就锁上监门走了。

这时候，我看见了他。怎么也想不明白，这1814会是那个判了死刑的大刑犯？他居然还那么年轻，而且他就在我跟前蹲着。

只听他一口湖南口音咕哝了一句："什么共同改造，还有几天哪？"

当时我居然没有体会到他这句话的意思。我一进监房，本能地先把马桶提到监门外。

那个番号是 1814 的小伙子眉目间传出了歉意，同时也就下意识地帮助我把衣被诸物整理了一下，因为监房里必须保证绝对的整洁。

等马桶重新又提进来时，来开门的仍是戴主管。

当我探身出去提马桶时，戴主管又叫了一声："273，到楼面办公桌那里等着我，我就过来。"

我回过头看了看他——那个小伙子：只见他靠墙席地而坐，手里捧着一本我带来的书，正入神地看着。对我的动静，他似乎丝毫不加理会。

我就向楼面口走去，一路上劳动队的犯人们都不住地向我打招呼，我只敢略略点头示意。因为监狱里有规定，劳动队犯人与关押犯人之间讲话是不被允许的。

到了楼面口，不一会儿，戴主管也就过来了。他说："273，我要给你看一样东西。"他一面说一面在抽屉里找出两张纸。其实是一份判决书，不用说，这绝对不是我的。我的判决书只有一张，而且他也没必要让我看我自己的判决书不是？我的判决在当时是属于所谓的"从宽处理"的那种。那么我琢磨着，有可能是那个人的？

戴主管就问我："你对这个人有什么看法？"

我问："谁？"

他说："那个 1814 呀！"

我问："他怎么了？"

他说："他就是我要你去监督的人呀！"

这回我可愣住了，真的愣住了。这怎么可能呀？他还是一个小伙子呀，怎么可能啊？我一面思忖着，一面接过戴主管递来的那份沉甸甸的判决书。天啊！他是杀人犯？我怎么也接受不了呀，这么一个……竟然杀过人，尽管我打小就见过世面，又演过那么多有好人、有坏人的戏和电影，可是那里面的坏人，一个个都是狰狞可憎的呀！还记得在部队参加土改时也亲身经历过恶霸地主的声讨大会、斗争大会。那些人也都个个似乎很不像人样的，甚至也目睹过枪毙的。可这一切和我刚见到的那个小伙子怎么说也挂不上号呀。其实那一下工夫，判决书上究竟写了些什么，以及戴主管唠唠叨叨说了些什么，我似乎始终是稀里糊涂的。

至于罗钻的具体案情，还是我帮他写上诉书、申诉书、求诉书甚至哀诉书时，才全部了解的。因此当时我怎么也不能把杀人罪和面前的这个小伙子挂上钩哇。

记得那天，我从戴主管那里回去，吃过了罗钻给我留下的那顿早饭。我还记得很清楚，稀粥有点糊，还有半块红腐乳。我边吃，他还对我说："这稀饭煮焦了，有些苦吧？"他那地方口音特重的普通话至今我还记忆犹新。

我第一次仔细端详了他：寸半长的头发，白得有点发青的皮肤。不大不小，但还挺有神的一双眼睛，挺直略宽的鼻子，厚厚的嘴唇，还有一口整齐的白牙。

以后我注意到，他刷牙时间是我的三倍。他特别在意，甚至有些得意的也是那口白牙。有时偶然展露笑颜的牙齿，就今天来讲，能迷倒一大堆姑娘。当时我心里只是在想：这么一个慈目善颜的小伙儿会是杀人犯？怎么对得上号呢？

吃过饭以后，他首次开口说话了，第一句："你犯的什么案子？"

我无奈地答说："跟你一样也算历史反革命吧。"

他接着说："你怎么知道我也是历史反革命呢？"

得！这下子轮到我哑口无言了。

他接着又问："是干部告诉你的？"

我含混地唔了一声。

他又问："你好大年纪？"

这应该他们那里的方言吧？

我说："整 30。"

他说："不像，看起来也就 20 多岁吧。"

我随着又礼尚往来地问："你几岁了？"

他答："比你大两岁。"

我也说："看着也不像。"

就这样我们俩第一次打开了话匣子，也就是说我们之间这段可悲、可凄、可惨、可泣的交往，正式开始了。

我说："你怎么不问问我的案由？"

那天午饭后，我坦率地向罗钻袒露了我的全部案情的来龙去脉。按照监狱的规定，犯人是不允许谈论任何有关案情的内容，但是戴主管这次面授机宜地对我讲了以下的话语："你可以先向罗钻披露你的案情，看他怎么说？"再说，我们这间监房两边都是空的，小声讲话料也无人听到，绝不可能有人去汇报的。

我原以为抛砖引玉，他会说些什么关于他自己的事情。然而他听我说后，只说了一句："你也命苦呵。"

他又竟自看着我那本家里送来的《大众电影》，那可是当年全国唯一的有关电影的杂志。上面有一篇谈论到一部喜剧电影，好像是我当年的韩非哥哥当主角的片子，片名我想不起来了。

他看了以后就说了一句：“真无聊，这算什么电影呀。”

我问他：“怎么了？”他再次无言。

等到了晚上七八点钟光景时，他出其不意地问我：“你不想看看我的判决书吗？”

我不置可否地回了他一句：“能看吗？”

他说：“天太黑了，明天给你看。”又补了一句：“我是判了死刑的。”

我问：“什么时候的事？”

他答：“就是前天。”

我问：“为什么呀？”

他答：“你不知道吗？他们（这里显而易见是指监狱管教人员）没有告诉你？”

我违心地答了一句：“没有，真的。他们没有跟我说过你的事。”

他又问：“真的吗？”

我答：“当然是真的，他们只是问我的事情。”

你们瞧，我的虚伪在此表露无遗。明明我就在这里采取干部们教给我的办法，去套他的话。

他又问：“那么你有什么事？”

我答说：“你不知道我原来是外劳动（指监房外的劳动队）呀？有人汇报说我私自和监房里犯人聊天、搭讪。”

他又问：“有这事吗？”

我答：“有哇。”

他问：“什么样的犯人？”

我随口答了一句：“一位当过教授的。”大家瞧，我这谎言答得多么顺溜。我的本质就在这里暴露无遗了。

他又问：“他犯的是什么案子？”

我说：“那我怎么敢问呢？”

他又问：“你知道我为什么判死刑的吗？”

我说：“我怎么知道？”

他说：“我是杀人罪。”

我故作惊异地问：“你会杀人？怎么杀的？你才多大呀？”

他说：“那时我才 16 岁。”

这时我真的吃惊了，又急着问：“你怎么杀的人？用刀吗？你一个孩子家家的怎么那么大的胆呀？”

他说：“又不是我杀的，我只是传达了营长的命令。”

我接着问：“那时你是干什么的？”

他答：“我是国民党十六师的。我原来是给营长当勤务兵的，他叫我去传达命令，我敢不去吗？”

这回我真的动心了，就问：“你明明只是传达一个命令，怎么就算杀人犯了呢？”

半晌，他才说了一句：“那得去问他们了。”他指的显而易见是什么人了。

我接着又问：“那人死了？”

他答：“死了。”

我又问：“死的是什么人？”

他说：“他们的人，新四军。”

这回轮到我无言了。

第二天一大早，按惯例，五点起床，监房外面乱糟糟的，倒马桶，送水洗漱，吃早饭，送开水。前前后后个把小时，而这天早上罗钻几乎没有动手，一切都是我在忙着。等这些都过去了，主管们也都在监房门口溜达巡视了。

记得那天，除了默默吃早饭以外，我们俩几乎一言不发。大概八点钟左右他递了一张纸给我，仍然默默无言，眼睛却没有瞧我一眼。

我一看那张纸上较为清秀的字迹，抄的是他的判决书的内容。因为那时我们每个犯人的判决书都一律上交，由干部保管在档案袋里，是不允许我们个人保存的。因为他们不允许犯人之间相互了解案情。

我看了之后，也怔住了，很简单的几句话：

被告罗钻，出生于富农家庭，自幼不愿读书，15岁就弃学投身于国民党反动派的匪军队中。先后在匪军中历任勤务兵、文书等职。甘心与人民为敌，屡屡参加多次暗害我党我军革命战士行动，以致我党我军多名干部战士被他杀害。其中更严重的是于1946年至1948年在国民党反动派某军某师某团为某某营长当勤务兵期间，出谋划策，纵容营长先后杀害多名我党革命战士。特别严重的是他竟自伪传营长命令，于1948年某月（具体日子记不清了）亲自前往关押我军干部的牢房，将我军某军某团某营某连指导员当场枪决。后因反动派内部发生矛盾，上级宣布释放该名指导员，方始发现该名指导员已经在被告罗钻策划下提前枪决牺牲了。其后，还因此事罗钻有功，被升为文书。解放后，该反动军队被迫向我党我军投诚，被告罗钻又伪装积极，在我军某连担任文书一职，始终隐瞒历史。直至反胡风反革命集团运动期间，方被迫交代其部分罪行……

最后判决书结尾写着被告罗钻坚持反动立场，杀害我军多名革命干部战士，实属罪不可赦，血债累累。不杀不足以平民愤，判处死刑，等等。

看了以后，我半晌张不开嘴，一脑门子糨糊。

对于坐在我对面，靠着墙的如此清秀的面庞，忧郁的眼神，瘦削的体型，怎么能和判决书上描写的那个杀人不见血的反革命杀人犯对得上号呀？

在我的博客上，有朋友留言。要我把罗钻的来龙去脉介绍清楚。对于他们对罗钻这个事如此关注，我很欣慰。

但是其实这来龙去脉，我以前写的东西里面已然交代，于是，我试图把开始写的东西转为置顶，以供大家参考。

那天看过罗钻判决书后，我第一句话就问道："你写过上诉书没有？"

他答说："还没有。"

我一算日子只剩几天了，就问："为什么不赶快写？"

他答："不知如何下手？"

我又问："你当过文书，连上诉书都不会写吗？实话实说呗。"

他答："我当文书是因为我字写得还算可以，识的字也不少。至于起稿写什么东西就不行了。我已经写过好几次，都觉得不行，写不下去。"

我说："那我帮你写行吗？"

他说："你行吗？"

我说："你说我一个大学生写上诉书有什么难的？还不是小菜一碟儿。"

他说："那太好了。"

作为一个已经判决，而且是所谓从宽处理的人，我也没自讨没趣地写过什么上诉书。因为凭我的感觉，那没用。

可这回是人命关天的事，我也忘了戴主管的事先叮嘱，全力投入地帮他写了这份我一生中写的第一份上诉书。50年，现在应该是他的50周年祭日了。

50个年头的日日夜夜，无时无刻不在我脑海里盘旋的狱中老友——罗钻。

我终于在这里眼含热泪和满怀愧疚地把你那凄凉惨痛的事写了一下。希望你能在九泉之下，谅解我一下吧。

其实我现在也只是在垂死挣扎。活一天算一天。什么时候是个头，我也说不清。

反正现在的我，也与过去那种不良心态告别了。做人，要对得住自己的良知。要向过去的那种为人作风告别；牢记一个“诚”字。写了相对较多的我和狱友罗钻的事，有时真会出现“悲痛欲绝”的心情。饭量不够正常，睡眠也无法正常，本想写到这里就行了。可是不由得随时在我脑海中反复出现的罗钻那十分清晰而有时又有点模糊的形象。

我突然想起了那天和他也不知道为什么事，居然争吵起来。

他第一句话：“你爱怎么说，就怎么说，反正我也没几天活头了。”说完，他却无声地坐在地上哭了起来。

我一下子也慌了，特别慌地和他说：“你别哭呀，怪我不好，咱们连求诉书也写了，不必担心这些，我向你道歉还不行吗？”

他说：“你我明明知道上诉、申诉、求诉写得再多也是无济于事的。”

我说：“这不可能，你应该相信法律，相信……”

他答道：“法律是什么东西？你抓一个我看看。”

此刻我无言了，但还是说：“你必须相信……”

他却说：“我相信他们还不如相信你，至少你还是个大活人，会说人话，也会骂人。”

我就接着说：“我骂你什么了？”

他说：“你骂了我一句‘你这该死的’，这么快就忘了吗？”

到现在我也想不起来，到底当时我有没有骂这句话，如果有的话，我才真是那该死的。

俗话说：老而不死是为贼，我干吗就还没死呢？

我从二十几岁开始写东西，叫文章也可以，到现在为止也有十余年了。就拿我为罗钻写的形形色色的诉状，按现在来讲，起码也有数万言了，用掉的纸本恐怕已有数十本了。有用吗？一个活蹦乱跳的年轻的生命就这么逝去了。

我写过那么多的东西，从来没有使用过一个名不见经传的人的名字当我文章的题目。

可你们会注意到，我今天题目名为罗钻——这个我永远不会也不敢忘怀的名字。

而这个可爱而又可亲可敬的年轻人，却为了那么一个没有一点根据的事情死于非命，我也记得在我与他同监一个多月时间里，上诉书、申诉书、求诉书，以至于哀诉书，这一字一句也都是我——我这个混蛋写的。

算来起码在两三万言以上，有用吗？我这样反反复复地讲，有用吗？

结果还不是我目睹他走上了断头台。这个时代的牺牲品呀！

罗钻九泉有知，我还在这里怀念你，抒写你，向你忏悔呀！

谁会不怕去写让你揪心的事？但既然揪心就更加要写。不然如何对得起他，又怎样对得起自己的良知？

故者故也，存者焉存？

可悲，罗钻的英年早逝。我就一丝责任没有？如何对得起上苍？作为帮凶，我无时无刻不向管教人员汇报他的一举一动，一言一语，还自以为是正确的。以实际行动证明自己是接受改造的。还窃以为坚持接受改造，必有光明前途。什么减刑，提前释放呀，想得美。结果，害人自害，倒霉这两个字还是跟了我一辈子。

更奇怪的是：这些干部居然找到我的亲娘，让她来做我的思想工作，并告诉她中央会有一次什么特别宽大的行动。其实，他们指的无非就是1959年那次以改恶从善为主题的特赦行动。

罗钻的惨痛逝去，给我带来的是终生的痛悔。

我深信，即使在我行将断气的那一瞬间，浮现在我面前的必然是罗钻步向死亡的那一瞬间的眼神。

我也曾经自认为：替他写的上诉、求诉、申诉甚至哀诉的材料，也应该都是真心的。可那起点滴作用了吗？

他——罗钻还是含冤而去了。

在这里，我能写的只是四个字：忏悔绵绵。罗钻，你等着我来向你赔罪，请罪，我罪不可赦啊。

我演《芦荡火种》

记得那是1964年，我在农场戏剧队的时候。上海沪剧院曾搞了一个现代题材的戏，叫做《芦荡火种》，由当红的沪剧演员丁是娥、邵滨孙、解洪元、石筱英担任主演。

正好那年，我从农场探亲回上海，那出戏在上海天蟾舞台演出，凑巧我就去看了一下。觉得还可以，就千方百计从别人手里把剧本搞到，带回了农场。回戏剧队以后就向队长指导员汇报，他们看了喜出望外，立即就报场部，第二天就批下来了，宣布正式排演。但是接着一连串的问题就来了。怎么呢？

因为我们戏剧队是不允许有女演员存在的，您想啊！一群大男人突然来了一群女的，还是女犯人。这都是些什么人哪，像话吗？那还不得疯了？那个扮演阿庆嫂的女演员又从哪里来啊？只有一个办法，就是到场部副业队去调几个女犯人来。可这事非同小可，这男女犯人调到了一起，干柴烈火挤作了一堆，还不得乱了套啊？这都是些什么人呢？

当时关于这个男女演员的事，在队里传得沸沸扬扬。我则认为这个可能性不大，暗自在盘算目前队里的几个主要演员：

谁合适演阿庆嫂？谁可以扮演沙老太。其实这沙老太，也就是后来把这出沪剧改成京剧样板戏《沙家浜》时的沙奶奶的那个角色。

有句话怎么说来着：人算不如天算，凭你如何计策也抵不过场部干部的一句话不是？过了两天，杜政委来了。他一进门就对身边的另外两个干部说："去把那个谁给我找来。"那么这个"谁"又是谁呢？

还用说么？就是不才我呀！我被叫进队长办公室，杜政委对我说："你说，这出戏里有几个女角啊？"

我说："回政委您的话，主角就只有两个：阿庆嫂和沙老太。其余还有几个都是没什么台词的群众演员。"

杜说："那么你们几个决定由谁来演呢？"

我答说："好像还没有吧。"

杜又说："去，把你们队长给我找来。"

话刚说完，那个杜政委的秘书啊什么的，就匆忙地去了。等这人刚出门儿，杜又回头问我："你看谁行？你们大家都可以考虑考虑么，向你们队长提个建议什么的，集思广益么，我看你倒是可以的，你不还是唱旦角的吗？"

我心想，什么时候他也学会拽文儿了。

当时我就说了："政委，您看，这出戏里角色都是革命者。用男人扮演，这合适吗？这可不是一般大队平常演演的。俺们这儿好歹也算是个正式剧团呢。万一上面来人看了觉得也不像话呢？会不会有看法哦？退一万步来说，像我这号的，个子高，人又瘦不拉叽的，扮上京戏打扮还马马虎虎，勒个头吊个眉还勉强。如果化淡妆，穿上普通农村妇女的衣裳，又用大嗓说话、唱戏，这样的形象能过得去吗？不让人笑掉大牙去才怪了。"

这时候杜政委也让我给说动了。他想了一会儿，又说：“如果只有女的才能演，那么就冲着女犯队里这些个人，还不得闹翻喽？算了，先不考虑吧。”

话还没说完，他老人家抽起身就走了。等我们队长慌慌张张地跑回来，一见屋里没人，就问我：“人呢，杜政委他人呢？”

我就答了一句：“走了。”

我们的吴队长就急赤白脸地问我：“你都跟他说什么了？你这个多嘴多舌的脾气什么时候能改啊？指不定你又闯了什么祸了。”

他狠狠地瞪了我几眼，然后急匆匆地就往外跑了。得，这回挨骂的人没准儿又是我了。我心里想：管那么多事干吗呀？吃饱了撑的。这回轮到我自己骂自己了。

说到这儿，我倒想起我这辈子吃亏就吃在这上面。让鬼给催的。

原来已经做好挨骂的准备，谁知道一直到晚上，和队长见了两次面。他看见我，只是用他那貌似疲惫的眼睛扫了我两眼，一言不发地从我身边走过去了。预料之中的灾祸居然没有发生，这倒反而令我纳闷儿了。

第二天、第三天就这么过去了。这天清早我正在练功房里号腿，只见院门外，队长领了两名女人，凭我的敏感那一定是来自副业队的女犯，其中一个长的还挺秀气，另外一个么，不用说挺寒碜的，身腰胖不说，脸长的也不怎么样。

我心里就明白了，这是女演员到了。那个秀气点儿的肯定是演阿庆嫂的，那么那个胖女人不用说，一定是沙老太了哦。

其实这世界上除了我，这机灵的人多了去了。不用半袋烟的工夫，全队的人都知道了，队长办公室门口挤得那个叫满坑满谷哇！说实在话，一个劳改队的演剧队里都是些什么人啊？那可叫做人精啊！见了队里来了俩女的，那叫啥心情啊？一个个那激动劲儿就甭提了。过了那么几分钟吧，队长走出来了，板着脸说："你们来这儿干什么？快回去。干你们自己的活儿去！"

到了这会儿，大家心里跟明镜似的，可明白了。还不就是调了几个女犯来参加《芦荡火种》的排演。刚回宿舍不大会儿。就有人过来叫我和马克里去队部。我俩都是谁呀？那还有不明白的？我俩就一前一后相跟着就去了。

一进队部，就见这俩女的低着头坐那儿，也不吭声儿。队长见我们进去就说："嗨！你们俩看看这俩人行不？"

马克里是谁呀？老奸巨猾呗，来个一声不吭，闷声大发财。队长晓得他的脾性，接着就往我这儿看，说："你看，这俩人成不？"

你们大家想一想，叫我怎么说？说行吧？根据呢？说不行吧，也说不过去啊。我低着头就说："这事得问马克里，他可是导演啊！他才有发言权。"

队长不加思考地说："你是演过戏曲的，马克里只是个话剧导演，论戏曲他可是个外行，还是你来给她俩试试？"

我听队长这么说，也就当仁不让了，于是主动地走过去，问："你们俩会唱个什么？"

那个俊点儿的低着头说："我在家是学唱采茶戏的。"

一听这话，我心想：有门儿，就又问："什么地方的采茶戏？"

她略微抬了一下头说："赣南的。"

一听这话，我明白了：原来他和我们指导员是老乡。我说：

“那好，你随便哼几句我听听。”这回她低声唱了一段《秦香莲》，我听了觉得还挺像那么回子事儿的，就对队长说：“我听着还行，就不知道您和马克里听着怎么样？还算入耳吧？还挺有板有眼的。”

说完这话，我又回头问另外那个，说：“你是唱什么的？”

您还别说那个女犯还挺那个什么的，既没有抬头也没个笑容，就说了一句：“在咱那乡里，除了天天下地干活儿以外，有时唱唱山歌什么的，什么都没听见过，更不要说别的什么了。你们爱要不要吧，我又不是不会干活，到这儿来不来的我无所谓，你们看着办吧。”

我一瞧这丫头还挺倔的，心想这事儿该怎么处理呢？

刚才还说来着，这只有男人的戏剧队一下子来俩女的，你说这是什么概念啊？一时间议论纷纷。但是有一点，就是大伙儿都对那个胖点儿的，没什么兴趣，倒是那个大家都认为可以演阿庆嫂那个更惹人注意。

这不是第二天就开始试戏了，放在现在那叫面试。首先那个准备演阿庆嫂的先往那儿那么一站，我当时就认可了。回过头看看马克里，看他怎么整。他依然装出一副导演的架子，不吭不哈的。指导员和队长当时就耐不住了，就问马克里，说他怎么不吭声啊。马克里呢？他把俩眼珠子往我这儿一扫，开口说话了：“你看看？戏曲你内行，你看怎么样？”

意思是把担子往我这儿一撂，其实对这个人我早就看好她了。我又再说了一句：“哎！你是导演啊！”

俩干部看我们俩互相推诿就说：“快！行不行吧？”

我就快速地说：“行啊。不过我不是导演，我说算不得数，还得马克里说。”

我话没说完，两位干部都把眼神集中在马克里一个人身上。到了这个时候，马克里也顶不住了，就随便地说了一句：“行吧。”边说还边把眼睛盯着我看，说话时脸上似乎一点表情都没有：他说行就行了呗。

我心想：好你个马克里，把责任都推我头上来了。

于是这个阿庆嫂就这么定下来了。那么那个胖丫头呢？她可不行，除了伸着脖子吆喝了两句，就啥也不行了。反正哭和笑她都不像个样，当场就把她给否了。可是让她回去吧，把那个演阿庆嫂的一个女犯人撂在男人堆里也不妥啊，不是？再换一个吧，听说还真没有。为什么呢？因为副业队里的女犯多数是不能调出来的，有的刑期太长，万一溜了可怎么办？刑期短的又不安心，反正担心这又担心那的。一句话：不安全。

那个胖子演沙老太肯定是不行的，又调不到别的。这可咋办啊？

如今最麻烦的事，就是如何打发这胖妞了。送回去？就留一个女犯人算哪门子事啊？不送回去？那叫她干啥呀？这一连串的问题就难住了两位干部了。按指导员的意思呢？他说：“管她演好演坏，也就是她了。”

队长呢？他说：“这可不行。农村老大娘哪有那么胖的？”

俩人研究了老半天也没个结果。最后又是我和马克里倒霉，把我俩又给叫去了。

要知道我俩是什么身份啊？虽然我已经是个就业职工，可马克里人家还是个犯人身份。让人家怎么说呀？最后这副担子就又落在了我的头上，结果死缠烂打决定就让那个胖子演个群众就是了。

那么这个挺重要的沙老太谁来演呢？女的没了，还得男的来。谁呢？没想到这副担子又落到我的头上了。怎么呢？这可是人家杜政委给出的主意。他说既然能演花旦，还演不了老旦了？得！这回真轮到我坐蜡了。可也没辙。

接下来要讨论的事可多了去了，布景啊，服装啊，其实最麻烦的还是曲调问题。唱沪剧肯定不行，唱京剧更不行了，要知道人家沪剧和京剧最大的区别就是人家沪剧的唱词生活化，都是用白话文写的，又长又不符合京剧的风格。要是编成京剧唱腔，那大段大段的唱词不得唱死人哪？这才是真正关键的事儿啊！

于是问题的症结所在，就是得找人来写曲子啊！幸好当时队里有一个懂作曲的小子，就是他了，三下两下，他就答应下来了。队长还专门找了一间屋子，让他可以闭门造车。只见他整天神神秘秘也不知道搞点什么东西。

好不容易过了三天，总算有了动静。他老人就把那么一大沓稿纸拿出来了，上面密密麻麻地能把人给吓死。我拿过来一看，他在一旁似乎有点吃慌。为什么呀？他知道除了乐队的人以外，只有我识谱。我就边看边哼，觉得听上去够别扭的。戏不像戏，歌又不像歌，心想这可怎么唱啊？

这旁边站满了人，一个个瞪大了眼睛看着我，这时候你让我怎么说啊？说不行？显然不妥。说行？我可真是，用现在人的口气叫做找不到感觉。但也没法子啊！排吧！这可真叫骑驴看唱本儿，咱们走着瞧吧。

那位作曲家，现在我也只能给这个称呼上打上个引号，“作曲家”的乐谱，我把他好有一比——天女散花！谱子上画得乱七八糟不说，我按着谱随便哼上了几句，你说这都是些个啥呀？歌不像歌，戏不像戏。这让人怎么唱啊？但是我看他辛苦了好儿天更不好意思说些什么，只是做到心里有数就是了。马克里在一边问我：“怎么样啊？你倒是说话呀！”

您说这话让我怎么往外说呀！我当时也只是无奈地摇了摇头对他说：“等乐队练起来你再看吧。”

当时他愣了一下，好像明白了什么。他是谁呀？他是马克里啊！20世纪50年代一度是省话剧团的大导演啊。连这点儿事都理会不过来，那他还是马克里吗？

如今时隔44年，要是按照今天的水平来看，像他这样的导演不算老大，老二、老三总应该还算得上吧。

话说到这儿，眼看就开始排演了。那时候谁也不是聋子，乐队练乐的声音总还是听得见的吧。反正这么跟您说吧，乐队里那帮小子也听不过去了。纷纷到干部那里，还有我们这里，反映得没完没了。结果还是干部们也听不过去了，又重新把我和马克里一伙子叫进去，也想问个究竟。

是啊？这事可怎么办啊？着急归着急，戏还是要排的。这时几个主要演员正在为曲调烦恼呢，我也一样，我扮演的沙老太有三段唱段，怎么唱怎么别扭。可是曲子已经写了，戏也排到这个分儿上了。自个儿都听着难听，何况观众啊？虽然我们的观众是以劳改犯为主。可是还有干部呢？还有当地老百姓呢？这些都得要考虑的。

其实我们虽然急，可是管我们的干部们更急，他们俩简直是恼羞成怒了。先把作曲的那个小子叫去，凶了一顿，然后就命令他立刻去改，这时候他也急眼了。正在这当口，我们那位管灯光的小子插了一句，说：“你们干吗不找他呀？”

这会儿俩干部也都愣了，问他：“你指的他是谁啊？”

作曲，作曲得有曲啊！咱们这位作曲家也太难了，写出来的曲子叫人听没法儿听，唱就更没法儿唱了。咋办啊？那么刚才那个管灯光的小子出的是个什么主意哪？这时候他就把队长拉到一边儿窃窃私语，一边儿说俩人还总是盯着我，把我也弄懵了。

过了一会儿，队长把我叫进里屋，看了我一会儿就说："他说你也会作曲？"

当场我就吃了一惊，说："谁说我会作曲？他说的？这小子可真不是东西。看我回头不揍他？"

队长接着说："哎，不行啊！那可是要犯错误的。你干吗呀？会作就是会作，谁还强迫你不成？他说早先你还按着一首戏词儿给他们唱曲儿来着。难道是他胡说？"

我答说："哦！那是唱着玩儿的。做不得数的。"

队长又说："那说明他说的这是真的喽？唉！写吧写吧，不行咱们再换？"

这时候我想想也是。那就试试？

于是接下去几天，我就跟那得了羊角风似的忙个不休。算算大概连白天带黑夜熬了有那么好几天。终于我这个初出茅庐的音乐小子的"作曲家"居然就把它给作出来了。

说时迟来时快，一眨眼的工夫，就要兑现了，是骡子是马咱们拉出来遛遛！乐队的人们可忙乎了。抄谱的抄谱，练乐的练乐，忙得个不亦乐乎。这就开始练了。

第二天一大早练乐的时候，多数站在旁边的、坐在旁边的都瞪着俩大眼睛，竖起了耳朵。干吗？听啊！听啥啊？听我的曲儿啊！结果怎么样呢？稍候我再给您细说啊！

反正现在我就算悟出来了：只要功夫深，铁杵也能磨成针来。您不信？成！反正我信不就得了呗！

说句心里话，写那个曲子开始时，我也为难来着。怎么写？写什么？但是一看到戏里的唱词，脑子里一下子就涌现了上海地方戏沪剧的唱腔：女腔丁是娥、石筱英、筱爱琴的流派唱腔，男腔邵滨孙、王盘声、解洪元，这些名演员的唱腔，历历在耳，耳熟能详。这就是我这个作曲外行的制胜的唯一原因。

人也是辛苦了，心思也没少花，辛辛苦苦忙了好几天，总算把它搞出来了。可是说到这儿，我还忘了一个碴儿。因为我从小学的是线谱，也就是五线谱。简谱我还真的不会记。多亏了一位拉二胡的伙计帮我记的谱。记谱的整个过程中，他不停地提醒着我始终一句话："你这样写，人家能接受吗？"

他这意思我很明白，就是说我的这些曲调和旋律，他们一般人能领教么。而我这个家伙，到了这个时候好像已经利令智昏了，管不得那些了，爱咋咋地吧！到了完成的那天，面对这一个个数字，简谱可不是一个个数字吗？1234 挨个儿排。数字本身是没有一点儿生命力的，必须经过乐队演练过才能算数。

果不其然，第二天乐队排练了。大家伙儿也听过了，说好的固然有，摇头的也不是极少数。反正这么跟您说吧，世上哪有人人赞成的曲儿啊？但是在整个谱曲子的过程中，我所犯的最大错误就是光顾着自己陶醉了，就忘了考虑一下别人的感受了。要知道在我们那个劳改场所，所有的人都是来自五湖四海的。说老实话，我这能算作曲吗？充其量也就是两个字：抄袭。抄谁啊？有沪剧还有越剧，五花八门而已。

到了这个时候，也就那样了，说好说坏也没啥用了，干脆就这样吧！

现在回想起来，我在整个写曲子的过程中，犯的最大毛病就是有己无人，这话儿是怎么说的呢？

第二天一眨眼就到了，一大早，人们似乎有点迫不及待地赶到乐队排练场。开始谱子发下去，乐队的那些个小子们一看就愣了。他们做梦都想不到我居然还有这么一手，一个个都目瞪口呆。

说到这儿，我可真得暴露暴露我当时的那种态度了。都知道《芦荡火种》是所谓的革命样板戏《沙家浜》的前身，剧中的主要角色应该是郭建光和阿庆嫂，而剧中的沙老太也就是后来的沙奶奶，应该算是三号人物了。而就因为在我写曲子的时候，就已经知道这个角色非我莫属了，于是对于这个人物的两段唱腔我就刻意提深了一步。

从这儿就暴露出了我的私心了，虽然我这两段曲子在我先后几次的修改加工下，居然就真成了两段绝对出彩的唱段来。反正这唱腔里包含了越剧和沪剧的风格，五花八门精彩之极，喧宾夺主就是我卑劣的手段。现在想想，我这样做有什么意思吗？再说了，我这样做和盗用他人成果有什么区别呢？

至于这出戏的演出效果嘛，就不必我在这里细说了。一出优秀的沪剧剧本,加上我盗用了戏曲演唱的风格。能不叫好吗？但是在这里我也没有什么值得吹嘘的，只是让我那卑劣的人格拉出来晒晒太阳吧！大家也可以从我的这种举动里看出我当时的人格有多卑劣低贱！

梨园瞬惊梦

1956年，美国前全国图书馆协会主席伊利诺大学图书馆馆长罗伯特·唐斯（Robert B Downs）出版了《改变世界的书》（*Books that Changed the World*），他选取了文艺复兴到20世纪中叶期间，16本自然科学与社会科学名著，并对每一本书的作者的生平、内容概要、历史的影响等都作了评述。

据说，这本书出版后重印了很多次，是国外读书界的畅销书之一。20世纪80年代，我们这里也引进出版了此书。罗伯特·唐斯的点评只是一家之言，他没有也不可能概括近代思想史上所有曾深刻影响人类精神的伟大著作，而且，这16本书也并非都是促进人类文明发展、科学进步的有益著作（如希特勒的书《我的奋斗》）。

我还记得唐斯还说，历史学家诺曼·卡曾斯指出，在希特勒写的《我的奋斗》里的每一个字，就使125个人丧失了生命；每一页，就使4700人丧失了生命；每一章，平均会使120万人丧失了他们的无辜而又脆弱的生命。

由此可见，同样的一个词，在不同的世界以及人物嘴里，会发生褒义和贬义的两种解释。今天我在写我自己一生中的奋斗和苦斗时，我突然觉得很好笑，这个世界真是太不可思议了。

回想起来，真有些感慨，我的奋斗，是属于我的生命的前期和后期；而我的苦斗，却是在我的中年时期和晚年时期。当然感谢万物之灵，从2008年开始，我的命运开始产生了一种微妙的变化。那应该就是从咱们这个博客的建立开始的。

现在已经又过去了四年多了，在这四年中，我又开始从苦斗进入了真正意义上的奋斗状态了；其实我的苦斗和奋斗是交叉进行的，自打我一出生，就进入了一个非自发性的苦斗。我刚生下来，只有三磅重（也就是一公斤多那么一点点），差一点就成了个死婴。亏得协和医院里的医生和护士们的全力抢救，不然今天在这个世界上就不会有我的存在了。在他们的努力抢救下，以及我本身下意识的苦斗下，才会有我呀！

记得我从很小的时候，就很努力地学习，学中文、学说北京话，5岁以后。去了上海，我又努力地学习上海方言。6岁开始我就上了美童公学，为了防止白种孩子们的欺侮，我又努力学武功。7岁开始我就开始学京剧了，练功练到脚发软、腰发酸，连上下楼梯都十分困难。可是我却从来没有叫过苦，也没退却过，难道这就不算是奋斗吗？

9岁时，在一个偶然的机会里，我进入了话剧团，开始排演根据巴金先生的长篇小说改编的话剧《家》。

这出戏一上演，我得到了我一生中第一笔工资（那时叫薪水）。一大沓子的崭新的钞票到手时，我既没有惊喜若狂的表情，也没有得意扬扬的神情。从那时起，我心里突然明白，我已经开始自食其力了。从那时开始，我再也没有向母亲要过一分钱。学校里的学费还是母亲去交的。

之后，我慢慢地有了一点名气，找我演戏的剧团也就越来越多了。那时在上海的儿童演员屈指可数，首先我没有其他孩子那么调皮，也不会大吵大闹，更不会哭鼻子。所以那时无论是导演也好，其他演员也好，他们都喜欢我。于是我挣的钱当然也越来越多了。连我母亲都很吃惊，有一天她对我说："贝贝，你手里应该有很多钱，需要姆妈替你保管吗？"

我就对她说："从我登上舞台的那一刻起，我就已经不是孩子了。我所拿的钱，是我辛苦挣来的。您放心吧，我自己会有分寸的。我想您不会是想要钱花吧，其实我这点钱都不够您塞牙缝儿的，我说的是不是啊？"

母亲听了我这番话，她也扑哧一下笑了。这事就算这样过去了。后来的一段时间，她再也没有关心我挣多少钱了。只是偶然一次机会，她对她的朋友们说："你们甭看我们贝贝年纪小，他心里的主意大着呢！"

开始，我也没有把这件事放在心上，我挣来的钱我做主，跟别人没相干。于是慢慢地我对"金钱"这俩字就没那么在意了，渐渐地养成了一种大手大脚的习惯。这是后话。

也不知道是什么原因，我在排演的时候，就是比其他的儿童演员卖力得多。找我演戏的人那叫一个多。就在这个时候，石挥大哥（已故上海的著名影剧导演和演员）给我提了个建议，他说："小孩儿（那个时候在剧团里人人都管我叫小孩儿），你现在好像个没人管的孩子，你挣的钱不交给你母亲啊？"

我回答他说："这钱是我自己辛辛苦苦熬白天熬黑夜赚来的，凭什么要交给她呢？再说我们家有的是钱，谁还会要我这几个辛苦钱呢？"

石挥大哥就说："那好，我给你出个主意，干脆你去找个替你管账，又帮你联系事务的人吧。”

也就过了那么三五天吧，石挥哥哥给我家里打了个电话，说是要来看我。我母亲说：“他不在家，可能去学校了吧。”

挂了电话，石挥哥哥又赶到了我们学校——美童公学（American School）。其实石挥哥哥的英文说得也很流利，他毕竟也是燕京大学的高才生。他身边还跟了个人——一个小老头儿。

石挥哥哥给我介绍说：“喏，这就是我替你找来的管事儿（就是现在的经纪人）的。小孩儿，你可别看不起他，他的能耐可大了。他在赛维纳、沙利文、DD’S（20世纪三四十年代电影戏剧界的人的集聚地，都是上海当年的大型的咖啡馆）都有很多熟人。找戏演、找电影拍，他可是一把好手。我也带他去看了你演戏，他很满意，很愿意帮你管事儿。要知道他手里的演员，个个都是很棒的。他能看上你，是你的福分。”

别看我那时年纪还不到11岁，可是我的舞台经验和为人处世的态度，还是有点儿老练的哦。不过我总觉得这个人，似乎有点狡猾的样子，看着怎么就那么不舒服。可是既然石挥哥哥这么热心为我介绍，我怎么能随意地回绝。于是也就稀里糊涂地应承了下来。

这个人，也不是那么糊涂的人，他好像感觉到了什么，而他也没表现出来，只是对我说了一番好话，什么我的演技一流啊，什么相貌端正啊，眉清目秀啊，反正说了一大堆的好话，简直让我浑身起鸡皮疙瘩。只是我当场也说不出什么幺二三来。

最后他跟我约定明天下午四点半，在静安寺路（也就是现在的南京西路）沙利文咖啡馆碰头（这是上海方言，就是见面的意思）。

第二天下午我如约前去，一到沙利文咖啡馆大门口的凉棚下，就见他正和几位电影界的人坐在一起聊天，挺热闹的样子。等我走过去，他连忙站起来说：“哎呀，小兄弟，你来的还真准时，对啊，一个演员就应该这样，不要学有些人那个样子，故意摆什么臭架子。”

他一边说话，一边就对那几位演员说：“你们看，我说得不错吧，这位小兄弟可是石挥给我们介绍的。他还再三地关照我，要我好好地帮帮这位小兄弟，我觉得这位洪光（我当时的艺名）小朋友，相貌堂堂，将来肯定会成为一个响当当的大明星。当然喽，我一个人的力量是有限的，还要靠在座的朋友们，大家一起来帮忙哦！”

其实，那天坐在一起的人，都是电影界的。我说句心里话，那时候我对中国电影一般是不屑一顾的，所以我也不知道他们是谁。我还是拿出一副很随和的样子，笑眯眯的，跟他们几个人点头示意。一面叫侍应生帮我拿咖啡，还很随意地说了一句：Waiter，a black coffee，no sugar and milk，please。（黑咖啡，不要加牛奶和糖）

当时和我在一起的人，都很惊讶，他们惊讶的是，我有一口的流利的英文，然后我一不加糖，二不加奶。这对于一般的中国人来说，也是会很奇怪的。

说句实在话，我也不是故意卖弄自己，这已经成了我的习惯；沙利文咖啡馆，是我三天两头要来坐坐的地方。那里的侍应生都还认识我，不过，我那与众不同的姿态，委实让同桌的人觉得很有味道，作为一个话剧界名不见经传的儿童演员，却会有这种少见的风度。他们当时就有了一个很深刻的印象。这对我以后的演戏生活，起了相当不小的作用。

这时候，那个准备给我当管事儿的男子，真是出乎他的意料之外。当时他就对桌上同坐的几位说：怪不得石挥给我郑重推荐他，看样子还真的不一般啊！

一直到后来我才知道，一同喝咖啡的这四个人，两个是导演和副导演，还有两位却是当时上海滩大名鼎鼎的男明星。因为他们不演话剧，所以我不认识他们也是很自然的了。我可是不看当时的国产电影。

说到这里，我觉得我的心里似乎有说不完的话，真是千头万绪不知从何说起。之前，我已经说过，我的人生，不是一般的人生，说它是五色人生，实在说，也不为过。我的出生，就不再去说它了，因为这个话题已经说过很多遍了。

不过如果说我的一生，是奋斗的一生，苦斗的一生，也还真是这样的。至于说我从小到大，没有体会过天伦之乐，那也是真的。至于其中细由，真可以说是甜、酸、苦、辣、咸，五味俱全。我只能用这样四个字来形容：一言难尽。

回过头，再来说说我的戏剧人生。我自小就经常跟随母亲去戏院看京剧、评剧、河北梆子，还有听各种北方曲艺。对于戏曲我可以算得上是耳熟能详，于是，在我80多年的人生中，我的生活总是跟戏剧和音乐脱不开身，结果就走上了这条不归路。一直到今天，我对演艺和音乐，始终是魂牵梦绕。

当时上海的话剧界，儿童演员也还不算多。像叶小珠、小铿，还有戴家两兄弟，学芦和学钦。他们几个的起步都比我早，出道也比我早。所以在我走进话剧团参加演戏之前，他们就已经名声在外了。

其实，一直到现在，熟悉我的人经常问我：你既然从小就开始演戏、唱歌，怎么会在当时的演艺界，一点名气都没有呢？

说句心里话，我自己也纳闷儿，为什么我会这样呢？是我没本事呢，还是条件不够？关键所在，就是我正处在一个尴尬年龄，演小孩儿戏，个子太大了；演成人戏，个子又太小了。稀里糊涂就这么过了几年，一直到抗战胜利后，我总算混上了个好机会，去到一家美国俱乐部，当上一名专门唱英文歌曲的专业歌手。然而我却又没唱多久，解放大军就来到了长江边缘，美国人就望风而逃了。于是我这个歌手就当不下去了。

之前，我说的那位管事儿的，倒委实跟了我好几年。从1942年一直跟到1948年，我演戏、拍电影都有他的功劳。就是唱歌的时候，他也还是跟着我，我在美国人的俱乐部唱歌，他却又张罗着替我去中国人开的舞厅和夜总会拉业务，于是我也就经常会去这些地方唱，当然唱的都是中国流行歌曲，上午去大学上课，下午去各种各样的歌舞厅、夜总会排练歌曲。然而真正的舞厅，我是不会去的，就这样，我忙得不可开交。

现在我想说说，我这位敬业的管事儿的，他当时已经40多岁了。仗着他人头熟，关系多，那几年我和他都混得很不错。他也赚了不少钱，养家活口是没问题的。就这样，他跟着我从头至尾，也有6年多，直到我进了上海市立戏剧实验学校（现在的上海戏剧学院前身）为止。以后就断了联系，我再也没有见过他。

但是有一点我可以肯定，他才是我在解放前的那段奋斗史的见证人。那时候，我每天只是剧场、摄影棚、歌舞厅、夜总会进进出出忙得跟什么似的。那可真夜以继日，而又夜以继日啊！回想起来那几年，其实我的日常生活是很不规律的。食不定时，眠也没个准时间。晚上1点钟之前还没睡觉，早上7点钟就得起床。干吗呀？上学去啊！现在的人谁会像我那时的生活那么没规律啊？

回想起，旧日的辛苦和操劳；回想起，童年时代一度的不幸；回想起，自己这一生中的坑坑坎坎。有时我真的有一种冲动和欲望，就是要用全部精力，把我这一生中的奋斗和苦斗的历程，利用我的屈指可数的余生，写出来，让全世界的人，都来看看我这既可怜又不幸的苦难的生命历程。

我从7岁起，就去学京剧，练功，练嗓音。当别人家的孩子还正在嬉戏游玩的时候，我却在艰辛地练功。这一切究竟是为什么？我一直到现在，也弄不明白。别人学戏是为了成名、成家，而我呢？我究竟从这辛苦里得到了什么？师父们、师兄弟们都说，我将来必定会大有所为。可是我的大有作为在哪里呢？人们都说我多才多艺，说我有朝一日，必定会获得巨大的成功。可是我的成功在哪里呢？辛辛苦苦过了80多年，我获得了什么？从实际意义上来说，我目前可以说是一无所有了。

一直到今天，还不断地有人夸我多才多艺，可是我的才艺只能在这个说它大也大，说它不大就不大的小小网络上的博客里稍显身手。这一切到底是怎么造成的，其实我自己心里明白得很，只是不好说而已。

在我的一生中，我可以把它分成几个阶段。从1岁到5岁，我在北京跟着母亲混混沌沌地过日子。但是从那时起，我就对艺术产生了模糊的爱恋。母亲唱什么我都会跟着唱。那时的母亲很以我为骄傲，对任何人都会吹嘘说：我的儿子将来肯定会是戏剧大师。

虽然她那样说，而我却没什么感觉。我连什么是戏剧大师都不懂。

5岁那年我从北京的胡同，搬到了上海这个大都会，住在那么一个狭窄的弄堂里，我还没意识到，我真正的五味人生就已经展开了序幕。

在我进入美童公学的那一天起，我才觉得自己是英雄有用武之地。因为我会说英文啊，因为在弄堂里的孩子们，都会用一种疑惑的眼光看着我。我觉得他们的眼神很奇特，就像孩子们在动物园里看猴子一样。他们一见到我就会鬼鬼祟祟地说什么“杂嘎种”（上海方言是指杂种的意思），只不过现代人给了它一个比较好听的名词：混血儿。

我原来以为进了美童公学，大家都讲英文，应该会是一视同仁了吧，谁知道，尽管语言相通，可是肤色却是决然不同的。他们的皮肤是白白的，眼珠也是蓝蓝的，他们的头发，绝大多数都是金黄色的。而我呢？皮肤是黄色的，头发和眼珠都是黑色的。于是从这时起，我的苦斗时刻也就自然而然地开始了。

苦者，辛苦与苦难也，斗乃斗争也。我可以自豪地这么说：我这短促而又漫长的一生，唯一演绎和诠释的就是一部苦难的遭遇和顽强的奋斗史。

苦难遭遇是我的指南针，奋斗历程是我的里程碑。我好像生下来就是为了吃苦、受难，和一切困难做殊死斗争。

其实，我最难熬的是，无缘无故地在劳改队的那长长的二十几年。没有丝毫自由，没有和任何家人接触的机会，耽误了一般人都应该有的婚姻生活。一直到今天，剩下我自己一个人，没有子女依靠，没有一个可以安居乐业的所在，这一切都怪谁呢？我说不出来，也不敢一吐为快。

当然，这一切都已经成了过去，可是它给我留下的烙印，却是八辈子也捡不回来的。我也明白，现在再说这些已经无济于事了。权当我在发牢骚，一笔带过吧。

看来咱们还得从一开始说起，我在美童公学那几年，学到的东西实在是不少。可是我蒙受的灾难，一开始也不在少数。那些白种人看不起有色人种的传统，在那个学校里，是显而易见的。

种族歧视是他们欧美人的习惯，可是他们碰到我也算他们倒霉。我在学校里接二连三地遭受欺辱，我回家对大人说了，他们就让我学武功。当我学了武当派的长拳时，师父的一席话让我享用终生，他说："咱们练武功的人，最重要的不是拳脚有多么厉害，拳头有多么猛烈的分量，关键就在于一句话：会打的不如会躲的！拳头再猛，也没有眼力见儿的重要。"

这句话我记了 80 多年，也使用了 80 多年。这位师傅的脸有多宽，身材有多高，我全都不记得了。可是他当时说这话的眼神，足够我记忆一辈子的。有次我突发奇想地回忆起了一代武圣李小龙，他所练的截拳道，不也是强调闪和躲吗？

在当初，一般人觉得他的这番话，是为了鼓励我们努力学拳脚功夫的，可是我总觉得他的话，是诠释一种做人的道理。就是这番话，才让我学会了如何去应付种种复杂的状况。

大概学拳有了半年以上的时间，我就心中有底了。记得有一天我去学校上课，几个白种人的孩子看见了我，一副虎视眈眈和挑衅的样子。我明明知道他们的架势意味着什么，却故意不介意地一直往前走去。这几个白色人种的崽子，一看见我那不买账的样子，就一窝蜂地窜了过来。一个个子高高的小子就大声地说：You son of bitch！ Who do you think you are？ You didn't see us？（你个婊子养的，你以为你是谁啊？难道你没看见我们吗？）

他们再也料不到我回答他们的那句话：You are really sons

of smelly bitches！（你们才全是臭婊子的仔呢！）

我的这句话，当时引起的震动是无与伦比的，不过我的这句话还不要紧，接下来的话像是武打片的镜头，委实轰动了全校，从此再也没有哪个白鬼子再敢来欺侮我们黄种人了。

其实当时的我，也委实有点色厉内荏，因为，我自己也不敢确定，我的那点功夫能否打败他们？可是铁的事实是，我打败了他们，并且大获全胜，还震动了整个儿的身居上海的白人社会。其实孩子才是最好的传声筒；后来我才知道，校方还专门为此事发了通知，告诉这些人的家长们，让他们管好自己的孩子，因为中国的拳脚功夫，可不是一般人对付得了的。

一直到那时，我人生的第一场苦斗大告全胜了。

吃苦、吃苦，只有自己尝了，吃了，吞下去了，才会知道什么叫做人生的苦味。学拳吃的苦，其实只是小意思，更大、更多的苦味还在后头呢。

自打母亲带我进了学京戏师父的门儿，我才开始知道苦是什么滋味。一进门就要签合约，这可是戏班子里的规矩，正如大家在十几年前看过的，由陈凯歌导演、张国荣和张丰毅主演的电影《霸王别姬》里说的那样，是要签生死合同的。

母亲听了他这番话就对他说："钱师父，我们这个孩子来学戏是自己交钱的，恐怕跟别的孩子不一样吧？"

那位姓钱的师父对母亲的这番话，根本没当作一回事儿。他说："那好，你可以把孩子带到别处去学，这样咱们大家都省心。"

他说完了话，深深地看了我一眼，摇摇头就回身走进门去了。

既然话还没说完，钱师父别过了身子就要走。这究竟说明了什么呢？其实当时母亲明明知道，那些收钱的师父是教不出好徒弟的。因为他们只是贪图你的钱，学好学坏那都是咱们自己的事儿。母亲把我送去学戏，其实只有一个目的，就是希望有朝一日，我能成个角儿，就像四大名旦那样的。因为这才是母亲的梦想，这才是给她自己心灵上的一种安慰，一种补偿。

结果呢？我就是不说大家可能也会明白，最后还是母亲妥协了，真的签了生死合同。当时我年纪虽然还很小，但是我隐隐约约也算明白了一点。我可以预料到这苦我是吃定了，这可不是开玩笑的。

第二天，我就由母亲陪着来到了戏班儿，因为那时正是学校里放暑假，我可以不上学，专心学戏。而且按照师父的指示，我还得住在戏班儿里。

那个时候，我也算是养尊处优吧。吃的虽然不是山珍海味，可也是鸡鸭鱼肉天天不断。谁又能料到第一天的午饭就是两大碗儿的白菜、萝卜，那叫一个咸。正像北京人的一句土话：打死了卖盐的了。

当时我觉得京戏练功肯定不如练拳那么苦。谁知道第一天师父就让我拿大顶（相当于如今的倒立）。这样的功夫，别说我没练过，就是听也没听说过啊！

还有一件让我很不顺心的事儿，原本按照母亲的意愿，是让我学旦角儿的，可我就是不乐意。我想，我既然学过武当拳，应该是块学武生的料儿。可是，人家钱师父看过了我的一双手，就说：“你那么秀气而又软乎的手，不学旦角儿可就真的糟蹋了。”

要知道那个年头师父的一句话，可是会有千钧重啊！其实现在回想一下，这就是我的命。这可真是前世注定的，正好像人们的那句话：命里当有，你逃不掉，命里当无，你要不着。

在梨园行里，有这么一句十分经典的话，叫做：台上一分钟，台下十年功。其实这话一点儿也不假，就拿我开始学戏的前几年，来打个比方，这是汗水和眼泪混合起来的辛苦。

头一年练功还可以，因为那种练功方式是全体学员一律平等的。总是压腿、弯腰那一套。可是第二年就大大不同了，要分行当了。师傅指定要我学旦角，我所有需要练的功夫，都是按照旦行的方式。从身段到手势，都是软绵绵的，我当时觉得很不适应，总是做不好。因为我打小就是练武当拳的，一手一脚都是按照拳术的方式练的。如今学旦角是在抵消那种雄赳赳、气昂昂的架势。

师父经常骂我，说："你到底是学旦角的，还是学武生的？"由于那时候我年纪还小，也不敢和师父犟嘴，就支支吾吾地跟师父说："我觉得我还是学武生的好，一个大男子汉，扭扭捏捏地很不像样吧？您说呢？"

师父很生气，就指着我的鼻子说："你自己撒泡尿照照，看看是学武生的料吗？人长得瘦小，且不去说，瞧你自己的那双小手，能学武生吗？"

其实，我就腻味师父，当着人面儿揭我的短儿，心里很不服气，可也不敢说什么，就一个人躲在一边儿生闷气。后来师父给我母亲打电话，说了这件事，我母亲在我回家之后，就又数落了我一顿。她说："贝贝，你还要我说几遍你才肯听。如果你想学武生。那以后再说，至少现在你要先把旦角儿的活儿学好。那才算是个正经。你知道吗？你就是一块学旦角儿的料，而且是块好料。否则我送你去干吗的？你就在学校里上学就好了，何必费那么大的事儿呢？如果你要是真的不想学，那咱从明天开始就不去了，大家都省事儿。”

我一看母亲生气了，我想也是，其实这也是母亲的一番苦心，她总想把我培养成个角儿，就像梅兰芳先生那样儿的。我心里也很不落忍的，于是第二天照样儿地硬着头皮去戏班儿练功。

要知道练旦行的功也是十分难的。最难的就是练习走台步，师父要求我跨里夹着个布做的包袱，还不兴掉的。开始练习走慢步，还马马虎虎过得去。后来就要练习快步，紧接着就得练习走圆场。要知道这走慢步，腿缝儿里夹着个包袱问题还不算很大。可是到了走快步甚至跑圆场，这问题可就大了。我经常会掉包袱，别的徒弟要是掉包袱是要打屁股的，因为我是自己家里交钱来学戏的。所以惩罚比他们要轻些，可就是打手心，也很难受的呀。心里总想熬着吧，可哪天才是个头儿啊？

就这样又熬过了一阵，谁知道新的招又来了。这回包袱倒是不用夹了，可是要在手里端着一碗水，这又是干吗呢？

按说，我现在应该跟您交代一下我学《拾玉镯》这出戏时的时间表：每天一大清早，大概是 7 点半的光景，家里的老妈子（就是现代人说的保姆），就来叫我起床了。我还依稀记得，那时的这位娘姨（上海人称呼老妈子的说法），似乎是姓张，家里的人都管她叫张妈。

我还能记得这位张妈，是个大个子，好像是苏北人。可是她一点也不粗鲁，说起话来很温柔的。她把我叫醒后，让我洗漱，还给我备好了早点，每天早餐的花色品种都不一样，有时候是馄饨加包子，有时候是豆腐花加上油条。那时，我的胃口很大，她替我准备的早餐，我总觉得不够吃。好在母亲还给了我一些零花钱，我到了学校还可以买其他东西吃。

上午上三节课，中午我就在学校里的食堂随随便便吃点儿东西，什么三明治啊，意大利炒面啊，有时候也有西式的蛋炒饭。我那时和其他同学不同，因为我放了学，还要去练功，劳动强度是很大的；况且我一放学就得去学戏，从 4 点钟开始，一直得学到晚上 7 点半。

学完了戏，我还得搭公共汽车回家，等我到家已经是 8 点钟左右了。那个时候我的肚子早就饿得不得了了，吃饭的时候，简直就是狼吞虎咽，甭提那个吃相有多难看了。由于我回家吃饭的时候，家里人早就吃过了。有时，母亲就坐在我身边，看着我吃，还对我说："慢着点儿，没人跟你抢，小心别噎着。"

说句老实话，其实那个时候，我吃饭最讨厌母亲在一边看着我。可是她毕竟是我的母亲啊。不过说句实在话，那时，我心里对她真的很不满的；心想我这样小的年纪，上学校念书，那是应当应分的，可是去学戏，那可是额外的任务，我有多辛苦啊！我曾经对自己说，我可是世界上最可怜、最辛苦的孩子啊！

说到学戏，我自己的心里也还是挺矛盾的，虽然很辛苦，可是也不知道是怎么了，我从学戏里得到的快乐似乎越来越多了。这种满足感，我一直到今天也说不清楚，要知道那时我还是个不到 8 岁的孩子，怎么就会产生这种感觉呢？

一直到晚上 9 点半睡觉前，我还在默读我的戏词儿。回忆着唱腔和做工的诀窍，每一个身段儿，每一个手势，什么绣花儿啊……就这样模模糊糊地睡去了。

要说学戏，那可真的是力气活儿。究竟那时我还年纪小，对于戏里需要表达的男欢女爱，始终还是不怎么懂的。一出《拾玉镯》，可是典型的花旦的硬功戏，我扮演的是孙玉姣，还要跟付朋调情，眉来眼去的，我自己都觉得很不好意思。开始时，我在表演上有点拘谨，可是师父再三指出让我放松些。这可真的是难煞了我。

其实，京剧《法门寺》，一名《郿坞县》，又名《朱砂井》，常与《拾玉镯》连演，总名是《双姣奇缘》。那可是生、旦、净、丑各展所长的合作戏。

这出《法门寺》中的情节紧凑，生、旦、净、丑行当齐全，是京剧界有名的群戏。剧中净角饰演的刘瑾，是花脸应工有名的太监戏，念京白，相当见功力。丑角饰演的贾桂，佛殿上念大段状纸，快而不乱，在念白和表演上都有极高的要求。老生饰演的赵廉，唱、念俱重，青衣饰演的宋巧姣也有繁重的唱段，而花旦扮演的孙玉姣，戏虽不重，可是做工戏也还是很重的。

整出戏的情节是这样的：

明朝时，刘媒婆路过孙玉姣的家门口，见傅朋给孙玉姣手镯，就向玉姣要来绣鞋，答应为她和傅朋撮合。

然而媒婆的儿子刘彪，拿了鞋去讹诈傅朋，地保刘公道加以劝解。刘彪又夜至孙家庄，误将玉姣舅父母杀死，将一个人头投入刘公道家内。刘公道惧罪，打死长工宋兴灭口。而郿坞县令赵廉则将傅朋屈打成招。

宋兴之父宋国士控告，也被押入狱。就在那以前，宋女巧姣已与傅朋订婚。她用酒灌醉刘媒婆，得知事实原委，趁大太监刘瑾伺候皇太后到法门寺降香时，前往上告。刘瑾责令赵廉复查，真相大白。刘瑾复审后，斩刘彪、刘公道，并奉太后旨，以孙、宋二姣赐婚傅朋。

其实京剧《法门寺》，是一出非常有代表性的剧目，自京剧诞生的两百余年来，久演不衰。剧中给人留下深刻印象的，不是马连良先生扮演的郿坞县知县赵廉，也不是金少山先生扮演的刘瑾，而是萧长华老先生扮演的小太监贾桂。自从贾桂的形象出现以后，他便成了中国溜须拍马的祖师爷，他像一面镜子，照出了中国势利小人的丑恶嘴脸。

《法门寺》这出戏虽然好，但也有许多令人不解的地方，比如法门寺降香的地点到底在哪里？看戏时总有许多疑问。众所周知，法门寺在陕西省扶风县，以寺内供奉的佛祖舍利而闻名天下，离北京两千余里。而郿坞县也在陕西，是当时陕西省下辖的一个县。

而故事发生的时间是明朝正德年间，这从刘瑾的开场白自报家门中，可以得到印证：

咱家姓刘名瑾，表字春华，乃陕西延安府的人氏，自幼七岁净身，九岁进宫，一十三岁扶保老王，老王晏驾扶保正德皇帝登基……

要知道，正德皇帝明武宗朱厚燳，是明朝的第九个皇帝（1506—1522），这位历史上著名的荒唐皇帝，在位期间颇有出人意料之举，但还没干出迁都的蠢事，做皇帝的地点仍在北京。那么北京距陕西两千多里的路程，让一个白发苍苍的老太君，到那里去礼佛降香，岂不荒谬绝伦。因此，法门寺到底在哪里，就成了京剧观众百思不得其解的问题。

那时，我的年龄还小，对于这些有关历史的事情，一窍不通。我需要关注的还是做工。既要考虑身段，又要考虑扮相，绣花的动作，赶着小鸡儿、喂小鸡儿的动作。还要学会绣花的样子，师父给了我三天时间，专门学习绣花。这可是难为了我。

说起京剧旦角演员的练功，其实一点也不比其他行当轻松。有人以为学武生行当的练功最累，其实也不然。当然，学武生行当的大翻和小翻，肯定是很辛苦的。

京剧演员在舞台上表演手势的基本要求，各个行当也都差不多。比如说，举手到眉边，拱手到胸前；云手如抱月，指手到鼻间。

然而旦角儿的手势种类，却比别的行当多。譬如，兰花指，是必须要拇指搭住中指的指根部，食指用劲既要实又有力，形如兰花。旦角指时，食指用力翘起，大、中指形圆形，无名指弯曲，指尖靠中指中节，小指弯曲靠近无名指中节。

师父经常告诉我说：旦角常用的50种手势，好像还有些顺口溜一样的诀窍：

天地口月夜，风云雷雨雪。
山水石鱼浪，草木鸟花香。
你我来去转，不开关避眠。
美容眼胸膀，皮眉口心拳。
茶酒饭筷碗，哭笑羞怒酸。

要求最高的还是云手。因为行当不同。云手的位置也不同，如：生行要齐眉，武生要齐口，小生要齐胸，旦角要齐乳，丑行要齐肚。要论到表演程式，说是一定要有“四功五法”。

那么什么是四功呢？就是唱、念、做、打，由唱到打是一个比一个难度大。俗语说，“千斤念白四两唱”。为此在念、做上一定要下苦功夫。

还有五法：手、眼、身、法、步。

五法的表演要领就是，逢上必下，逢前必后，逢左必右。舞台站的动作，不能出角棱，必须要圆形，不可直来直去，所以，才有“挖门儿”的基本动作。

舞台口儿常用的指法有：

摊手：两肘下垂做摊手状，手心向外指尖向下。

单运手：手心儿向下，右手指尖儿朝上，直对面部，再由左方往下绕到上边斜着指出。手要比眉略高，另一只手要叉腰或背后。

至于双运指：手心朝下，两手相距约30毫米，都要斜着向后往下绕，再指出，前手比眉稍高，后手比眉稍矮，左右均可。

还有单前指：跟单运指相同，但是要和肩齐。而双指和双运指相同。

最重要的是，怒指：怒某人而指，其指法与运指一样，只是手指稍矮些，指时要有力，如当面指人，则面指其面。旦角指时手心朝下，手比鼻略高一点。在怒指时手须往下斜。

关于面部表情：演员通过眼神、面部肌肉的变化，表现出剧中人物的思想感情。就是：情、忧、思、喜、怒、悲、恐、惊；眼神：看、照、眺、瞪、媚、瞟、转、斗八种。

而剧中人物的指法，我还记得大约不到30个种类，水袖的动作约有二十几种。

拂袖：这可是各个行当必须要有的基本功，把水袖靠大腿前一展，随即往旁一抖，左右均可。表示整衣掸尘之意。双抖两抖，多在出场亮相（整冠、整髯、摸鬓等动作）。

投袖：又叫做摔袖，两袖齐往旁摔去（左右均可，也可单摔，表示生气发怒）。

掸袖：（撩袖）先将肘往回一转，将袖横着往外掸去，要低一点，不能过胸部，左右都可以。这个动作是要表示人要离开的意思。

荡袖：两袖同时做蝴蝶翅式，先往里一抖，再往外一甩，数次不定。表示着急没有主意时。

掷袖：又称扔袖，先扔右袖，再扔左袖，把袖一抓再往前直扔，这就是表示无可奈何的意思。

掩袖：必须要把袖抬脸部，前手往里弯，肘要圆形遮脸，后退一步再将袖往下，眼往外看重复三次，表示又想看又害羞（这种动作多用于旦角）。

摆袖：右手扯着左袖尖往左面、右面身后反复摆动，次数不定。表示飘洒自如（多用旦角）。

扬袖：举袖手往上抬，将袖头往里一抖搭于手腕际，眼往远看，左右均可，表示剧中人远看或叫锣鼓。双扬袖，双手动作，表示高兴。

捧袖：两袖往里一翻搭于手臂之外，再拱手到嘴前，先后摇动三次，表示哀求或诉说事情。

要说这练功的事，三天三夜也说不完。

含泪播种的人一定能含笑收获

从小生长在上海、北京这样的大城市的我，对于种田或是种地是一点概念也没有的。南方人叫种田，因为他们种的是水稻；北方人叫种地，因为他们专门种麦子、高粱、玉米、大豆，这些农作物都是生长在旱地里的。我经常拿这句话来开玩笑，可是做梦也没想到，曾几何时自己却成了一个又会种水田、又要种旱地的人。

说来话长，这已经是50多年前的事了。我的被捕法办，是在1957年的冬季，我的劳改生活也是从上海开始的。一开始，我被关在某某区公安局的看守所里，然后没多久，我就被押送到了上海市某监狱，一待就是两年多。开始关在监房里，没多久，承蒙政府干部的关照，我就从监房里被开出来，当上了楼面劳动队。从那个时候开始，我就投入了体力劳动：挑马桶，倒马桶，把一桶一桶70多斤重的开水，从一楼提到四楼；还要背饭格，一格大约是120斤，由于我从小练武，练了一身童子功，再加上早几年在部队的生活，学会了吃苦耐劳这一招，也算能勉勉强强对付过去。

等到了1960年，由于全国性的自然灾害造成的饥荒，我们不得不被押送到某个省，投入重体力劳动，开始修铁路，开石矿。但由于我是个当演员的底子，占了个大便宜，专门在工地上，手里攥着个喇叭筒，在艰苦劳动的工地上，当上了所谓的工地宣传员，又喊又叫、又说又唱地鼓励别人努力干活儿，自己却只是卖卖嘴巴皮子。这也算我的福气吧。

到了1961年下半年，我又被调到了某劳改农场，我以为这回肯定是去种田的，于是就咬紧了牙关，准备吃大苦了。谁知道又摊着我享福，农场有个戏剧队，没几天我就又去了戏剧队，照样干我的老本行。这回我想，谁让咱命好呢？

又混了5年多吧，这回我可倒霉喽，从某省公安厅的文工团被扫地出门，把我发回原来的劳改农场。还回戏剧队吗？没门儿，这回我开始了长达十多年的农业劳动了。那么开始种田的滋味儿怎么样呢？

我这个人吧，虽然算不上出身高贵，可也算不上贫穷。从小除了练功辛苦点儿，还真没做过什么力气活。就拿在部队那会儿，偶然也会去参加一些菜地劳动，可是由于我是个舞蹈演员，有时候还要演演京剧。为了对我特级保护，一般领导也就不让我去了。

劳改以后，在上海市监狱里，除了当过楼面劳动以外，下泥巴田的事是从来没有过的。这世界上的事就是奇怪，说来它还就来了。记得那是在1966年年底，我在某省公安厅文工团，突然一道命令，说是要把我调回农场，而且是马上就得走，心急慌忙我就赶紧地往回赶。

等我回到农场，去场部报到，才知道史无前例的大运动就要来了。当时场部的一位熟悉的干部悄悄对我说：“你可得小心点，说话也要三思而行，千万不能放大炮。否则到时候倒了霉，你可别怪我事先没跟你打招呼哦。”

当时就有人告诉我，他就是原来管教科的孙干事，他对我说：“你们原来的戏剧队，已经解散了。他们都调回各个生产大队去了。你也不例外，你就去原来的七大队吧。估计他们也已经知道你回去的消息。你自己处处小心就是了。”

要知道从场部去七大队，走路就是 20 多里。我就顺便问了一句：“孙干事，可有便车吗？”

他听了我的话，马上眼睛睁得圆溜溜的，说：“什么？你还想搭车？做你的大头梦去吧。”

我听他的话音，估计这回情况不妙。赶紧地我就背着行李开始长途跋涉。这段路我走了差不多有两个半小时，累得我叫天天不应，叫地地不灵。心里还一个劲儿地琢磨，这是咋的了？怎么才没几天，这天就会塌了不成？走着走着，实在走不动了，我就把身上沉重的行李包解下来，扔在了泥巴路上。坐下来想着歇会儿吧，反正前面路也不远了。想想自己这命怎么就那么苦啊！这时候我还想起一句成语叫做：命运多舛。好不容易熬了几年，总算混进了省文工团，可这究竟是怎么了？

正在我坐在地上唉声叹气的时候，前面就来了个人，看样子还是武装民警。我瞪大眼睛往他身上一看，发现他就是那个什么班长来着。

前面来的那位是谁呢？原来是场部警卫营的武警战士小文，别看他个子长得很高很壮实，其实他的心地既善良又朴实，很惹人喜欢的那种，是那种面硬心软的人。他很喜欢看我的演出，按现在的词儿吧，他应该是属于我的粉丝之类的人物。他大老远地就看到我，赶紧地跑过来，说：“老陈。你来干啥呀？

这是你应该来的地方吗？”

我当时真有点两眼泪汪汪的感觉，一把拉住他的手说：“小文，怎么你也不在场部了？你这会儿上哪儿去啊？是回场部吗？”

我一连串的问题几乎让他招架不住了，他就说：“我是去十大队看我一个老乡，他也在那儿当排长。你不是已经调到省公安厅文工团了吗？怎么又回来了呢？是你自己要回来的还是……”

我听了他说的话，除了摇了摇头，还能说什么呢？他好像一下子就明白了似的，就说：“哦，我知道了，你们那里也搞运动了？”

这个时候我除了点点头以外，还能说什么吗？他看我带了那么多的行李，就说：“这么重的东西也亏你从场部背回来。得，还是我来帮你背吧。”

我说：“你不是要去看老乡吗？快去吧，我自己慢慢走就行了。”

他说：“那不行，你这样的人能背这么重的东西吗？还是我来接你回去吧。反正我现在也已经调到七大队来了。有我在，你不用怕，不就是搞个运动吗？过去了也就过去了。不过，伙计，这里七大队可是个农业队，你来这里能干点啥呢？不会也让你去种田吧。没关系，有哥们儿我呢，有啥事我帮你扛着。”

我看着他那憨直相，心里真的很感动，但是他毕竟没念过几年书，对于某些事一直还是闹不明白。我也很直率地对他说：“小文，这回不比往常了，你我身份悬殊，你最好还是少跟我黏糊，不然的话你要吃亏的，会影响你的前途的。”

他听了我的那番话，猛然间就愣在那儿了，双眼圆睁地望着我，说：“你这是怎么了？没事的，有哥们儿我哪，怕啥？走！”

我也只有无奈地跟着他走呗。

说到这里，我突然想到一个情况来了，小文是山东人，杜政委也是山东人。他们俩的年龄相差很多，要论个性，两个人真的很像，都是那么憨厚，都是那么直率，有一说一的人。所以就因为他们俩，直到现在我始终喜欢跟鲁、豫两省的人打交道。这不是偶然的，因为我在上海劳改的时候，某看守所里的监狱长也是山东人，他也帮过我很多忙。

回过头还要说说小文这个跟自己兄弟一样的人，那可是我在“文革”期间的福星，好几次都亏他来救我，否则我很有可能就没有今天了。那天我跟他去到七大队的大队部门口，凑巧就遇见了大队教导员，他也认得我。他说：“怎么了，小文，是你把他接来的？”

小文说：“报告刘教导员，我是在半路上碰到他的，我怕他不认得路，所以就把他带过来了。”

教导员听他这么一说，当场就大笑起来，说：“小文啊，这你就真的不知道了,这个小子原来就是从我们大队调出去的。去了戏剧队才几天呢？回家就找不到门了？倒是那个时候你自己还没当兵呢。我还怕你把他引错路了呢。”

这次我又调回七大队，心里本来就很窝火，这又遇到这么个事，就算心里再窝火也不敢发出来不是。心里越想越委屈，越想越窝囊，恨不得打谁一拳才好呢。

稀里糊涂地回到七大队，因为不知道自己会分到哪个中队去做什么，心里正在打鼓的时候，就听到小文一声：“报告教导员！我看干脆把这小子调去守围堤可好？”

这时教导员立刻板起脸来说：“小文班长，这是我们大队自己的事情，你就不用插嘴了，你也可以回去了。要么你再去八大队一趟，反正时间还早。”

有点小聪明的我，顿时明白了这里面肯定有什么问题。说不定会把我调去种田吧，其实这回真的让我猜对了。结果把我调到了二中队的包耕组,这个包耕组是干什么的呢？种田的呗。

武警小文的建议，我心里的愿望，就被刘教导员摇了一个头，算是泡汤了。没法子，我很自然地被安插到那个姓徐的组长的包耕组里面。组里的人当然都是认得我的，谁让我是戏剧队里的演员呢？按理说，他们应该都是我的戏迷，现在人叫做粉丝。

我进组的那一刻，人们那种复杂的眼神，让我心里有一种说不出的难受。明天就要下田了，想到这儿，我的心里那个不舒服劲就别提了。

当天晚上，组里学习的时候，那个老徐就说了一句，只一句就把我给打发了。他说：“今天老陈就算进组了，要说到种田，他肯定是外行，大伙儿招呼着，看看别让他第一天下田，就出个洋相什么的。”

然后他就把话头一转，就提到第二天的分工了，就好像我根本不存在似的。反正那天晚上我也没睡好，心里就惦记着明天下田怎么办？

第二天，天刚蒙蒙亮，就听到敲起床的钟声。这是在告诉我：小子，从今以后你也成了个货真价实的农民，不，种田人了。其实就凭我们劳改就业犯，哪敢算是农民啊？虽然这样想，可心里还是有点不服气。吃过早饭，徐组长就一声吆喝：出工了。我们这些老的、少的一窝蜂就上了路。我听见他们叽叽喳喳好像是在议论我。我抬头四面一看，明白了：原来他们都是光着脚丫子，而我还穿着双解放鞋，当然他们就会看不惯了。

我回过头看着手里拿着根土烟斗、赤着脚的徐组长，我就知道这回我又出洋相了。但是现在脱似乎有点太不像样子。我一面迟疑着一面就跟着他们走。等走到工地上的工棚里，组长就开口了，他对着我说："老陈，要么你跟他们几个去耘田，学着点。"一边说一边递了一把耘田用的耙子。我也只好弯下腰把鞋脱掉，赤着脚跟着走了。要知道我这一辈子还没光过脚走路，这可是开天辟地头一遭啊！

要说我这第一次下水田，可就遭了殃，因为我的脚上不知怎么就沾上了一条蚂蟥，开始我还没觉得，只是感到小腿上痒痒的，用手一摸，软乎乎的，心想：这是什么啊？低头一看，一个黑黢黢的东西。旁边有人看到就轻声地对我讲："老陈，你的腿让一只蚂蟥叮上了。"

他这句话还没落音，我就觉得浑身上下都发麻。这冷汗一个劲地往下流，浑身的汗毛都竖起来了，心里明明很害怕，还不敢表露出来。像这样的事情，我还从来没有遭遇过，现在想想，这也算我下农业组的第一堂课吧。

在没经过这件事之前，我连听都没听说过这世界上还有蚂蟥这么个东西，这蚂蟥究竟是什么物件？只是觉得样子挺可怕的，黑乎乎的，麻酥酥的，心里却害怕得不行，浑身都起了鸡皮疙瘩，这冷汗一溜一溜地往下掉。

正在这个当口，我身边来了个人，他姓什么我当时一点也不知道，只是觉得这人很稳重。他看了看就对我说："这东西你不能往下扯，你越扯它就越往里头钻，那就麻烦了。来，我给你敲敲，看看它会出来不？"

只见他用手掌心使劲往我小腿上捶。我觉得很疼，但是又不敢吭声。过了会儿，就见我小腿处往下滴血，不一会儿，这蚂蟥自己就掉下来了。这个人就站起身来在我背上敲了一下，一面笑一面说："行了，没事了。不过这块水田里的蚂蟥还是很多的，你自己可要小心。"

一直到了这个时候，我才开始注意他：他的个子不算高，身子骨也还健壮，可是他的眼睛却炯炯有神，好像很有点底蕴似的。后来我才知道他原来是国民党军队的连长，解放后躲在农村还当过村长，一直到全国肃反运动以后，才被捕入狱。

他的姓也很奇怪，他姓端木，是双姓，名叫奎，端木奎。组里人背后给他起了一个绰号：端木柜。别人怎么叫他他也不在乎，可以看出来，他为人还是很端正的。劳动也很棒，不管怎么说，他毕竟出生在农村，对于农家活还是熟悉的，干活利落不用说，又很愿意卖力气。组长、记工员都很尊重他，中队干部看到他也都很客气。本来还准备让他当个什么副组长，可是他坚决不愿意，这事也就作罢了。

其实这场蚂蟥风波的发生，倒也促成了我跟端木以后的友谊。这可是我参加农业劳动的第一幕，蚂蟥的事情反而让我得到了一个好朋友、好帮手。至于这好帮手怎样解释呢？那是以后的事了。

一个出生在大都会的读书人，又是个演员，虽然在农场也待了不少年。但是农业劳动可是我出娘胎的第一遭。光着脚丫子，在烂泥地里踩来踩去。开头肯定不习惯，身子也很累；不过我这个人从小到大，经历过不少的风波，一般的事情我也还算想得开，头几天尽管难受，过了几天也就慢慢习惯了。由于我性子直，一般的事我也想得开。我经常记着这么一句话，叫做天塌压大家，又不会只压我一个人。

在每天的劳动上，我这人气量不大，心眼儿不小，性子又好胜，总爱跟人比速度，无论做什么工种，总不愿意输给别人。照例说这是件好事，可是谁知道就是这个赶进度，却赶出一场祸事来。

好胜心强是我这辈子的大毛病，后来听母亲说："你这孩子也不知道是怎么回事。打小就好胜心特别的强，无论做什么事情总是要争个第一。学长拳那年你还不到6岁，就好跟人家大人比。"

我就很奇怪地问她："比什么呢？"

母亲回答我说："还不是跟人家比快吗？你总觉得自己年纪小，学拳的进度比别人快啊。其实那是人家年纪大的人不跟你一般见识。谁会跟你个小娃娃较真啊？"

当然这些事都是老八辈子的事儿了，不过等我稍微长大了以后也还是这德行，学京剧的时候是这样，学演话剧的那会儿也还是这样。其实好胜心就是不认输，总不肯认输的人才算是真正的好胜心，怎么才叫好胜心呢？总想打胜仗，不愿意打败仗呗！可我这一辈子吃亏，也就吃在这个上面了。

劳改队可不是个好惹的地方，你好胜，别人比你更好胜。强中还有强中手么！指望谁又能比得过谁呢？在我开始从事农业劳动的时候，首先是怕，后来慢慢儿习惯了，觉得这种田也是人做的事，别人能干，我为什么就不能干哪？谁吓唬谁呢？就在这个当口，我却惹了一场大祸。

记得那是栽禾（就是插秧，这是当地的土话）的一天，我为了跟人赶进度，就弯下腰，低着头，手里攥着把禾苗（也就是水稻秧苗的意思）。我的腰劲好，这是出了名的，主要是我自幼练的童子功起的作用，我可以插一排全长100多米的秧，都不带起腰的。当场我就创了个新纪录，超过了一起插秧的六个人两排。当时我的虚荣心已经膨胀到了最高潮。

当时端木就暗暗警告我说：“你这样栽得实在是不怎么样，弄不好你会出洋相的。你插得太浅了，看这天气，说不定今晚会下大雨。到时候你就看吧。”

他说这话的时候，我还是真的不以为然。可谁又料到，那天晚上又是风又是雨的，真挺吓人的。我嘴里不说，心里确实也有点担心。

果不其然，第二天一出工，记工员就发现我们前一天插的那丘田，水面上漂满了秧苗。一查之下，果然那些秧苗都在我插的那几排里。结果被组长批评还不算，连中队长都过来把我臭骂了一顿。他说：“你们看看，这就是知识分子干的事，只图数量，不考虑质量，这可是典型的破坏生产，破坏农业学大寨。”

结果那天晚上，我被他们狠狠地批了一家伙。

但是这件事发生后，我得到了个教训，也就是说，种田实在是很不容易的，我还得再接再厉，努力学习农业技术，千万千万不能掉以轻心，马虎从事。就从那天开始，我在农业生产上有了一个崭新的认识。我开始严肃认真地重新认识到农业劳动的确没我原来设想的那样容易啊！说不定那就是我的另外一个人生起点吧！

在我没有参加农田劳动之前，一直以为这种田么，全是乡下粗人干的活儿，没什么了不起，像我这样脑袋聪明的人只要不怕吃苦，还不是随随便便就可以干的事。这叫什么？简直就是小看了人。要知道无论干什么事情，都会有他们自己的门道，难怪人们说了，这小知识分子就是没知识，只知道读死书，一旦到了关键的时候就得抓瞎，像我这号儿的就这德行。

吃了一次亏，实际上是长了见识，这世界上的事无论做什么，都是从难到易的。于是从那次起，我就痛下决心，非要干出个样子给他们看看。至于我能干出个啥样子，那是以后的事了。

要知道在农场干活，插秧那算是小意思，最要紧的还是要会“用牛”。“用牛”这个名词可能现在人听着会很稀罕呢。牛肉可以吃，还没听说过这牛还能让人用的，其实这“用牛”可是有个讲究，叫做犁、耙、耖、耥，要知道农村里的重活全靠着牛呢。

怎么叫做犁呢？就是赶着一头大水牛，牵着手里的一把犁，先把那田里长满了各式各样的野草的泥巴翻转来，还得翻松了，把那泥巴上的杂草翻过去，压到地下，让它永世不得翻身，死了烂了才行。

下面这道工序就叫耙田了。就是把犁过去的泥土给打散了，然后放进大量的水，让它泡着，等两天这泥巴松了软了，就可以用一把耖，把那高低不平的泥巴耖平。这可是最难干的功夫，如果不是个老农还真的拿不下来。什么叫老农呢？就是那些从小到大都是在农村里干农活的人，像我们这号儿的连碰都不敢碰。

最后的那道工序就容易了，只要你手里牵着根牛绳，站在耥耙上就行了。这样做的目的就是把田里的泥巴赶平喽，再泡两天就可以插秧了。

这些个农家活儿看起来容易，干起来可真是不容易。不是有人这么说吗？叫做初学三年到处可以闯，再学三年这就寸步难行了。这话是一点也不假。我这个自以为是的城里人，这回才真的痛下决心学耕作了。

也就是从这个时候起，我才是真正的在学做人了。把我过去当演员的臭架子，以及一副知识分子的臭习气，慢慢地全部扔到历史的垃圾堆里去了。我以为这才叫真正的改造。我心里总是念着毛泽东他老人家的那句语录：下定决心，不怕牺牲，排除万难，去争取胜利。看起来我的胜利是不是就在眼前了呢？

随着日子一天一天地过去，人们对我也开始刮目相看了。干部们也对我有了新的想法，过了那么大半年吧，我居然就当上了记工员。这可不是轻而易举的事哦。人们都说我：这小子如今出息了。

兴许又有人会这么说，不就当了个记工员吗？记工员有啥了不起，也就是记记工时，检查检查质量，这谁又不会呢？我看说这话的人肯定是个外行，他可是真不知道这里面的奥妙。尤其是劳改队的记工员，特别的不好当。首先你自己的劳动力必须过得去，收方的时候一定得公平。不然的话这钻空子的人可多了去了，到时候弄不好你就会招架不住的。

我刚开始当的时候，的确有那么几个人不服气。他们这几个人，一个个地横着眉毛竖着眼的，处处跟我找别扭。可我这个人也不是那么好惹的，他们说什么，我开始还忍着。等他们几个说话过了头，我可就抓着辫子不松手。

记得有一次有几个家伙在糊田埂，其实这个活儿也还是得有点技术的。你得先看好了，这田埂上有没有漏水的地方？有没有黄鳝洞，这黄鳝要是钻起洞来可厉害了，很难堵的。还有在水稻田里捞泥巴，也有点技术的。糊不结实，过不一会儿就会照样的漏水。他们几个人的活，我看着还可以，就是其中的那个老王，他的名字叫王常祥，这个小子可不是盏省油的灯，说不好，他就可以好几天不出工，装病而且还躲懒。原来的那个记工员就是让他给气走的，这家伙霸道着呢。

我平常就对他有点看不惯，所以那天我在他糊的田埂两边，走过来走过去地看了半天。他嘴里不说话，心里可气得不轻，于是他开口说话了："怎么了，我的大知识分子，大记工员，有毛病你就开口说话，像这样转来转去的，我有点眼晕。你以为这是戏台子上唱戏啊？"

我也就开口了，说："我的老王，你不觉得你这田埂上的泥巴糊得有点少吗？这样的质量，你叫大家来评评，虽然我这记工员也没当几天，可也不是你让我当上的。知识分子怎么了？犯法呀？你有什么空子钻呢？要论文化这可不是地方，咱们在这里就得谈质量。你要是不服气，可以去报告中队长啊！让他把我这记工员给撤了，你不就省心了？知识分子也不是吃你的饭长大的。要论干活儿，我哪门跟你比不上？唱戏不唱戏，跟你有关系吗？就算干农业，我也不至于输给你吧，你横什么横啊？"

就是这次我俩差点儿没打起来。

现在回头想想，我那态度真的不怎么样，真的有点摆臭架子。这实际上也就是我的缺点，就算他活儿干不好，我也可以跟他好好讲啊。这分明是我态度不端正，充分暴露了自己的弱点。经过了这件事，我渐渐地也长了一点学问，也就是说待人接物应该注意些，绝对不能欺人太甚。就拿我自己来说吧，别人欺负我，我也不服气不是？

说到这儿，我又想起一档子事儿来，记得那是在我当上记工员以后不久，组里来了个新来的。这小子还挺横，说起话来的样子像谁欠他钱似的，一进门儿俩眼珠子东瞅西看的。他看到了我就说：“喂，小子，你们里头谁是组长啊？”

我就爱理不理地跟他说：“组长不在，你找他干什么？”

这小子听我这么一说，还挺不服气啊，就大声嚷嚷说：“怎么着？我还问不得了？看你这样子就是个不会劳动的家伙，戴着副二饼子（他这里指的是我戴的眼镜）神里神气的，看着老子就不顺眼，你这套在老子这里吃不开。你知道我是谁吗？我是九大队赫赫有名的包耕组长，姓刘的，叫刘大个儿。怎么？没听说过？去把你们的组长给我叫来。”

我是谁啊？谁不知道我也是个不好惹的。我也就不客气地哼了一声，说：“你这刚来的，就这么个态度，谁是你们家打长工的？你以为你谁啊？开口闭口找组长，这组长也是你能随便找的。我告诉你，你别以为你在九大队当了几天组长，我们这里当过组长的多了去了？你爱找谁找谁去，关老子屁事！”

这小子看我这德行，可冒了火了，就说：“我说你这个吃干饭、磨洋工的（这句话是指劳改队里那些没有劳动力的，干不了重活的人），老子让你去你就得去，小心老子对你不客气。”

这时候我突然想起那天上午中队长好像跟我提起过，有一个人要到我们大队来挑人，听说他们那儿缺个当包耕组长的。他们大队让人来看看。

那么他们要找的这个人究竟是谁呢？

可做梦也没想到的是他找的人实际上就是我，因为我们大队原来的大队长，前不久调到九大队去了，是他提出来要把我调过去，所以这小子得到了消息以后，就先通过了他们中队长，提前来看看，看看我是个什么样的人。因为原来的组长就是他本人，他大概想着我要是万一调了过去，他会不会被撤掉啊？其实后来我才知道，这小子他是心虚，就算我过去了也是给他当副组长。

好了，这回我把话扯得有点远，当时我们大队的干部都不同意我过去，他们自有他们的打算。

这个气势汹汹的愣小子，我又是怎么打发他走的呢？开始我不理睬他，他就去找别人问了。结果让他没想到的却是这句话，有人跟他说："看见没有？那边那个人就是我们组的记工员，他的权力不比我们组长小多少，问他准行。"

这小子一听这话赶忙回头望着我，一下子就愣在那儿了，嘴里还叨咕着："就是那个戴眼镜的？哎，我说，还真没看出来，就这么瘦了呱唧的居然还是个记工员？哦，我明白了，他是有文化，没有劳动力，所以才让他当记工员的是不？"

那人又回答他说："我们记工员的劳动力那是呱呱叫的，我看你还未必能跟他比。你还是仔细看看吧。"

谁知这个时候，那个愣小子看了我老半天，突然一拍脑袋说："对，我还就认出来了，你不是就那个场部戏剧队唱戏的？怪不得我看着你脸熟呢。"

素来眼睛里揉不进沙子的我，面对着这么一个怪怪的人，我还真有点哭笑不得了。刚才还吆五喝六的一股子狠劲儿，一会儿工夫就变开了脸。我心里想：这小子不会是唱川剧的吧，这脸变得也太快了吧。心里想是归心里想，嘴里的话也得转个弯不是，我也只能对付他一句好话吧，我就说："岂敢岂敢，请多指教。"

话还没说完，我别转了身子就从他身边走过去了，这小子让我弄得一愣一愣的。本来这事儿也就过去了，谁知道他还不死心，跟了过来嘴里叽里咕噜说个没完。他说："呵，我可爱看你演的戏了，唱得好，做功也挺好，怎么就不演了呢？这是怎么回事啊？”

我也回过头顺嘴回了他一句：“你说为什么呢？这你还不知道，就当组长啊。我看你也太没水平了，一边儿歇着去。”

我都用了这种态度对他，可他还是不依不饶的，照样继续说：“那你现在落到了这种地步，多可怜啊。唉，连我都为你心疼。”

听他说的这番话，我突然无名火三丈高，就开始唾骂起他来了，说：“我说你小子会不会说人话呀。我落到了什么地步？你说，你说啊！！！就冲你这样还当他奶奶的什么组长。滚你的吧！”

见我突然会变成这个态度，他也没想到啊。愣了一会儿神，他一下子就软了下来，说：“我说什么了？我没说什么啊。你怎么一下子就翻脸了？”

我说：“我翻脸？还是对你客气的，闹的老子发火，把你小子扯到大队部，看你老实不老实？赶快给我滚蛋！”

这上面的一番对话，人们会认为我是个狗仗人势的孬种。其实根本就不是这回事。虽然我投入了劳改十多年，可是我最痛恨的就是这样的人。在劳改队里，还是他这样的人最吃香，仗着自己有几分劳动力，在干部面前吹牛拍马，在我们这些人之间，要么欺负人，要么就无中生有坑害人，阳奉阴违是他们的特长。像这样的人我见得多了。这叫得什么病，吃什么药；见什么疮，贴什么膏药。

我这个人呢，一辈子吃的就是这爱得罪人的亏。谁能想到，没过一年我还真的跟他走到了一起。

这天下的事总是这样的，本来好好儿的，他要横插一杠子，闹得彼此都不愉快，何苦呢？所以一个人呢，做人要地道，一不要趋炎附势，二不要吹牛拍马，讲究个实事求是就好了。

回想我在农场20多年，其实也就是一个锻炼学习的过程。当初在场部戏剧队的时候，说起来也是给我的一个机会，我从小演戏、唱戏、拍电影、唱歌忙个不停，可结果呢？最后落得个鸡飞蛋打，一无所有。演了10多年，什么成绩都没有，更不要说成就了。最后还没弄清情况，却弄得去劳改，既丢人又现眼。可是自从到了劳改队以后，这劳改队居然成了我的一个新的大舞台。

在上海监狱里，也一直不停地演戏。到了农场没多久也还是演戏、唱戏。现在想想这其实是我一生的舞台生涯，最灿烂光辉的一页。台上如痴如醉，台下掌声如雷。做梦也没想到我30多年的舞台生涯，竟然在这里画上了一个句号。

运动来了，我的舞台生涯也走上了末日。而做梦没想到的是，种田耕作竟成了我另外一个舞台，这个舞台的分量可不一般。我从一个城市居民蜕变成一个典型的农民：夏日炎炎，我的头上扎着一条毛巾，下面一条短裤，光着脚巴丫子，在泥地里走来走去，煞是威风；放过牛，养过猪，还放过鸭子。反正这么说吧，这农场的活儿几乎就没有我没干过的。现在看看，这才是一个人的命运的变幻无常,从天堂到地狱只是一步之遥。

说起种田来，我对它还真的很有感情。你寻思寻思，一个大活人能让尿憋死吗？开始不行，慢慢地就有一点行。开始怕蚂蟥，最后连蛇都不会怕了。这叫什么呢？胆儿大的气死胆儿小的。一个人只要横下一条心，就没有什么做不到的事。这点也许有人不相信，可是我信。我不就是这样熬过来的？

不知不觉地就过去了一年，我苦干苦熬，终于从一个不会劳动的臭老九，演变成为一个从记工员、副组长，最后当上了

600 多亩田，40 多亩地，牛棚、猪棚的主管，什么人呢你？告诉你，我到底当上了神气活现的包耕组长，让那些过去看不起我的家伙们，看看咱厉害不厉害？

现在想想，当初我进农业队，是带着哭相进来的，而后来呢？我每天都是笑眯眯的，乐呵呵的，这是什么？这就叫坚强的意志，独立的人格和爱憎分明的性格所建设起来的男子汉的气度！

粉墨凉半秋

这是我前年写的回忆录形式的中篇小说。我自己觉得还不错，于是我就决定拿这篇小说去参加比赛。同时也算替代了《深紫人生》去参加小说项目的作品之一。请朋友们检验和关注。

一

我正准备给家里写信，还没提起笔就听着门口一阵风似的进来了一个愣小子。他是谁呢？不用看我也猜得出来，团部警卫员小罗呗！他那说是风就来雨的个性，我可是够了解的。这个小家伙平时话不多，素来也不爱惹事，算是个本分孩子。他连门儿都还没进就扯着嗓子叫喊上了：“小刘，赶快！团长有请，快呀！”

我连忙就把手里的笔扔下，问：“又是啥事儿啊？不会是火上房了吧！瞧你这咋咋呼呼的样子，简直能把人给吓死。”

他说：“你还说你是上海佬呢，就这么经不起啊！告诉你吧，这回是田团长要我来找你，有要事相商。快去吧。告诉你，这回可是大好的消息啊！你要是去晚了，挨熊可怪不得我哦！”

我一听他这话，心里想：这究竟是什么事啊？我也没犯什么错误啊！不会又是为了上回演京剧的事？那可真是怪不得我啊！剧本也不是我挑的，角色也不是我争的，是他们自动找我的，我怎么会知道这剧本有问题啊！《八月中秋杀鞑子》挺好听的剧名啊，也蛮有革命意味的。至于它影响了民族政策怪谁呀？剧本更不是我编的，就算有天大的问题，与我有何关联啊？但是我心里是这么想的，嘴里可是不敢讲哦！弄不好会挨骂的。唉！没法子，我站起身子只顾着跟着那个倒霉蛋儿小罗走了。

不一会儿，就进了团部的大门，嘴里还得大叫一声：“报告。”

就听见屋里团长低沉着声音说了一句：“进来！”

我俩就悄悄地进了门，看见团长正在弯着腰，低着头也不知道他在看什么。我们俩就重复报告了一声。

这位团长姓朱，高高的个子，宽宽的肩膀，大大的有神的一对眼珠子笔直地就盯住了我看，半天不吭声，然后就开口了：“刘立彬，你真的会唱京戏？什么时候开始学的？是专门唱旦角的？还是业余的？你可得跟我说实话，不然我可对你不客气啊！”

看团长那副凶巴巴的样子，说不害怕，那是假的。说是怕吧，我又没有犯什么错误，每次下部队演出的反映也都是一流的。这葫芦里到底装的是什么药啊？但是仔细地端详，他的眼神里也没什么恶狠狠的呀。

那么这一会儿，我也得毕恭毕敬地立正，回答说：“报告团长，学是学过，不过还没什么舞台经验，也就算是一般般吧。”

团长他一拍桌子，就大叫了一声：“说话怎么那么吞吞吐吐的，你是一个革命军人么，怎么能这样对领导回话呀？”

我对团长居然这样生气而且还发了脾气，当时真的很不理解。原本以和蔼可亲著称的团长居然会这样发火，作为一个一年半老兵的我，确实真的弄不明白了。从 1949 年到 1951 年几乎快两年了，我从来就没见团长对谁这样发脾气的。是不是我做了什么让他不满意的事了？还是什么人上他这儿来故意打我的小报告了？想来想去总是疑疑惑惑的。一直到后来我才知道他是不愿意放我离开话剧队。换谁也会这样啊，一个自己用得很顺手的人，一下子就调走了。他这是舍不得啊。您想啊，就靠我一个人说、唱、演、舞要什么就来什么，他上哪儿去找这号儿的人啊！

可是那个时候我哪儿会知道啊？总以为是不是自己做了什么不应该做的事。正在这时，他又开口问我话，说话的时候眼睛都没抬起来。他说："小刘，我刚才问你的可是正经事。你到底唱过京戏（即京剧原来的说法）吗？现在还能唱吗？我是说现在让你正式登台演出，你行吗？"

突然之间他居然问我这句话，这是为什么呀？不会是让我去京剧队参加演出吧！又一想，不会啊。全团的人根本没有一个人知道我会唱戏的。只不过就上了那一回戏，而且还是业余的。今天团长干吗问我这个事儿啊？当场我就说："团长，上回也只是唱着玩儿的，我们管那叫玩儿票。你现在问我这事是什么意思啊？不会是真的让我去京剧队吧！我可去不了，要出洋相的！"

团长听我这么一说也放了心，就说："没什么，京剧队的当家旦角余兰秋生病了，他们听说你会，就来我们队求援来了。现在既然你说你不是正经唱戏的，我就有话去应对他们了。让他们去别的地方找人，不就行了么？好，你归队去吧。"

我听他这样说，一颗悬着的心也就放下来了。于是就回到组里该干吗就干吗去了，省得烦心。我满以为这事儿就这样过去了，但是我心里也还是有些忐忑不安。为什么呢？问题就出在这儿了，我从小就学旦角，虽然知道的人不多，但是回想起来，上次那场《八月中秋杀鞑子》演得似乎有点太认真、也太投入了。就怕被内行人看出什么破绽，这可真就不好办了。这事就这样过去了。

谁知道刚过了两天，又传了信儿来，说是军区政治部主任来找我了。这位主任姓高，山东人，挺直爽的性子。团里的同志都管他叫炮筒子，意思是他这个人有一说一，直筒子脾气，谁见了他都会有一种又敬又怕的感觉。他来找我怕是没啥好事，不会真的把我调到京剧队去吧。

政治部主任？这在当年可不是那么简单的概念。人家是领导，是军区首长。人家能随随便便召见你一个当演员的小战士？至少一定是有什么大事情。这时候，尽管我平时只仗着自己的演出，得到连队战士的欢迎，口碑不错。但是也不至于得到高级首长的青睐呀。怀着不安的心情，我有点紧张地跟着团部警卫员快步地走进团部。只见政治部高主任坐在团长的位置上，而团长和政委却都站立两侧，紧紧地盯着我。团长见我进了门就面带微笑地对我说：“小鬼，快过来给高主任敬礼啊！”

尽管我心是紧张的，但是我可不是那没见过世面的人。故意装作镇静的样子，立正，敬礼，显得很不慌张的样子。

高主任却似乎愣了神，说：“你就是那个演花旦的小同志吗？我怎么看着不像啊。你倒跟一般唱花旦的有点不同，没有像他们那样扭扭捏捏的，还挺神气的么。”

我听他这样说，心里有点不太满意，就又做了个立正的姿势，说：“报告首长，我演的那不叫花旦，是应该叫青衣的。青衣比花旦要庄重多了。”

我这话不说倒也没什么，我这一说，高主任反而觉得不好意思了，就很和气地回了我一句，说：“哦？还有这么个讲究啊。我倒真成了个外行了。”

他一边对着我笑着说话，一边对站在他身边的朱团长说：“这个小鬼还真不简单，说起话来一套一套的。不错，这小鬼我喜欢。让他给我当个文书吧。”

站在他身边的团长，知道主任只不过是开开玩笑的，就笑着对高主任说：“行啊，只要您下调令，我们马上放人。”

这个时候可把站在下面的我吓得够呛。我就立刻立正报告，说：“报告首长，我只会演演戏，跳跳舞，当文书我可是真的不在行。”

其实我现在想想，就算我去当个文书什么的，保证没问题，说不定以后我还可能会升官呢。这以后的事儿谁知道呢。

坐在上方的高主任可不听我那一套，还半真半假地，说：“不行，一个革命战士怎么能不服从分配呢？领导的命令你敢不听。我说你这个小鬼长了几个脑袋？哼！”

说实话，我当时真的发慌了，但是也不敢吭声了。心里想这回糟糕了。怎么办呢？如果我真的到政治部去当文书的话，那我想当一个好演员的愿望和理想不就落空了。尽管我表面很镇定，但是心里却慌得不行。

话不说不明，这一回我是真正明白了官高一尺、道高一丈的道理了。但是在当年那种权威第一的时代，我一个小兵有什么能耐来表达自己个人的意愿？上级说了算，这话在当年来说，那是绝对的真理。瞪着两只眼珠子，干没辙。其实心里却是真的慌了。

正在我不断地胡思乱想的时候，就见高主任展露了一丝微笑，对他身边的两位团首长说："这小鬼多大了？好像胆子很小的。看见没有？他紧张得汗都要流下来了。算了，别吓唬他了。"

就在这时候，主任突然扭过头对我说了一句让我永记难忘的话。他笑着说："小鬼对你说句实话吧，组织上决定把你调到京剧队去。回去收拾收拾背包跟我走吧（在这儿我得声明一下，那个年代调动工作也就是打起背包走人这么简单）。"

怎么？就这样把我调走啦？连招呼都不打一个。难道革命队伍就这样随便的吗？心里这么想，那嘴里可张不开口。您想啊，我自从上海解放刚过三天就来参军了，对于党和部队的具体情况一无所知，只知道无条件服从组织，是一个革命战士的责任。听到这里我还张开嘴想说点什么，边上的警卫员一把就把我拉走了。

直到出了团部大门。他才对我说："小家伙，你知道什么啊。主任一声令下，你还敢顶啊？我看你是不要命了吧！上级领导直接到下面来调人，那是你的光荣！知道不？自从我来到咱们团，快三年了，就从来没见过那么高的领导下来调一个战士的。去！赶快回到组里把背包打好，拍拍屁股走人。我要是能有你这样的好机会，我睡到梦里也会龇牙咧嘴地笑啊！"

其实一直到那会儿，我还是没弄明白这到底是怎么一回事啊。就这么一句话，就把我调走了？明天还要下连队去演出呢，中队长一大早就分配好的。我就回过头对那个小警卫员说："你不知道，我回头还要去舞蹈队排练舞蹈呢，耽误了算你的还是我的？"

小警卫员他冲着我一乐，说："去你的吧，你可真是个新兵蛋子,领导调人,事先都已经联系好的,要你担哪门子心啊！"

一直到现在，回想起来，我自己也不明白，那个时候我怎么那么傻呀！

二

说过的话记不住了吗？不会的，记得牢牢地。但是我就是由于头脑太简单，没能想清楚，这里面究竟是怎么一回事。

回忆当初，母亲一声令下，让我去学京戏，我听了；师父说我演旦角合适，我也接受了；后来美童公学的几年美式教育理念影响了我，觉得男子汉唱女角儿，丢人现眼，我就不学了。但是由于对京剧的痴迷，我回过头又进了票房（当时京剧业余剧团就叫票房），重拾旧业，开始正式拜师习艺，学了程砚秋先生的程派，一度成了上海滩小有名气的程派青衣。

参加革命队伍以后，我隐瞒了这个事实。但是也不知道是怎么一回事，我居然露了馅儿。在《八月十五杀鞑子》里扮演了女主角，像模像样地唱起了程派，就惹了这场祸。事到如今，躲也躲不掉了。这可怎么办哪？一直到了后来，我才知道。这要是怪，除了我自己那股子虚荣心，好强争胜还能怪谁啊？结果落到了这么一个不堪下场。说不去吧，明明也知道这是根本不可能的。

既然让去就得去啊！还能开小差啊？当天下午我想跟中队的同志道个别都来不及，一辆吉普车就把我带走了。

在车上，许主任就对我说："怎么了，小鬼，你还不愿意去啊？这任何人都巴不得的好差事，你还不乐意，到了京剧队起码生活要比在队里强得多，天天还有肉吃，就不会像现在在中队里，天天老白菜，一个礼拜才能打一次牙祭（那个年代的革命战士，一个礼拜才能吃一次荤。每逢礼拜六的中午改善伙食，才会有荤菜，就叫打牙祭。这其实是一句四川的方言）。”

其实那时候我自己有钱，没事就悄悄溜出去买肉包子吃，所以对打牙祭还没那么多兴趣。但是既然主任跟我这么说，就是不高兴也得装出一副高兴的样子。因为临离中队以前，姚指导员还嘱咐我来着，让我必须得听话，不然可是要挨批评的哦。我那时毕竟还是刚参军不久的新战士，服从组织分配是革命军人的天职。

一路上许主任问这问那的折腾了我大半天，我表面上还得对他唯唯诺诺，说一不二。一路上就担起心了。一路汽车的颠簸，公路不平，汽车又那么差。过了一会儿，许主任似乎也有点累，不知不觉，竟然睡着了。而心事重重的我，就是想睡也得睡得着啊！

思前想后，怎么说也得怪我自己，谁让我好逞能呢！

回想到我一下子从一个上海少爷，成了一名人民解放军战士，就好像做梦一样。半年前我还穿着西装打着领带走在上海霓虹灯照耀下的马路上，现在坐在那辆破旧不堪的吉普车上，走在高低不平的山路上，一个劲儿地颠簸，身上的背包好几次差点要从我的膝盖上掉下来。这种鲜明的对照，让我有种说不清楚的感觉。主任好像从梦中醒来那样，问着那位司机，说：“小李，快到了没？”

司机小李回头说了一句：“就要到了。”

我有点惊讶，不是说京剧队住的地方，离我们中队不远，怎么开车都快两个小时了，还没到啊？想问又不敢问。主任已经能够感觉到我的不安情绪，就随意地说：“你不知道，他们现在还在C县演出，我们要赶到那里的剧场，快到了。小同志，你大概饿了吧？”

我听主任这样说，也就不问什么了，心想这位主任倒还蛮和气的，也就不吱声了。汽车又开了十分钟，觉得好像已经接近了城市，汽车喇叭声慢慢地传了过来。我知道C县大概快到了。以前我曾经也来过S市，记得是很多年前跟电影公司的外景队来拍外景的。地方不大，街道很窄，一个很脏的地方。我也记不清这里还会有什么像样的剧场。

过了不久，汽车突然停了下来。司机小李就说：“报告首长，人民剧场到了。您和这位小同志下车吧。”

他一边说话，一边就主动地帮我拿着背包，带着我们直接走进了剧场后台。我只是听到台上的武场（京剧乐队中打击乐器）敲锣的声音，抬头就看到后台墙上贴着一张红纸，上面写着当天晚上的戏码（剧目表）：《群英会借东风》的剧名。我心里就琢磨开了：一个夜场就只是一出戏，这岂不有点离谱？后台人来人往乱糟糟的：有化了装没穿行头（传统戏曲的服装）的，还有没穿行头而又带着盔头（京剧里的人物戴的帽子）的。总让我这个内行觉得他们好像有点慌乱，具体原因我也搞不清楚。

正在我往两边看的时候，总算过来一个穿军装的同志，他一边立正敬礼，一边说：“报告主任，这是不是那位小同志啊？我们正在等他呢。”

这位穿军装的同志，看上去年岁不大，笑眯眯地跟我说：“这位小同志，总算把你给盼来了，快扮戏（化装）去吧。来不及了！”

这时候就剩下我一个人在那儿发呆了。这算是什么事儿啊？

有人说这是天上掉馅儿饼，是好事。可是那时的我呢？一下子就愣在那儿了。心里想，这话儿打哪儿说起啊？这都谁跟谁啊？扮戏？扮什么戏呀！这不是莫名其妙吗？这时候站在我身边的那位政治部主任还笑眯眯地对我说：“你不是会唱京剧吗？上去露一手啊！快一点啊，人家还等着呢。”

我从来没有听说过还兴这样的。那位穿着军服的干部也和蔼地对我说：“小同志，我们看过你的演出，也很仔细地去上海了解过。你不是唱程派的吗？今儿晚上的戏码儿（剧目）就是《起解会审监会团圆》（这可是程砚秋先生的京剧传统戏《玉堂春》选段），那可是你的拿手戏。行头都给你准备好了，救场如救火，辛苦您就快着点儿吧！”

这会儿，我却急中生智，说：“那么你们队里的那位余大姐呢？就是余兰秋大姐啊！她上哪儿去了？她怎么不能演了呢？”

那位干部还是很耐心地对我说：“怎么？军首长没跟你说过吗。她突然流产了，大出血。来不了了。你就快着点儿吧。这台上的戏已经马后（京剧界的术语，就是往后拖的意思）了，不然就来不及了，眼看着这《借东风》就要下了。”

一直到那个时候，我还是被他们弄得稀里糊涂的，都不知道这哪儿跟哪儿了。慌慌张张地就被他们把我推进了一间化妆室，边上一伙儿都是我不认识的人，七手八脚地忙乎起来：几个帮我脱军装的、摘军帽的、替我擦脸的、上粉的忙得不亦乐乎。看样子除了他们一个个都是明白人以外，我简直就成了一个大傻瓜。

后台是一阵阵锣鼓胡琴声，前台还有叫好儿声和掌声。恰巧在这一片乱糟糟的情境下，我的那个救命恩人居然来了。他是谁啊？唱武生的张少鹏。我跟他挺熟啊！上回团里演的《八月十五杀鞑子》就是他来给我们总排的。一见了他，这回我心里总算明白喽！原来就是这个小子把我给出卖了。

其实这事也怪不得他，只怪我这人心太直，什么话都会不加思考地往外说。是我在闲空的时候，把我在上海学戏、唱戏那点儿破事儿一五一十抖搂给他听。谁会想到这小子他居然把我给卖了。到了这个节骨眼儿，说什么也是白搭。唉！混呗，混哪儿算哪儿。一面化着装一面我这心里不痛快，想骂他吧，也没用，我这才算真的哑巴吃黄连，嘴里苦啊！

话说到这儿，这一系列的事都想起来了：服装合不合身啊，跟拉京胡的师傅连嗓子也没吊过，搭不搭调啊？台上的演员我根本都不认识，猛地这样就上台，这简直是史无前例的奇事啊！怎么就让我给碰上了呢？

正在此时，突然由化妆间的镜子旁边传来了一句既是耳熟能详，而又似曾相识的一句亲切的“辛苦您了”。我突然愣了一下。觉得这句话来得那么及时。要知道到这天为止我参加人民解放军已经有一年多了，彼此向来都是以同志相称，这句道辛苦应该是旧社会的戏班子的陋习，在咱们解放军部队是不作兴的。

现在这突如其来的辛苦声，足以击倒我唯一剩下的那点革命精神了。我似乎已经忘记了现在的自我，又回到了那若干年前的岁月里。我几乎把我过去遗留下来的旧习俗忘得一干二净。当时心里就觉得自己又进了梦境一般，看着自己面前镜子里的模样，险些就要笑出声来。

迷迷糊糊地，我就扮好了戏，穿上了红色的罪衣罪裙，手臂上又戴上了闪闪发亮的铁链子，手上抹得白白的，手心儿有人打上了一层胭脂。

跟您说声贴心话，到了这个时候我已经忘了我自己是谁啦。活脱脱的一个苏三，在人们面前亭亭玉立，只听得一声声低微的赞羡声。一个站在我身边从来没见过面的小姑娘，手里端着热腾腾的小茶壶，正想让我喝水。一个化上了小丑脸的，跟我打招呼，说："您辛苦了。"

现在回想起来，脸上还觉得热烘烘的呢。一个堂堂的解放军战士，顿时成了一个女娇娃，这是一种什么心情，一直到今天我还是体会不来。似梦似醒，半梦半醒之间，都有点儿魂灵出窍似的。就是那天晚上，命中注定的一场悲喜剧就开演了。

出场口后一声苦啊！只听得台下一阵叫好和热烈的掌声。刚才还是解放军同志，现在就成了玉堂春了，袅袅婷婷地出现在台下的观众面前。接着又是一阵掌声叫好声，乐队的二黄散板的胡琴声。一句：忽听得，唤苏三，魂飞魄散……

就是这一声差点就要改换了我的人生。我的爱情，我的崭新的人生体验就这样拉起了序幕。谁也没有想到，那个端着茶壶的小姑娘将会成为我一生的隐痛。我一生唯一的一场轰轰烈烈的爱情，就在这里拉开了序幕，同时也在不久后，落下了大幕。这道幕布就再也没有拉起过。它永远地闭上了，昭示着我悲剧的开始。

这位小姑娘是谁呢？她怎么会替我端茶壶呢？这里面的故事又是那么长长的，幽幽的，令人难以忘怀又不愿记起。她就是应该来演今晚苏三的余兰秋，余老板，也是我的余大姐。

捣鼓了半天，难道这位端小茶壶伺候我喝水的就是余兰秋大姐吗？那您就弄错了。也怪我没说清楚，她是余大姐的最小的妹子小樱，樱桃的樱字。怎么会让她来伺候我呢？这里面原来有一个缘故，因为每逢余大姐上场的时候，这些个事儿就是归她打理的，况且人家还拿着一份工资。她要是不干，上哪儿取工资啊？

我第一次见到小樱，就被她那俊秀的长相给镇住了。说实话我打小就在北京上海转悠，什么样的美女我没见过，电影明星、交际花、青楼女子、大家闺秀、小家碧玉有没有让我看上的？跟您说句贴心的话，还真没有。不说别的，就拿我自己的长相在那上海滩上，不说数一数二，也算是第一流的。走在大马路上，用现在人说话，那个回头率是绝对高的，上赶着来追求我的也不在少数。可我呢？就像我母亲说的那样，昂起个头就不知道我是谁了。那天自打我看见她的那一刻起，我就对自己说：小子，你心里的那种姑娘就在你眼前了，要不要的吧。

那天台上的戏，让别人说那可是没个挑。台上台下一片喝彩声不绝，台底下的观众掌声如雷，台上的同人们纷纷叫绝。站在后台的大小干部更是兴高采烈。咱们那位带我来的政治部主任，更是高兴得不行。

其实那天晚上的戏，就说我个人的表现实在不咋样。胡琴没合过。演员更不用说，那扮演王金龙跟崇公道的演员，都是我从来不认识的主儿。要说这合作，我今天可以给俩字儿形容：没戏。整个一个懵。好歹这台下的观众大半是外行，台上的即使是内行，在这种情况下，他们还能有什么地方可以挑眼的。有谁见过像我这样的？没排没练的居然就把这一场整出的《起解会审监会团圆》给应付下来，还没出过一丁点儿错。像我这样的演员就好比队里其他人说的那样，你打着灯笼也没处找啊！

当时那个后台就像一锅刚烧开的热稀饭似的，闹哄哄的。说句心里话，那时候的我惦记的不是戏好戏坏，我心里惦记着的就是那个她——小樱。我这一辈子唯一一次罗曼史，就这样悄没声儿地开始了。命中注定这一生的孤单就由这儿开头了。

三

追忆以往恨绵绵，只怨此恨埋心中。我今已老迈矣，重提旧事不禁心痛不已。我跟小樱之间的恋情，按照今天来讲是再普通不过的了。

然而谁能料想在那个时代，是万万不被允许的。我是人民解放军战士，而她呢，只是一名京剧艺人的家属。虽然也在帮助做事，但是状况毕竟不同。当时在解放军部队里，营级以下的干部不允许结婚，更不用说是谈恋爱了。那可是严重违反军纪的。

于是我跟小樱之间的感情也只是暗恋而已，彼此心照不宣，谁也不敢吭声。说到这里，我突然觉得我的话已经扯得太远了。回过头还得继续谈谈那时的调动和演出的事了。

当晚的演出初步算是成功了，干部群众都还满意，当地观众就更不必说了。戏刚演完，后台门口的观众人群就围得满坑满谷。为了不影响观众的围观，我们都是从后台边门溜出去的。干部为了防止会出什么意外，还专门为我叫了一辆三轮车，才得让我悄悄冲出重围。这场面闹得有点大了，引起了轰动效应。

C县本身在当时还算是一个小县城，当地观众也很难得看到什么著名演员的演出。尽管我根本算不上什么有名气的人，就在上海也只不过是个年少的票友，满大街多的是。但是在这个小县城，情况就不同了。再说了，怎么说我在当时也是来自上海这个国际大都市的。论长相、论唱腔也都还是说得过去的。学唱程派，四大名旦程砚秋先生的大名鼎鼎，在全国也是了不起的。当时无论观众还是京剧队本身的艺员们，齐口称奇。要不是我当时的那颗心早已沉醉在小樱身上，可能我也会为之飘飘然的。

总之那场演出我个人认为是不够满意的，但是架不住大家的一致称赞，当场政治部主任就拍板，同意让我留下来。

尽管我对京剧有所留恋，但是有一点我还是能够想得到的。当时新中国成立了，眼看京剧的发展形势，男人扮演旦角恐怕是没前途的。我的主意本来已经打定，唱旦角那是万万不可能的。

原来在新中国成立前，就一再有人邀约让我下海（当时说的下海，就是由业余演员变成职业演员），那我是坚决不会同意的。我自己认为我的能耐多的是，干吗非要唱京剧呢？社会上的流言蜚语，我又不是没听说过。要想下海，那今天我就不会参加人民解放军，还不是想办法当个话剧或者歌舞演员吗？照我本意根本就可以当场表态，说明不当京剧演员的想法。但是……

我这一辈子唯一的一次爱情，一场刻骨铭心的爱情，就这样悄悄地来了。

当时我究竟爱上她哪一点呢？两个字：清纯。那种说不清道不明的深沉感情，一直到现在，我都80出头了。当我第一眼看到她的那一刹那，透明的眼珠子，羞赧的表情，欲言又止的神态，以及她在给我递茶壶时候的那种姿态，抿着嘴想笑，又不会露齿。说句真心话，尽管我那时年纪也还只是 20 岁出点儿头，这种让人心碎而又心醉的感觉，我一直都想不明白，我这人究竟是怎么了，怎么就会这样痴情？一直到了今天我依然难以忘怀那一刻，见她的那一刻。

作为一个长期居住在上海这样一个国际都市的男孩子，可供我选择的对象绝对不会少的。可一直到今天，无论我遇见哪个女人，我都会不自觉地想拿小樱来对比。不比也就罢了，一比，立刻就滋生了一种不满意的感觉。根本不想再谈下去，甚至连看都不会看一眼的。

那么我和她的这段恋情维持了多久呢？我始终说不清楚。况且这段我自己认为的恋情究竟开始了没有，那只有她心里才是真明白的。

所以以后不断地有人问我：那个时候领导给你提供了那么优越的条件，你本来就可以转行唱京剧的。如果当时你转了行，说不定你现在已经成了一位著名的表演艺术家了。难道你一点也不后悔？我的回答肯定是：不，绝对不！

因为她的姐姐当时就表了态：我们家的闺女从来不许嫁给唱旦角的男人。这是我们家的家规，几百年前就是这样传下来的。

那么好，既然是这样，我一个堂堂男子汉大丈夫坚决再也不唱旦角。永远不！

但是可惜的是到了劳改队以后，我无奈地违反了自己定下的约定。为了应对当时的具体情况，我也是迫不得已重操旧业。这是后话，以后再说。

现在我还得把话题回到原来的地方。至于我和她之间的恋情也是过去的事，暂时不去提了。

记得当天晚上演出结束之后，政治部主任和他们京剧队的带队的干部林队长——就是这个林队长，我跟他之间也还有一段很长很长的故事。没多久之前，我还听到了有关他的消息。虽然他煞费苦心阻拦了我跟小樱之间的爱情。但是结果呢？他自己也是竹篮打水一场空。至于后来小樱去了哪里，就不是我需要了解的事了。

现在我得说一说我是怎么接受京剧队的任务的。说来也巧，就那天晚上台上的演出居然征服了所有人，也包括领导干部。政治部主任当场拍板，就说："行了，就这样了。小刘同志，你的演出大家都看了，而且也都很满意。虽然京剧我是外行，但是这台下的观众反应，我是看得清清楚楚的。根据领导的意见，你是合格的，也不会辜负组织上对你的培养。行，我也该回去了。你们大家安排安排，就早些休息吧。"

当时我就晕了。怎么着，就这么把我留下了？我总不是菜市场的菜吧,说卖这儿就把我给卖了？也没说看我同意不同意。这不是在话剧队里让你上哪儿演就上哪儿演，那当然得服从分配了，可这是唱京戏啊！再说了，我现在早就转了行，不演京剧了，要演京剧我不会留上海呀。我跑这儿来玩儿什么票啊？这可是解放军部队，又不是上海的票房。哪儿能叫演就演哪？心里头乱七八糟的，一时也不知道说什么好了。眼睛瞪得大大的，就看着主任同志大摇大摆地走了，把我一人扔那儿。

愣了，我简直愣了。只见身边围满了面带笑容的人们，眼神里那种复杂的心情，搅得我也不知道是站啊还是坐啊，心里那个着急劲儿简直都没法儿说。

要知道，打从散场一直到这会儿，时间已经过了12点了，全城都停电了。到那时候我才看出来我正在一间民房里，这是部队首长出面替京剧队的演职员们借住的房子。

好在当时京剧队里，我好歹还有几个熟人，在他们的安排照应下,给我专门找了一间空屋让我住下。而这可是特别的待遇。其他演职员都是集体住，只有我一个人住那间看着还挺干净的房间。

人一到了六神无主的时刻，哪怕再累也睡不着啊，心里只是在那儿打鼓。自己问自己：这可怎么办啊？他们连让我说话的工夫都不替我留。这可怎么办啊？想走吧，也得走得掉啊。留下来，那这唱戏的事儿可怎么说呀？没有固定的琴师，没有自己的行头。连最普通的吊嗓子、练功的地儿都没有。我可得怎么好啊？

最难受的就是我一边为这事儿担心，一边儿心里还惦记着小樱，要走心里总还放不下，直骂自己没出息。想想也窝囊，我长这么大，闺女姑娘见过的别说有多少了。可是说句良心话，能让我动心的也就是她——小樱了。

这一夜显得特别的漫长，翻来翻去在这张大床上翻了大半夜。脑袋里就像二人四手联弹的钢琴曲那样，交织得不行。一面是小樱的影子，一面就是去留问题。走吧，看上去好像很难，这可是组织上的决定，我一个普通战士能有什么权利？再说了，我若是真走了，那么小樱就怕是很难会有机会再见面的。左右为难的我，折腾了一夜也没在这去留问题上下定决心，做出抉择。

不知不觉地天就亮了，早早就有人进屋叫我。我抬头一看天已经大亮了，怎么没听见司号员吹起床号哇？按理早上6点司号员是要吹号的。进屋叫我的那个中年人就对我说："小同志，这您就不知道了，我们这儿跟你们那儿是不一样的。我们因为夜晚演戏，晚上睡得晚，早上自然就起得晚了。如果您还觉着累，要么您再睡一会儿？"

我看看这位来叫我的人的年龄不小了，起码应该有30多岁了，对我说话还您啊您的听着怪不好意思。我就对他说："您看我还才满20，您就这样称呼我，那我可是太不好意思了。"

那个人笑眯眯地一边看着我一边说："您快甭这么抬举我了。我是我们这儿余老板的跟包儿，得由我伺候您才是，您这样儿说就太见外了。要不我先回去？过会儿再来？"

我那个时候是我们整个文工团里唯一戴着块手表的，当时团队领导才能有表的，而且他们的表是公家发的。而我的表则是我从上海直接带来的。告诉您一个秘密，我那块表还是瑞士英纳格的。我看了看手表才知道时间的确不早了，眼看着就要过8点了，就对那个人说："不知道您贵姓，也没个称呼。我还年轻不懂什么规矩，您可得原谅了。"

我们俩就这么客气来客气去的，也耽误了不少工夫。说时迟，来时快，门外又进来俩人，他们又是谁呢？我一看心里就明白一大半了：一个是政治部文化科的小李同志，还有一个就是原来京剧队里的领导，也就是昨晚那位穿着军装的。他们俩都是笑容满面地对着我。小李就开口说话了："怎么了，小刘。这回你可出了大风头了。一大早整个政治部都传遍了，说是咱们团的京剧队来了个上海的大名角儿了。"

小李他不说这话我倒还没着急，一听他说这话，我心想这回可真要大事不好了，看样子是走不了了。怎么办啊？

看样子事情就这样了？无可挽回了？到了这个时候我方

才第一次体会到权威的绝对性，革命军队第一次向我展示了它的威力。调动调动就是这样的？没价钱可讲了吗？就这样我的命运在这里画上了句号？哪怕我就是不愿意唱旦角也不行了吗？一向任性的我，到了这种局面，我就真的束手无策了？无计可施了？

脑海里一连串的问号，阻挡不了眼前的困境。一直到今天，现在我的头脑里依旧没能拐过这个弯儿来。

当时那种严峻的状况，真的一点儿办法都没有了？其实办法是有的，只是我毕竟年轻缺乏经验，也没有认真想想。如果我那个时候就是坚决不同意，他们还能把我给宰喽？还是我自己没有拒绝的勇气，再加上我那时的邪念不能说是毫无根据的。说真的，我这一辈子的孤苦生涯，就是在那一刻决定了的。要说是邪念也未必是，您想啊！我一个青春年少的小伙子，一下子就堕入了不可饶恕的情网。假使我那回拒绝了这一切。那么我跟小樱的孽缘，也就没有发生的可能了；说不定还会有另外一份缘分在等着我，说不定我就不会打一辈子光棍了。那么今天就没我个老光棍儿了。命啊！这就是命里注定啊！

接下去那些具体事情我也没什么心思来这里诉说了，结果是以我无条件接受告终。

余兰秋还没出事之前，队里就已经跟S城的开光大戏院签了两个月的演出合约了。两个月呀？那是开玩笑的？足足要演76场戏呀！

您可能要问了，两个月怎么要唱76场呢？我这么跟您说吧，每天一个夜场就足足60场，礼拜六、礼拜天都是日夜两场。两个月，您算算一共有几个礼拜？八个礼拜，就是要加演16场。这60加16是多少？76，一场也不少。

再来看看我总共会有多少出戏？打足了也就20出不到，再加上还有几出我没学过的新戏《三打祝家庄》《血泪仇》《闯王进京》。我怎么能应付得了？还有那行头呢？人家余兰秋的行头能让我用吗？说是我替她唱，可行头也得我自己有啊。

最后没法子，还是我想出的法子，让队里批我一个假期，带着队里的人,回上海从我自己家里把我的私人行头拿来才行。说句心里话，我一直想到现在还在悔恨交加，如果我不说出我自己家里有行头，部队里肯定拿不出那么多的钱给我做行头。说不定这演出的合同还会取消，那么这以后的事情就根本没可能发生了。

说起来小樱也是有责任的。记得就在第二天午饭后，我在走廊上遇见了小樱。她一看见我本来尽可以大大方方地过去，谁料她却给我来了个回头一眸，弄得我又是一阵眩晕，不知道自己是谁了。原本还有拒绝之意，可是一见她那双温柔的眼睛，我就只得双手投降了。

看来我得把我跟小樱的那点事儿讲讲清楚了。她是谁？她是干什么的？之前我大概地跟您说了一点儿。这叫做：世上本无事，庸人自扰之。我在上海待了那么些年，遇到的姑娘小姐多了去了，怎么就看上了一个戏班子里的小妞儿。文化不高还不说，戏也学得不咋样，怎么就鬼使神差地让我给看上了呢？这真叫不是冤家不碰面。谁让我们俩是前世的冤家呢？最后的结果竟是这样悲惨，害得我终生未娶，打一辈子光棍。

那个时候小樱是不是也爱上我了呢？我也说不明白。在开光戏院的那两个月的演出，就把我栽那儿了。当然那两个月的演出简直就没那么累的。说句实话那两个月演出，花费了我多大的工夫只有我自己心里明白。每天一大清早就爬起来练功：

压腿、下腰、踢腿、跑圆场，还有早晚两次吊嗓子，累得我七窍冒烟，八处生风。

您得知道开光戏院那是什么地方？这南北的名角儿没哪个没来过这儿的。但是无论是谁想在这个院子唱上一个月的，那还真没听说过。为什么呀？我不说您哪儿能清楚啊？

要知道早年间梅兰芳先生到这儿唱，至多也就是十一二天的，唱久了没人买账啊。那么这回居然让我这个纯粹的票友，却十足地唱了两个月零一天。那是怎么回事儿呢？因为那可是江南地区刚解放，兵荒马乱的阵势还没过去，没人敢来那才是真的。老板是这么琢磨的：怎么说我们这个京剧队是打着解放军文工团的牌子，还会有谁敢来捣乱的。除非有那吃了豹子胆的还差不多。

跟您说实在的，这两个月唱下来，没让我脱层皮就算是幸运了。头三天打炮戏：《起解会审监会团圆》（京剧传统剧目《玉堂春后部》）《锁麟囊》《春闺梦》。那可是程砚秋先生的拿手好戏。作为学程派的我，当票友也还马马虎虎兴许能过去。这回可不是闹着玩儿的，那可是真格儿的，再说了S市的观众可不是一般人，人家有内行也还有老观众。万一砸了锅找谁去啊我？可是没法子啊，谁让我就摊上了这事儿呢？幸亏后台还有一个帮我把场的，那是谁呀？我师父啊。那可是我上海母亲求爷爷拜奶奶把他老人家给请来的。当然也还有一个救命的，谁呀？您说除了小樱，还能有谁那么让我……的呢？

后台端着热腾腾的小茶壶，梳着两条大辫子，瞪着俩大眼珠子，乌黑乌黑，忽闪忽闪的小樱让我心动得不行。我心里也还恨呢，为什么呢？我一个雄赳赳的大小伙子挨这儿扮成了个女娇娃，像话吗这？丢人吧你去！

在京剧队待了没几天，不好的反映就来了。尽管演出的剧场，场场满座，舆论也都很好。一上台一出场，准保满堂彩，从领导到群众也都一致叫好。但是突然有一天也不知道是怎么了，团长亲自光临，找我谈话。记得那是一个阴天的早上，大概9点钟左右，有人来宿舍叫我，他说："角儿，团长在队部办公室等你，大概有啥好事吧。快去啊！"

我呢？刚刚练完了功，正打算去洗洗脸准备吊嗓子。一听他这么说，干脆脸也先不洗了，赶忙地就向队部走去，心里还琢磨着这又有什么事儿啊？

一进了队部门口，还没来得及叫报告。里面正坐着的团长，脸板得死死的，就说了一句令我差点晕过去的话。他说："哦好，角儿来了，我还没来得及说声请呢，您就进来了。角儿请坐吧。"

我是谁呀，人民解放军的文艺战士啊，能不懂得规矩吗？能不知道组织纪律吗？就很歉意地说："报告团长，我还没来得及说报告。您别损我吧。"

团长依旧板着脸，嘴里哼了一声，说："你还用得着说报告吗？你现在是角儿了，身份不一样了，况且你还穿着便装。有必要叫报告吗？"

这时候说实话我心里有点慌慌的，就接着说："报告团长，我没穿军装是因为上午我还要吊嗓子，穿着军装不像样不是吗。平时我始终是坚持穿军装的，您不会是误会了？虽然京剧队其他同志都是穿便衣的，但是我是话剧队的，不穿军装不像样啊！"

团长接着又说："谁也没说你必须要穿军装，你在台上唱的是旦角，下了戏，穿军装那才叫不像样呢。听说有很多同志告诉你，叫你下台时不要穿军装，而你偏偏不听，你倒说说，你这到底是什么意思啊？你要知道京剧队的同志们，他们都是薪金制，他们只能穿便装，你既然也在京剧队演出，就得守他们的规矩。叫你穿便装你就穿便装，有什么道理可讲啊？”

当场我就被他搞得很没面子，可是我还不甘心，就又强调了几句，说：“报告！我在革命部队已经有一年多了，穿军装光荣嘛。穿便装多别扭啊？”

我这句话按理来说应该是没有问题的，本来么，革命军人不穿军装那还算什么军人啊？心里不服，我就又立正报告说：“报告团长，这我想不通，还是让我归队吧，省得在这儿丢人现眼。”

团长一听我说的话，立刻站起身来，拍着桌子大叫一声，说：“你太放肆了，你还真以为你是个角儿啊？组织的决定你居然不服从。你倒是好，翘尾巴了。岂有此理！小心我处分你。你以为你在这里做的那些事我不知道啊？”

我做了什么事？团长这样问我是什么意思？

这下我真的不明白了。我做了什么事，值得团长这样跟我发脾气。我想了一想，我能做什么事？一我没犯过错误啊，尽管每天在后台门口，总汇集了一群不相干的戏迷。他们好像都想跟我搭腔，还说什么交交朋友什么的，我也没有搭理他们啊。二我记得很清楚，我只是解放军战士里的普通一兵。

台上台下两码事。甚至还有几个当地的所谓名人，派了好几个人到后台来邀请我去赴宴，我也没有理睬他们啊。可是今天团长无端的批评，实在让我有点不服气。要是当初我在上海的时候，谁要是敢对我吆三呼四的，我保准会对他不客气。可是团长是领导干部，我就是不满意也不敢吭声啊。

不过我还是认真地问了一句："报告团长，难道我犯了什么错误？"我也仔细地想过，我没有违犯过军纪啊！再说我就是想犯错误也得有时间啊。我每天下了戏，就已经是11点了。回宿舍就倒下了，第二天早上还要练功、排戏、吊嗓子，从早忙到晚，根本也没时间犯错误啊！

团长看我这样讲，就更加生气了，再次拍了下桌子，说："你以为你是谁啊？角儿？岂有此理。告诉我，你这半个多月，每天都把架子摆得大大的。其他同志跟你说话，你也不搭理人家，动不动就写什么劳什子纸条。你的角儿架子也摆得太大了吧。"

我一听他这么说，才恍然大悟：原来仅是为了这个。嗨，我还以为是什么事？嗯，怪不得了。原来我个人的演戏习惯影响了别人。他们哪儿知道我这个怪毛病。

我自从学京戏旦角儿以来，一直坚持一扮上戏，就不开口了。因为我是这么想的，自己明明是个男人，说起话来肯定是粗嗓子。而脸上化的，头上扎的，身上穿的都是女人打扮。开口说话却是个男人的嗓音，这该多恶心哪！

所以长期以来就养成了这个习惯，只要是化上了装，就一直保持沉默，没事根本不开口。算起来我这个习惯已经有好几年了，在上海的时候，大家都知道我这个习惯，也就见怪不怪了。可是这儿不是上海啊！他们谁会知道这呀？

我自己觉得这应该是可以得到人们理解的，谁知道会有这样的误解。我就对团长说："报告团长，我这的确是个毛病，其实我并没有瞧不起谁的意思。这实际上是我的过错，因为我事先没有说明。"

下面我就向团长一五一十地报告了，说明自己的问题。本来像这样的事三下五除二就可以说通的，可谁知道我们那位团长大人还是不依不饶地没个完，狠狠抓住就是不肯放，那您说我该怎么办哪？

有的时候生活就像是一把火，不知道怎么的就会燃烧起来。我刚来到京剧队才不久，不知不觉居然还惹出了娄子。这是怎么话儿说的？堂堂的文工团的团长无端地对我大发雷霆，也不知道是从哪儿刮来的龙卷风。就这么一下，差点儿还真的要把我刮倒了。幸亏我自以为平时多方严格要求自己，也没有跟哪个戏迷勾三搭四。

我的那位威风凛凛的团长大人，啪的一声敲得那张四方桌山响，差点儿吓了我个半死，我活了20岁还真没见过这样儿的。他对我大声喊叫，说："姓刘的小子，你居然还敢顶撞我，你长了几个脑袋？批评不了你了？岂有此理！"

这时候我也急眼了，就说："报告团长，我到底犯了什么严重错误，惹得您这样熊我。就算我有错误，您也应该跟我说明啊！"

团长说："好你个不知好歹的小子。我说了大半天你还没明白吗？周围同志是怎么形容你的，你知道吗？他们都反映说你是摆着知识分子的臭架子，还是你自己认为你是上海滩旧社会的明星架子。你吓唬谁呀？我要是不看着你还年轻，老子我他妈毙了你！"

听他说了那么凶狠的话，我心想这回坏了事，起码得背个严重的处分。想想我也命苦，痴心受苦地唱了这么多日子的戏，没得到表扬还不去说它，结果却落了个批评，想想真的有点儿划不来。但是没辙啊，谁让我是个革命战士，而且新近还入了新民主青年团的团员呢。冷不丁地就给我戴上顶大帽子，那就真糟糕了。可是说了那么大半天，我还是没弄清楚我的错误究竟是在哪里呀?

这时团长又说了话，他可能看到我有点害怕的样子，就慢慢地改换了语气，说：“好吧，我告诉你，你的错误就是太自高自大了，眼睛里根本就没有别人，对人爱理不理的样子，谁能受得了啊？啊？你刚才说什么来着？扮女人不能像女人，你说说，你这算是什么逻辑呀？啊？那么照你说扮女角就得还想男人。这不是太莫名其妙了吗？”

他那说的话让我也真的糊涂了。

一个人活在世上最重要的是自尊心，没有了自尊心，这人活着还有什么意思。每逢回想到我这 20 年活得也算是够不容易了，要不是我从小就养成了一个顽强的个性，恐怕今天的我就不是这德行了。今天这位团长对我说话的态度，可以说我这 20 年从来没有遇见过。从小到大我一直就是自己养活自己，从来不求人。这回把我调进京剧队，临时的也好，长期的也行，反正我是豁出去了。谁让我攥在别人手心儿里呢?

眼看着团长的态度暂时缓和了点儿，我的胆子也大了点儿。我就轻声地对他说：“报告团长，不是我矫情，实在是我从开始学戏以来，自己给自己定的一条规矩：台上的我是演女的这不假，可我不等于自己就是个女的，我一个堂堂男子汉大丈夫到了台底下，要是还扭扭捏捏的，那会让人说我娘娘腔的。您可不知道，在我们这京剧行里，是个人都会把唱旦角的当女人使唤。我觉得演戏是台上的事儿，台底下可不能坏了自己的名声。”

团长这时候听我讲得一愣一愣的，冲口就说了这么一句让我这一辈子都难以忘怀的话，他说：“嗨！原来还有这讲究啊，你早怎么不说啊？”

我说：“您也没让我说啊。您是领导，我是下级。我怎么敢当面得罪您呢？不过这会儿，我实在是忍不住了，才对您这样无礼啊。”

就这样说了大半天儿，总算是把这事摆平了。后来经过我这么一解释，队里的其他人也明白了，慢慢地这件事总算平息了下来。不管怎么说，这两个月的戏总得对付下来呀。于是排戏、练功、吊嗓子还得一茬一茬地接下去啊。一眨眼的工夫，眼看着演出就该完成任务了。我心想，看这个情况回话剧队是早晚的事儿。可是还有更重要的事儿啊，那就是小樱啊！我们俩相处的这两个月，可不一般啊。心心相印是不用说的，两情相依也不是不可能的。但是就在这关键的时刻，她的姐姐兰秋发话了。

有一天我正在台上压腿，兰秋姐居然上来找我了。我看她的脸上几乎没有什么血色，走路也是一瘸一拐的。我赶紧上去招呼说：“兰秋同志，您今儿个怎么有空来的？瞧您这样儿，好像身体也还没有完全恢复。您还是赶快回去休息吧。”

她倒是面带笑容地和我打招呼说：“您辛苦，小刘同志，这两个月可真的劳累您了。唉！谁让我身子骨这么不行啊！您的戏我也看了两场，不是我说的，您戏比我强，跟您比我还真差得远呢。瞧这样子，我还是得让位了。连我那个妹子小樱都老是在我面前夸您呢？”

话说到这儿，我就听出她这话里有话。

四

说话听音，什么人说什么话，一听就明白了。很小的时候，就有人说我善解人意了。唱戏的有唱戏人的说法；分析事情对我来讲应该是易如反掌的，因为戏班子里的人向来是很多心眼儿的。兰秋姐这刚一开口，我心里就明白一大半儿了。她是冲着什么事儿来的，我不用听就明白了：这是直接冲着我跟她妹妹的事儿来的。

要说我跟她妹妹小樱的感情差不多快到顶点了，就像是一张窗户纸那样，一捅就破了。当然人家姐儿俩，有什么事儿不能讲的。不过小樱这姑娘嘴紧，轻易也不会露出什么口风来。关键就是她姐姐，她会是一般人么？自己的妹子有些什么心眼儿，应该是能够一目了然的。

所以我说啊，这人是不能做丁点儿亏心事儿的。虽说我跟小樱我们俩也没闹出什么大动静，只是抽空儿聊上几句，还挺知道躲开人的。平时也顶多趁着身边儿没人的机会捏一下儿手，据我的记忆好像也没让谁看见过似的。

那会儿我要面对的就是咱们那位原来这个班子里的角儿，虽说我顶了她的位置，但是我可是他们给请来的，又不是我自己凑上来的。再说了，我跟她的妹子也没什么过分的地方，凭什么她来说三道四地瞎嚼咕。我心里是这么想的，嘴里可不敢那样说呀，怎么着我也对付过去不是？我就带着笑模样对她说：“大姐，今儿个您怎么有空儿来这儿玩儿啊？”

人家是谁啊？角儿啊，可惜的是她却从来没去过上海演出，她的名儿我也从来没听说过。她的戏我原先倒是看过那么一两回，也就那样儿，唱腔很杂，没门没派的；扮相儿么，说实话还挺俊，台风么在我眼里也就过得去；身段儿也就一般般。

再说了，可这全国的有名的京剧名角儿，有哪个是我没见过的：四大名旦、四大坤伶，不但看过还个个认识。不但我认识他们，他们也都认识我啊！何况梅先生还多次赞扬我哪。但是我这人么，心里怎么想，这表面儿工夫也还是要顾的。她倒也还挺和气的，见了我就说："师弟呀，这几天我的身子骨总是没恢复好，所以没顾着来瞅瞅你。说真格儿的，你的戏可是真让人佩服。看样子，这回得我给您腾位子了。再说我那个不懂事儿的妹子一个劲儿地夸你，我再不来瞅瞅你，也忒说不过去了。"

其实兰秋根本不是北方人，一听口音儿就知道她还是个江南人，可是她还故意装出了一副北京味儿，让人听了特别难受，可她还挺得意的。不过这会儿她的口气好像有点儿蹊跷，我这儿也在防着呢。她定了会儿神，就说："小刘同志，你觉得我们家小樱还很可以吧。听说你们俩挺合得来？"

我怎么也想不到她会问得这么直接，想了一会儿，我就跟她说："哦，对了，听说小樱是您的妹妹。她人怎么样，我也不怎么清楚。我跟您妹妹也说不上什么合得来，也就是她给我端端茶，递个毛巾什么的，还算过得去。再说她还是姑娘家，我也不好多说什么话，只是天天儿地见见面儿而已了。也就是工作关系吧。"

兰秋说："哦，没什么，我也就是问问。我这个妹妹年纪还小，不太懂事儿，你多照应着点儿。那好，我就先不打扰你了。我还得回去做饭呢。"

临走临走，她又回头深深地看了我一眼，扭转腰就走了。她是走了，可我心里还琢磨呢，她这一来就是来看看我那么简单？我心里的事我明白。弄不好，她是有目的而来的。我真得提防着点儿。

晚饭后，我又该上后台去化装了。在我刚走上楼梯口的时候，就听着小樱嘴里哼哼唧唧着走过来了，摇着她那条大辫子，边走边笑地就过来了，问我：“你怎么刚来啊？快着点儿啊，快来不及了。”

我呢，就故意慢腾腾地走着，看看两边没人，悄悄地我就轻声儿对她说：“你知道没？刚才你姐来看我了。”

小樱听我这么说，就立马停了下来，愣了一下，紧接着就问我：“她来找过你了？”

我说：“怎么？你不知道啊。她跟我说了几句让我莫名其妙的话，我总觉着她有点儿莫名其妙。谁知道她啥意思啊？”

小樱拉了拉我的袖子，说：“现在这会儿先不说这事儿，回头散了戏，你先别急着走，我有话说。等着我，啊？”

要说我跟小樱的关系是既微妙又巧合。我第一眼看她，没感觉；第二次听她的声音，莫知莫觉，就跟马路上随便碰到哪一个姑娘那样，只是一点漠然，几乎都没拿正眼神儿去看她。她呢，一身的打扮就像是我们家以前雇的女佣。可是就在我演出的第二场，就是那么一刻，突然她在我眼前亮了那么一下，一下子就埋进了根，也就是一两秒钟的事。

记得那场戏，我是十分的不愿意，更不乐意。我当时心里是这样想的：身上穿的是别人的行头，拉胡琴的师傅我也不认识，吊了一个钟头的嗓子总觉得别扭；也不知道哪儿有什么毛病，总之就是不舒服。那天演的是程先生的拿手好戏《荒山泪》，那出戏虽然我已经唱得很熟了，但是由于那天的情绪很乱，满肚子的不高兴。

在上海的时候也同样过唱这出戏，可是行头、琴师都是我自己的，怎么说也顺心啊？而现在呢？首先把我从话剧队调到京剧队，我已经是老大的不高兴。然后又让我重操旧业，本身我就已经对于京剧失去了信心。因为我在上海的时候，有一位老导演，就亲口对我说过，让我不必再唱旦角儿，因为他跟地下党有过联系，说过共产党不喜欢男演员唱旦角儿，劝我趁早改行。而这次他们居然给我来了这么一出：说不去吧，得罪了领导也不行；说愿意去吧，那纯粹是说瞎话。

正在这个时候，我却邂逅了小樱。这个姑娘给我带来了一些千丝万缕的情缘，那才叫解不开，理还乱。现在我再想想，这可能真的是前世的姻缘，不，应该说是孽缘，那叫一个作孽。假如当初没有这个小樱，说不定我现在已经是儿孙满堂了，也不至于到如今 50 多年，打了一辈子的光棍。

小樱这个女孩子，长得其实也算不上漂亮，身上穿的衣裳也很朴素，再说她也没钱去买好衣裳，马马虎虎也就凑合。可我也不知道中了什么邪，怎么就偏偏看上了她。现在考虑才让我记住了一句成语：天下姻缘一线牵。也不知道这根线是打哪儿来的？

第二天晚上散了戏，我一肚子不快活，一个人闷声不响，坐在墙角发愣。心里那叫一个烦！烦透了！恨不得一下子上吊死了算了。

一直到眼前这会儿工夫，我依然弄不明白我和小樱之间这样刻骨铭心的爱情。大概我第一次见到她那天恰巧是秋分，那个日子是一个我相当敏感的日子。我这个人打小就最怕热，总惦记早点进入秋分，这天气不就要凉快得多了么。记得那天的确挺凉快。

我看到的小樱穿着短蓝布衫，外带一件黑色的坎肩儿——像这样的打扮，在上海市无论如何很难看到的。我只是觉得她好像我小的时候，家里替我雇用的女仆阿宝，那个时候我只有7岁，也不晓得是怎么回事儿，我特别喜欢她。后来她在我们家做的时候，只要是我一放学回家，想看到的第一个人，不是母亲，而是阿宝。后来隔了半年，阿宝家里来信让她回家嫁人。我一听说她要走了，居然闹了大半天，死乞白赖地不让她走。当然她要走这是必然的，谁也拦不住啊。

所以当我第一眼看见小樱，总有一种说不清道不明的情绪。不说是一见倾心吧，也是一股子奇特的感觉。以后随着演出的进程，她每天替我端茶倒水，搓手巾把儿。无形中，这感情就滋生了。

小樱她这人很腼腆，见人没说话就先脸红，开始，我跟她也就是一般的。等到又过了半拉月，就出状况了。有一天晚上，那天演的剧目是《锁麟囊》，这是程先生的绝作之一，也是一出我最受观众喜欢的戏。结果那天晚上也不知道是怎么了，我的嗓子突然疼了起来。我着急，小樱却比我更着急。她连忙慌里慌张地回去找她姐姐要药，她姐姐却说这药找不着了，这可把小樱急得差点要哭出来。也就是在那天晚上，这件事就引起了她姐姐的怀疑。小樱第二天就告诉我说她姐姐太无情了，小樱还说："你看看我姐姐那副德行样儿，你帮她顶场，人家还不领情。"

就这样小樱对她姐姐心怀不满了，以后惹出的那些子事儿也就顺理成章了，于是就命中注定我俩的感情成不了。以后我跟她的感情就不得不转入地下。今天就是今天，这会儿，也就是这会儿。我这心里的后悔劲儿，就甭提了。我突然在这儿遐想，今天，也就是这会儿，小樱她还健在吗？她总不会像我这样终身未婚吧。说了这么半天，我还是得向您坦白，我跟小樱我们俩，除了就是捏捏手，好像再也没有什么其他过分的亲密举动了。这又能怨谁呢？怨我吗？我那是作风正派，不乱搞。难道这有错吗？可是这代价未免也太大了。我是用了我的一生啊，打了一辈子光棍儿啊！

五

放下小樱的事不谈，我也应该回首一下。自从我接受了母亲的要求去学戏的那天起，从 7 岁那年开始，连学带演，前后也有了那么十几年了。尽管从心里来说我是一百二十个不满意。您琢磨哦。我一个念英文书，写外国字，却来学什么中国的戏曲——京戏。我明明是个男子汉，却要强迫我去学个什么旦角儿，花旦学了不够还要捧着肚子去学青衣。您可能觉得我这话说得有点儿别扭，其实也没什么别扭，本来么，我演话剧蛮好的，偏偏强迫我去学什么劳什子京戏青衣还加个花旦，我真恨不得要说，这不是活见了鬼吗？

新中国成立后第二天，就有人动员我去参加人民解放军，这还不算，现在居然动员我来唱京剧。一演就是俩月，究竟有多辛苦，只有我自己心里明白。

要知道那个时候我好歹也算是个解放军战士，居然要我顶替别人来唱戏，而且一唱就是两个月。我是个供给制的战士，而他们呢？人家是薪金制。我穿军装还不让穿，非让我穿便衣。我心里这个别扭劲儿，能向谁去倾诉啊？

本来一开始，领导就嘱咐我，让我不要穿军装，免得大家别扭。哦，照他们这样说，我还非穿便衣不行了？这是谁立的规矩啊？一般对梨园界的事儿不明白的人们，都以为唱戏是件很光彩的事。别人怎么想我管不着，可是我当时的想法是，既然自己是个革命战士，跟着这伙艺人混什么混啊！多丢人哪！

所以在那两个月的演出过程，我只要一下了场，就立马穿上军衣，走路都当当的，那叫一个神气。其实小樱说过她爱我就爱在这点上，她一直看不惯其他那些唱旦的恶心样儿，佩服我就在这点上。她曾经有一次在后台调侃说："你台上像女人，也没你那么像的。台下那才真的像个堂堂男子汉，直让人羡慕。"

有一回离开后台的时候，小樱就对我说："你是我见过的唱旦角最神气的，我爱……"她突然愣了一下，知道自己走了嘴了，赶紧就三步当两步地溜了。也就从这天起，她——也就是小樱，真的爱上我了。

过了好几天我才觉醒了过来：这回小樱是跟我来真格的了，她这回是真的爱上我了。可是办事处世素来利落的我，突然倒不安起来。我就是这么想的，眼前我还只是个革命战士身份，部队的纪律是根本不允许我谈恋爱的。何况她也还不能算革命同志，这样领导就更加不可能批准的。要是真的谈上了，还有她们队里的领导、她的姐姐是不是会有意见啊？这我可得加点小心，弄不好会出事的。

小樱当然年轻也不怎么懂事儿，凭着一股子拧劲儿，说不定她就会去跟她姐姐坦白。这要是让大家伙知道了，领导找我，我该怎么说呢？就这样我思想斗争了好几天。最后我就利用了一个没人注意的时候，亲口问她。我说："小樱，你觉得我这人还行吗？"

她说：“瞧瞧你这人，还说是上海大都市来的人，你说话怎么那么磨蹭啊？我跟你说什么了？我说过什么让您不顺心的事儿了？您怎么这么不开面儿啊。”

这会儿，她开口一句您，闭口还是您的，倒真把我给闹糊涂了。怎么着，原来她只是闹着玩儿呢？我还认真了，难怪她说我抹不开面儿了，我还是赶紧撤吧，免得会传出什么花色品种来。说撤我还就真的彻底地撤了。其实现在想想，倒不如那回就撤了，就不会再惹出以后我终生的痛彻心扉了。虽然我现在还没到寿终正寝的那一刻，但是我这一世的痛苦有谁能知道和懂得啊！

愚蠢的我，满心以为这事儿也就真的这么过去了。谁知道只过了不到一个礼拜，政治部文化科科长竟然带着一个文化干事直接到剧场来找我了。找我干吗呀？个别谈话。得，这回是真的麻烦了。为什么呢？谁也想不到，小樱的姐姐直接找领导上把我给报告了。报告的内容很简单也很厉害，说我是什么资产阶级思想严重，作风不正派；说我胆大包天居然敢勾引她的妹妹来了。那个年头有一句今天听起来也是挺麻烦的词儿，叫什么搞腐化。

也就是这仨字儿——搞腐化，几乎跟了我几十年，即使在我 1957 年的判决书上还有这一条，说我一贯资产阶级腐化思想严重，根源就从这个事情开始的；甚至在我 1953 年的转业证书上也还是有这条。这种说法在当代人看起来会觉得十分可笑，而在那个时代，这却是给人的一种盖棺论定，弄不好会耽误你的一生命运。

现在我人老了，但是我的心还没老，对当年那个娇小玲珑、善良淳朴的小樱记忆如新。我常常会在一人独处的时候，用轻微的心声在默默地祝福着她，希望她能健康长寿，希望她能子孙满堂，晚年幸福。当然我还希望的是，她也能像我这样，还把我这个人纳入她的记忆里。我明明知道这只不过是一种奢望。但是我会永远永远地惦记着她，我的青春时代的恋人，我对她的惦念是没有人能够理解的。

那天，就在那天，我才真正知道一个人想在那个时代、那个环境去爱恋自己的另一半是多么困难啊！有时候，我真的真的非常羡慕今天的年轻人。为什么他们的爱情会是那样自由自在，为什么我以及和我共时代的年轻人的情爱竟会那么那么艰苦呢？我很想用“时代的悲剧”这句话来形容我的那场绝恋。可不可以呀？谁来告诉我呀？

那是 1951 年的一个晚秋的下午，天是那么暗暗的，气温似乎有点低。当那位军区政治部姓邱的邱干事，板着他那张本来就很憔悴的脸，两只灰暗的眼睛直直地瞪着我说：“我现在向你宣布，我是接受军区政治部党委的指示来找你谈话的，你必须认真听清我对你说的每一句话，我的每一句话都代表着军区首长，也是党委组织。凡是我问你的每一句话，你都必须严肃、认真、准确、坦白地给我回答。不允许你隐瞒任何内容，更不允许你有丝毫隐瞒。不然的话，一切后果必须由你个人负责。”

他当时的这番话以及他的语气，面部表情都是只有我过去在舞台剧里看到听到过的，以前可以说从来没有任何人会跟我用这种态度说话的。当时我还真的是弄不清状况，真不知道自己即将面临的是什么？

话说到这儿，我猛然就会想到我少年时代的一段朦胧的恋情。那还是在我 15 岁那年，那年抗日战争刚刚结束。一天，我在公共汽车站等车上学去，邂逅了我的初恋。那个女孩儿我认识，她是在上海圣玛丽女中上学的。那天应该是早晨7点左右，只见她身上穿着一套校服：蓝色的裙子、白色的上衣显得那么妩媚。

虽然这才是我第一次对一个女孩儿有了一种异乎寻常的特殊感觉，却不是刻骨铭心的那种，只是觉得眼前一亮，心脏不知不觉地快速跳动起来。难道这就是一见生情吗？应该不会吧。

从我很小的时候就常常会有大人们说我早熟。但是什么谈恋爱的可能几乎是零，为什么呢？这个事情不是一般人能够理解的。因为我尽管从小学到初中，一直在美国人办的学堂上学，但是那个学堂是男女分校的，男女学生是没有时间相处的。何况我那个时候还是半工半读的，一面上学，一面还在剧团演戏，整天接触的几乎都是大人,跟小朋友接触的可能是微乎其微的。因此早恋对我来说是根本不可能。

在我的记忆里，只是跟那个圣玛丽学校的女生的偶遇，仅仅就只是一次，以后就又进了剧校，也还是整天忙忙碌碌的。就是有这个想法，也得有时间啊。谈恋爱又不是吹气球那么简单。

而这次跟小樱的相遇却是那么的偶然跟巧合，这是我事先根本不可能预料的。那天——就是那天，居然遭到了如此横加干涉和阻拦，这也太离谱了吧。我当时很想为自己辩护，可是那个气冲冲的干部却连开口说话的机会也不给我留，只是让我倾听他那滔滔不绝的指责。说实话，就那会儿我连想杀人的想法都有，我只是在想，这人怎么可以如此的不讲道理啊？难道领导干部就可以不问青红皂白任意地乱扣帽子吗？这天下有没有讲理的地方啊？我这儿八字儿还没一撇儿，他就可以无理指责吗？那个时候我内心充满的都是问号。

一直到那位文化干事走了以后，我都还没缓过神来。这究竟怎么了？我跟小樱我们俩又怎么了？我们俩干了什么惊天动地的坏事吗？为什么平白无故就给我扣上了一顶思想腐化的大帽子啊？

六

想想我也实在有点后悔：那个时候我怎么就鬼迷心窍地听了同学们的话，毫不犹豫地就参加了解放军。要不是那个时候的一念之差，我恐怕不是去了美国，就是去了香港，怎么着也不至于参军啊，更不会受这份儿冤枉气。这时我就算长了三张嘴也说不清楚啊！

那位代表军区政治部党委的干事，是走了，可是他留下来的那些个话，我可怎么收拾。怎么为我自己和小樱把事说清楚呢？其实那天我差点又要犯大错误，怎么呢？我差点打算开小差一走了事。幸好没有走成，不然的话不知道还会闹出什么大乱子呢。

记得那天晚上我又轮着要演《玉堂春》，由《苏三起解》《三堂会审》加上《监会团圆》，那可是重头戏。按照我当时的情绪，那出戏我非唱砸了不可。幸亏张少鹏发现我的情绪不对头，赶紧地把我叫出后台门外，对我说："刘老弟，你可给我听好了，今儿个这场戏你得乖乖地给我唱好。要不然呢？我怕你会吃不了兜着走，到时候你可别怪老哥事先没有跟你打招呼。”

看着他那急赤白脸的德行，我就立刻敏感到这里边有事。我也不是傻瓜，毕竟是见过大世面的。人家都管我叫上海佬，怎么着也不会在这些土包子面前认输啊。

说到了这个地方，有朋友就会问了，这个叫张少鹏的又是谁啊？怎么，您忘了？他不就是那个多嘴的唱武生的家伙吗？要不是他多嘴，我也不至于落到这个份儿上啊。不过话又得说回来，如果没有他出来打招呼，我这个傻小子还不知道会惹出什么漏子来呢？那我今天的历史说不定还得改写啊！

要说起张少鹏我还真的有话说了。当初要不是因为他多嘴，那后来的这些事就根本没有发生的可能了。至于这回我也还是得谢谢他，不是他事先给我打招呼，说不定我会做出什么傻事呢。

我很清楚地记得我跟他之间的这次谈话。他对我说：“兄弟，我知道你一直到现在还在记恨我。不过今天我还是对你说句实在的，你跟小樱这事闹得有点大了。你知道吧？这是小樱她姐姐亲自去告的状。要知道她姐也跟你差不多，跑过三关六码头的，见过的事比别人喝的粥还多。你惹她算是倒了霉了……”

还没等他把话说完，我就插嘴道：“哎！你小子在说什么呢？我怎么了？我跟小樱又怎么了。你们这样不分青红皂白地瞎说，我可以控告你们。”

少鹏抢过话头说：“你怎么了？我说什么了？我这都是为你好，赶紧地给你捎信儿来了。我又没说你，你冲着我发火，这算什么事儿啊！说实话，你知道吗？小樱再怎么着也轮不到你，人家姐姐正在打主意，准备把她许给……”

我连忙问他，说：“说，你快说。准备把她许给谁？你说啊，干吗不往下说啊？”

他突然感到他自己这是失了言，就赶紧打起马虎眼，说：“我？我说什么了？我什么也没说啊！你急什么呀？”

话赶到这儿我算是明白了，这里头还不是我原来想得那么简单，这里面有猫腻儿。不行，我得问明白，上前一把就把张少鹏的衣领抓住，大声说：“姓张的，你给我说明白，究竟是谁在……”

我这话还没说完，就感到他的劲儿比我还猛，他还小声地对我说：“姓刘的，你别不识好歹，到时候不知道你我谁倒霉呢？你别忘了，我可是唱武生的张少鹏！你可别弄错！”

没想到张少鹏这小子居然跟我耍起横来。我是谁啊？我可是从6岁开始就练拳的，别看你是唱武生的张少鹏，你就是李万春（20世纪40年代著名京剧武生演员）老子也不怕你！谁知我正要攥起拳头回击。他已经早有防备了，一把就把我的拳头抓住，说：“兄弟，你想干啥？打人？别忘了，咱们这儿可是解放军部队。你要打人也得看看地方啊！”

听他这么一说，我心里猛地一惊，心里想：对呀，这个京剧队是归人民解放军管的，而我也是解放军战士的身份，打人是要违反纪律，犯错误的，何况我还有些说不清楚的事。于是我那只举得高高的手也就不得不放下来，但是心里还是觉得委屈的。尽管心里难受，我表面上还装出一副满不在乎的样子，说：“小子，今儿个就算老子暂时饶了你。你给我等着！看我哪天不把你揍得瘪瘪的。”

那档子事儿就算过去了。第二天一大早，我故意把练功的时候拖得久些。练功房里就剩我一个人时，我就立刻去到这小子住的房间找他，正好他在屋。他看见了我反倒笑容满面，连忙说：

“兄弟，来得好不如来得巧，老哥我正好找你有事儿。”

话音没落，他用手紧紧地把我拉住，就说：“来！兄弟，咱哥儿俩走。”

我问他：“上哪儿？”

他说：“去虎丘。”

我接着问：“去虎丘干吗？”

他说：“有人找你。”

我问：“谁？谁找我？找我干吗？”

他说：“到那儿你就明白了。”

就这样拉拉扯扯，他连拉带拽地把我拉到离苏州虎丘山不远的一家茶馆。我还没反应过来，就见前面站着一个人，是小樱。我正犯疑惑的时候，小樱就开口说话了。她哭着说：“刘哥，你还是别再理我了，就当咱俩不认识。反正我明天就要回苏北老家了，以后咱们再也见不了面了，你别怪少鹏哥了，他也是为了咱俩好啊。有些个事儿，你不明白就算了吧！祝您好运，我走了。我姐还在码头上等呢。”

小樱走了，就这样寂寥地走了，一点踪影也没留给我，只是她带走了，带走了我的惦念，一生的惦念。

照理说这事应该就这样过去了，谁承想她的离去给我带来的是无边无际的后患。很快，后面只剩下半个月的戏码，眼看着我在京剧队的逗留应该到此为止了。但是，当我正在那儿苦熬苦等，盼望着早点归队的一刹那，来了。

来了什么？谁也无法料想的事发生了。上级再次来了新的命令，说是组织上决定把我留在京剧队。政治部主任又来了，这回我看到的是他堆满了和蔼笑容的脸。他一看见我，就顺手把我扯进了队部。他说：“小刘，祝贺你演出成功啊。怎么了？

脸孔干吗板得那么紧啊？谁得罪你了？”

我马上立正，说：“报告首长。我可以归队了吧？”

主任愣了一下，就问我说：“怎么着，小鬼，京剧队不好吗？怎么说要归队呢？这里就是你的队啊！”

我连忙说：“怎么？不是原来说好了只待两个月吗？现在我可以归队了。”

主任怔了一下，赶忙说：“怎么着，你们队里的主队干部不是早就跟你说明白了？组织上决定让你留下来吗？”

我一听这话马上立正敬礼，说：“报告领导。我事先曾经说过在京剧队就待两个月，现在两个月已经满了，而且在这家剧场的演出合同期也已经到了。”

主任接着说：“不错，这家剧场的合同是满了。不过还有N城呢？难道那就不算任务吗？我说你这个同志怎么总是那么不成熟啊？我看你的组织观念很不强哦！”

听了主任这番话，我心里那个恨哪，恨自己怎么这么不幸啊！在上海就不想唱京戏，演旦角。偏偏到了军队反倒躲不过去了。这时候我心里的气愤简直无法抑制：恨自己没本事，没能把自己心里爱的小樱留下来，反倒还把自己给留下来了。这是怎么话说的呢？

一直到了今天，那个N城给我的记忆依旧难以忘怀。无奈的我当时无法抗拒军队纪律的严肃性，不得不随着京剧队进入了这个一度作为京城的地方。这个地方虽然不能跟上海那样的大都市比，可是其繁华的一面，也不是一般城市可以相比的。我糊里糊涂地就进来了，看见当地有名的一家剧场的大门口，挂着写了我的艺名的牌子。一时间我的虚荣心就急剧上升了，差点儿都把小樱这个让我难以忘怀的名字给忘了。

第三天打炮戏登场。还是那出老三样儿：《玉堂春》《锁麟囊》《荒山泪》。卖座很不错，并没因为我没名气而不上座。台下的掌声不断，喝彩声不绝。后台领导同志的鼓励，同台演戏的朋友们的交口称赞，简直让我忘了自己是吃哪碗饭的了，甚至连当地报社的编辑都来后台采访我，甭提那是股子什么气势了。

就在演《锁麟囊》的那个晚上，散了戏，我在后台下装。突然就来了一帮子的人，前拥后挤地进来了一个似乎是当地的什么名人似的。后来我才知道这个所谓的名人原来还是一位留用的什么副市长，身后还跟着他的太太。那是个装扮大方的贵妇人的模样，眉目传情的角色。她以为我是谁啊？虽然我年轻，但是大场面谁没见过。满不在乎的我，就依然稳坐泰山，就差没脚踹二郎山了。

这位贵妇人可是真叫绝，她轻轻地弯下腰冲着我一乐，说："这位敢情就是在上海大名鼎鼎的名票小砚秋吧。说起来，咱们还是师姐弟哪！您可能还不晓得贺先生他老人家也是我当初在上海的开门师傅啊！您这出《锁麟囊》那唱、那做派跟我还真差不多啊。只是我已经多年不唱了，显得有那么点子嫩了。唉，谁让咱们老了呢？"

就看她这做派可真够让人喝一壶的了。怎么来应付这样的场面，我也不是什么外行，立即我就站起身来，浅浅地低了个头，说了一声："您辛苦。"

这句话可是我们京剧行里的一句普通的应付话，意思是，您可以让我们过去了。识相的人么，自然也就这么过去了。可是咱们这位太太型的人就没那么识相了，她突然给我来了一句差点儿没让我昏厥过去的话来："怎么了，刘老板，哦，不，刘同志。这点面子都不给吗？再说了，我的先生怎么着也是这N城的有头有脸的人，咱们也算是同志关系吧？您说您这面子倒是给呢，还是不给呢？”

七

我是谁啊？我是干吗的？这样的女人不用说，解放前的电影里我看得多了。不就是个姨太太类型的女人吗？老子我才不怕呢。来吧！

心里是这么想的，但是这话我能说得出口吗？怎么说人家是由领导同志陪同来后台的，不应付也得行啊！当时我也就是那么浅浅一笑，就说：“这位大姐，咱们少见了。我不就是个学徒的吗？还得劳驾请您多照应着点儿。有个什么不到的地方，请您多多指点。再说，我还这么年轻，哪儿能跟您比呀？”

这个女人谅她也不是什么省油的灯。打算等着她开口的我，竟还直愣着眼神儿等着她呢。我倒是想听听她究竟会说出个什么小九九来。其实这个时候我还没卸妆。本来我的习惯是妆不卸，不开口说话的。那天也不知道是怎么回子事儿，居然开口说话了。这本身就够反常的了。连我身边的跟包儿的，都觉得奇怪，心想：今天这小刘是怎么了？不会是为这么点儿事儿就乱了方寸吧！

说到这儿我还想再加上一句，我是谁呀？可是我连做梦也没料到，她居然是那么雍容华贵，而且口齿清晰地对我说：“小师弟，您见笑了。虽然我跟您也算是同门弟子，可是据我看啊，不说是这嗓音儿，身段儿，尤其是您那水袖功夫简直是到了家了。就是程砚秋程先生他老人家亲自来看，也可以叫没话儿说的。看样子，我还得向您学习学习了。”

我一听她这话里话外，还真带着点儿现代的时髦词儿。开口学习学习的，这话也只有人民解放军内部常说。我心想：这回还得提防着她点儿。

这个女人不好对付是我当时的第一感觉，怎么来应付她呢？这是我那时候迟疑的原因。正在这个紧张时刻，只听得门外一声报告，进来了两名战士。那个高个儿的我认识，他是我们团部的警卫员小李。那个矮个的好像也在哪儿见过，只是一时想不起来了。就见小李直接对我说：“小刘同志，主任在剧场楼厅等你上去。快啊！”

其实我也看得出来这里面有诈。主任找我是假，有人找我是真。至于究竟是谁在这个紧张时刻来找我的，我心里自然明白，肯定是少鹏。说句实话他还欠我一笔账呢，这个时候他能想方设法来解救我的困境，说明这小子他有眼力见儿。可是我还是装出一副不太情愿的表情，嘴里还说：“你们没看见我这儿有客人呢？”

小李也不是一般人，他看着我一本正经的样子，忍俊不禁地望着我，说：“小刘，你没听清楚吗？又不是我叫你，是咱们主任找你，肯定有啥重要的事，别啰唆了，赶紧地走吧！难道你还等着咱们主任亲自来请你呀？快走啊，你！”

连哄带赶地我就脱离了困境。小李一边带着我走，一边还止不住地笑，说：“怎么样刘老板，这回可是我，还有少鹏来救你的。回头你得请客带我们到新街口去吃肉包子，再加上一碗咖喱牛肉汤。可不兴要赖皮哟。”

要说起这位太太，她可不是什么一般的人。其实她心里也明白我们是在她面前打马虎眼，怎么说人家也是从大上海来的，对付我这号儿的小家伙，还不是跟玩儿似的。

过了一会儿，少鹏真的把主任带过来了。主任也已经听说了这里面有猫腻儿，赶快地跟了过来。这事难道就这样过去了，要知道这娘儿们的背景可是比我们政治部主任还大了一级呢。您想猜猜她是什么来头吗？干脆我直接告诉您得了。原来上海市的一位副市长是她娘家的一个舅舅。那么她现在的丈夫又是N城当地的一位社会名流，目前说不定就会当上一个什么市政协主席什么的。这样的人，咱们可是真的得罪不起。当然这些我也是从高层领导那儿得来的消息，这个事情究竟会发展到什么地步，我的心里也还是没数，只能走一步看一步吧。

第二天、第三天我还是照旧唱我的戏，这位太太呢？她也还照样当她的观众，表面上是井水不犯河水，可是每天这一个大大的花篮她还是照送，没有一天停过。我表面上也照样礼貌周全地应付着，可是这内心里的疙瘩说不清的感觉倒越来越沉重了，同时冷眼旁观悄悄地对着这位太太免不了的另眼相看。其实无论是在上海的票房界，或是正规的京剧界，类似的情况也不是没有。有的只是图个一时新鲜，有的呢？还就真难说了。

以后接连几天，天天如是。随着我的戏码（剧目）更换，凡是我所会的程派戏差不多也都唱全了。

有一天下午我正在台上练功，这位太太悄没声地站在了我的身后。我刚下完腰，正打算回头的工夫，看见她正站在那里呢，我倒还真是吓了一跳。但是一般的礼数我也还是会讲究的，也就浅浅一笑说了一句：“哟，您怎么来了？也不事先打个招呼，我们好去迎接您呐。再说真的很不好意思了，我这么久了都没请教您尊姓呢？您贵姓是……”

她却变得很腼腆的样子答了一句："免贵，我娘家姓廖，我虚长您几岁，您就管我叫廖大姐得了。"

听她这么一说，我倒反而愣住了：咦？这太阳今天是打西边儿出来了。这么一位老练的女子居然变得如此腼腆了，她不会是吃错药了吧？这样一来，我却不知道怎么去应付她了。心想像她这样一位出身上海的小姐，怎么今天倒反而装起黄花闺女的模样，真让我捉摸不定。

她站在一边见我没吭声，倒有一搭没一搭地逗我跟她聊天。她看我正在踢腿，就说："我看您倒是童子功，您是几岁开始练功的？你这脚尖儿对着鼻尖儿的功夫还是真的没比的。"

我听他这么一说，还真的有点儿不好意思，也就说了："这还是多亏当初师父抓得紧，不然的话绝对是练不成这样的。想想当初也还是很对不住师父的。"

她说："我是问您几岁开始练功的？"

当时我是连头也没抬地对她说："也就是6岁那年吧。"

她说："我说呢？怪不得您的功夫这么扎实。您这可是一般人说的童子功啊。看样子，您打小儿就一定吃过不少苦吧？"

这位太太管她是什么人，就凭她现在说的这句话可真的打动了我。是啊，想想也真是的，从我6岁就开始学武当派的长拳，7岁跟师父学戏练功，其中的辛酸苦辣，只有自己肚里明白。这么多年除了演完戏有人道声辛苦以外，谁会管我流了几滴汗，断过几根筋呢？今儿个她这么一说，还真是捅凉了我几根脊梁骨。显得那么的舒坦，心里只觉得酸酸的，现在回想起来，她的那两句话，让我觉得这人还真有点儿人情味儿的呢。不过我也看得出来，她这样做似乎是想做给那个人看的。

怎么想到的？那还用说吗？分明是准备做给那个人看，也算是显显我的真能耐，让她也能来夸我几句。可是万万没料到的是，那天晚上也不知道是怎么的，她居然没有到场。我这时候心里是既懊恼而又沮丧，她怎么能知道我今儿个晚上，所做的一切都是为她呀。

八

其实这世上的事情也就有那么巧的，我以为她没来，可实际上她是在我上台谢幕的时候就离开剧场了。我却一点儿也不知道。我一面在后台卸妆，一面心里也在不住地琢磨，怎么偏巧今天她就没来呢？家里有事儿？身体不舒服？还是有什么别的原因？而我没有意识到，不知不觉地我居然对她上了心。

要说呢，她的年龄比我大上好几岁，我也不应该会对她有什么非分之想，可是也不知道是怎么了，我的这颗心啊，就是放不下。我不会是喜欢上她了？想想也不应该呀，前几天我对她还是一百个看不上眼，这才几天啊，她那么几句话就把我打动了？不会吧。这可能吗？

正在我心里惴惴不安的时候，一不留心的工夫，她倒站在我身后了。这个时候我一面擦脸，一面回头跟她轻轻地打了一声招呼，说："大姐您刚来啊？"

我从镜子里面可以看出来，她听我这样叫她，她的脸上稍稍红了一下。她回答我说："哪儿啊？我看完戏离开了一下，您今天这招真绝，就是程先生他老人家亲自来看，也得给您拍巴掌。哪天您有空儿，给我也说说这戏好吗？"

我连忙答说："您说这话就见外了，论年纪，您是我师姐，论把式我哪是您的对手啊？您忒抬举我了。我可真的不敢当啊！”

就这样三句两句的，这尴尬场面也就应付过去了。等我擦完脸换上军装，她就说了：“您怎么这么晚了还穿军装，换上便装不方便点儿吗？”

我答说：“这您就不知道了，这可是我的老习惯，您是知道的，我们男的唱旦角很扎眼的，穿上军装那不显得有点儿男子汉的气概吗？省的一般人说三道四的。”

她愣了一会儿又说：“哦，我明白了，亏您还想得周到。这倒也是，一般唱旦角儿的男的，走路说话都有点儿那个什么的。我看您倒是真的一点儿也看不出是唱旦的，不知道的还以为您是一位唱武生的呢，亏您会琢磨。”

话说到这儿，我就说：“大姐，那么咱明儿个见吧。”

我的话刚说完，廖大姐连忙上前把我拦住，说：“别呀，你没看见我这还带来了一大帮子人呢？我们那口子说是今儿个晚上，请您夜宵，给您庆贺庆贺。你没看见这省文联都来了好几位同志呢，他们都说要给您庆功呢。”

我连忙说：“这恐怕不行，我们这是部队，部队有纪律，不能随便跟老百姓出去吃吃喝喝。这是违反军纪的。”

她再次把我拦住，说：“你没看见你们政治部主任都跟他们在一起呢。”

说句实在话，这回我算是真的服了这位大姐了。我甚至还反应不过来，我是什么时候就开始默默地承认她是我的大姐了。原来我看不起她，现在反倒有点儿依恋她了。连我自己也弄不明白，这种感觉是从什么时候开始的。

无形中我甚至还有点担忧，我也不知道我心里究竟是怎么看的。说实话就从那天开始，我突然产生了一种畏惧，还有那么一点儿隐忧。可是我万万也没有想到就从那天晚上开始我和她似乎取得了一丝默契,彼此产生了一种说不出来的复杂感情。她算是我的姐姐还是别的什么，我自己也说不清楚。

那天晚上……不，应该说是夜里。我们一大伙子人上哪儿夜宵去了呢？新街口啊，那儿可是有一家上等的菜馆，叫什么来着？我怎么想也想不起来了。出面请客的自然是我那位大姐夫喽，他邀了一些我从来没有见过的人：有穿军装的，有穿干部服的，甚至还有穿着西装的，他们究竟各自都是什么身份，除了我们的主任跟队长以外，我一个也不认得。

他们这一伙人异口同声地对我赞扬备至。说我是奇才呀，扮相有多么多么好看啊，嗓子又是多么清亮啊！说到这儿就一个人站起身来捧起酒杯，对我说：“我说刘老板哪，您的戏简直比程老板还要强啊，第一，您比他年轻，第二，您的扮相就比他好的太多了。干脆您就正式下海得了。我可以给您打包票，不大红大紫才怪呢。”

这个时候我这个也算是见过大世面的人，竟然让他闹得脸上红一阵儿,紫一阵儿的,都不知道该说什么了。就在这个当口，我那位大姐站起来开口了，她说：“这位先生，您这样说就有点太那个了，我们这位兄弟既然是我的同乡，我就得出来说上一句公道话了。人家还是一位解放军部队的革命同志，您这样比方让他怎么对他的上级交代呀？再说了，人家的领导干部还在场呢，你这么说合适吗？人家小刘同志怎么说也不好意思应承您不是吗？我知道您在南京城是个吃得开的人。有什么事以后再商量吧。”

我这位大姐的几句话，算是替我解了围。

九

话虽是这么说，可是那天晚上的酒席宴前，他们一伙子人干杯划拳一个劲儿地闹哄，让我心里实在觉得厌倦。要知道那天跟平常丝毫没有差别，我还依旧是早上6点半起床，练功，喊嗓子，又跟平常一样记戏词儿。虽然《春闺梦》也算是老戏，可我也有好久没唱了，生怕会忘词儿。

本来按着我的习惯，中午是要睡一觉的。可是那天中午话剧队来了俩老战友，专门到胜利剧场来看我，你说我能不陪陪他们吗？于是接着就不停地神聊。一直到下午3点半他们才走。我就是想睡觉也得行啊。稀里糊涂地就这样混了一下午，等到了剧场，化妆、穿行头，忙得不可开交，连打个盹儿的时间都没有。

好不容易那场戏唱完了，下了场正准备卸妆回去睡觉，偏偏又来了这么一出，你说我不去吧，别人肯定会说我架子大；去了呢，我人累得实在够呛。这才叫左右为难。到了这个时候，我突然觉得这京剧还真不是人唱的，散了场还不让人回去休息，这也太说不过去了。当时我心里只有一个念头，赶快把这期戏唱完，赶快回话剧队去算了。怎么说，话剧队是绝对不会发生这类事的。

我怎么也不记得那天夜里的夜宵是怎么过去的，只记得我都有点喝醉了。其实那晚我喝的酒也不算多，可是架不住人实在是太累了。但是在我的潜意识里总觉得似乎什么地方不对劲。究竟是怎么一回子事，我也是过了几天才知道的。

说到了这儿，我猛然想起了原来那天晚上还来了两位南京《新华日报》的记者。第二天我的新闻就上了报纸，说什么我的《春闺梦》唱得多么好啊，身段和水袖又多么地道啊，大大地替我吹了一把。当天下午政治部就来了好几位干部找我谈话，其中为主的当然就是咱们的政治部主任了。他把我大大地夸奖了一番之后，又对我宣布了上级领导的决定。到底是个什么决定呢？

其实我现在想想，当初组织上的这个决定，如果我依从了，指不定我今天的生活会是怎样的，也说不定我的人生轨迹，向着一个相反的道路走过去，说不定……

一直到今天，我怎么也想不明白，像这样的好机会，我就那样随意地放弃了。结果从那个时候开始，我的人生道路就像一根被风吹拂的草一样，摇摆不定的一直到今天。我无形中走到今天这条路上来了，再想回头可就难了。

那么几位领导干部要跟我谈什么呢？很蹊跷，也很顺溜，他们几位提出来说的，就是一件事，问我愿不愿意留在京剧队里谋发展。意思是只要我自己同意，组织上一定会全力支持的。那个意思很明显，也就是让我继续留在京剧队里，继续发展京剧事业。说句真心话，那个时代假如跟今天一个样，那我当然是会同意的。毕竟通过这两个月的演出时间里，我对京剧的演出也产生了浓厚的兴趣。可是凭着我那天生的政治敏锐性，也不知道怎么的，我居然一口拒绝了。

我的理由也很简单，记得我对他们没说几句话，就把我心里想的事情，三言两语倾诉清楚了。我当时大致是这么说的：现在不是解放前，那可是旧社会，男人扮女角，那是很自然的事了，可是现如今解放了，社会也变样了。根据我的看法，现如今的社会里，应该是不赞同男女反串的行当了。最后我还是坚持，一定要回到话剧队去，因为我认定，那才是我真正的艺术前途呢。

再说了，我前个阶段跟小樱的那段恋情，已经成了压在我心上的一块大石头，再加上当时的廖大姐，对我的那种说不清、道不明的感情，真的有点招架不住了。说句老实话，我对她还真的有那么一点依恋之情，舍不得又放不下。未来的前景是很难预料的，还不如倒退一步，图个省心吧。

于是我这个初步的决定就算做好了。尽管当时的部队领导以及组织上对我做出这种决定并不赞同，可是我有十分充足的理由，还有对今后的高瞻远瞩，还是没有办法否决的。就这样，稀里糊涂地，我就离开了其实心里还有点依依不舍的京剧舞台。可是没料到我这个决定，居然改变了我从那时开始的命运轨迹，一步一步地走向了罪过的深渊。

从唱京剧的舞台上退下来，我也没有实现我的话剧舞台梦。最后却不三不四地成了个百搭演员，什么都会，什么也不精。从一个几乎会走向成功道路的大舞台，最后似乎是命中注定地直扑进了劳改队这个超级大的大舞台。我真正的粉墨生涯，只占了那年的半个秋天。呜呼哀哉呀！

其恨绵绵情未了

一　序幕

到了这样一个场面，叫人不由得想起了清末民族女英雄秋瑾的那句临刑遗言：秋风秋雨愁煞人。

这会儿，天上正下着蒙蒙细雨，伴随着一股浓浓的秋风。在上海通往郊区的执行死刑刑场的半路上，行人稀少，车痕几无。

在一个偏远的大路角上，停着估摸是从哪里租来的一辆破旧的小轿车，上面的黑漆早已脱落；车边好似放着一张旧式的书案，铺着一块崭新的绣花绸布，上头放着一对红蜡烛，旁边有着一个闪闪发亮的铜香炉，还有几碟果品，特别引人注目的是一盘糖炒栗子。

桌案边，站着一位梳着当年上海中年女人极为流行的横S头的中年偏老的太太。地上还蹲着一个穿着西服衣襟上别着一朵鲜亮的红花、相貌英气的少年，侧眼看去，估摸着，也不过才二十二三岁。他们看上去有点像母子，其实真的就是母子二人。

他们在这下着毛毛雨的天气，好似在等着什么人，还是……那么这张大红书案摆在这儿又是做什么的呢?

旁边偶然过路，去上海城里卖菜的乡下人，都忍不住投来异样的眼光。心想这两个城里人，在这儿等什么呢?不会是今天有……这回他们猜得可真准。还真的就是那么一回事。他们在等着前往刑场的车子开过来。那么，这张大红案子又是干什么用的呢?谁也料想不到，他们是在这里等着办一场令人费解的婚礼。这又该是一场什么样的婚礼呢?

不错，这场令人难以预料的婚礼，也是实在不得已才这样办的。新娘子又在哪儿呢?不会是来……的吧?没错。今天这对母子在这秋风秋雨中，凄惨的气氛中，等的就是这个。这位母亲的未来儿媳，英俊少年的未来妻子，也就是今天上海各大报纸登着的谋杀亲夫的红遍大江南北的名妓：白兰花。

今天正是她绑赴法场执行枪决的日子，众多的上海的小报记者正在刑场一侧等着呢。

那么这个少年又是谁呢?他就是那位各大报纸宣传已久的，大学刚刚毕业的实习律师：但火城啊。这到底是一个什么样的婚姻呢?

一样的秋风，一样的苦雨。不一样的地方，可又那么的相似。在上海提篮桥五号监房的铁栏里，一间小黑屋里，听不见风声，更看不到雨丝。虽然只是个大清早，监房里照样黑洞洞的。只是在二楼拐角那间监房里，有着不一样的光景。

一盏明晃晃、不协调的灯亮在那里，照射着一位形容憔悴、目光呆滞而又不失秀丽本色的姑娘。她埋着头，低眼望着一张长方板凳，上面放着几碟小菜。边上站着两个女狱卒，失神的眼光正凝视着这位姑娘。

她，这位姑娘，就是等在公路上的，那位名叫但火城的律师要等的人。她，就是等着执行枪决的白兰花。这个等待即刻来到的枪决的姑娘，眼神里没有恐惧，没有悲伤，有的只是失了神的目光。隐隐约约地浮现出，一种说不清道不明的求生意识？更多的应当还是仇恨的痛感。她那颗早已破碎零散的心里，隐藏着多少深不可测的东西。

看上去不满 20 岁的她，面部表情里展现出的，却是那种过分的风尘气和沧桑感。这和她的实际年龄差得未免也太大了些。

她，就是她，四年前，她才不过是个不足 15 岁的清纯而又稚嫩的、伫立在那个十里洋场、名扬四海的、位于静安寺的上海百乐门舞厅门口众多的手提白兰花竹篮的小姑娘之一。

时隔仅仅四年，这个姑娘却成了一名毒杀亲夫的，被称为苏州名妓的风尘女子。这再次震撼了这个本来就没那么平静的上海滩。

这会儿，离着上法场等枪毙，只是一步之遥。眼看自己已经步入了人生的终点。她不觉得遗憾吗？不觉得恐惧吗？这个人世间，她就没有了丝毫的牵挂吗？要说记挂，那也只有一个人。那位义务为她法庭辩护，东奔西走地寻觅门路，为她洗脱冤屈的律师——但火城先生。

她此刻正在做什么？想什么？白兰花，不！这会儿她只是那个名叫朱小兰的毒杀亲夫犯。短促的人生中，除了从小抚育她长大的已逝去的外婆以外，要说这个世界上留给她的也就只有他了。当然也同样还有几位好人。但这会儿她再也没有更多的空间，去想那些人了，就这一个人已经填满了她的全部脑海和心灵了。

就在这时候，那两个站在她身旁的女狱卒中间的一个，低声地问她："你心里还有什么要说的话吗？"小兰只是摇了摇头，双眼依旧失神地望着那几碟菜、那一碗酒，一言不发。

这秋风一会儿一个数，秋天的雨水虽说不大吧，可总也停不住。站在公路边的这母子俩，母亲还好，手里撑着把伞。儿子却伸着头，丝毫没意识到自己浑身都已经淋透了。两人心思总也凑不到一处去。儿子是盼着那行刑车早点到，母亲却暗暗祷告：这车最好改条道，能够错过那才最好。

儿子两眼瞪着靠市区那头望着；母亲一会儿抬头，一会儿低着头，期待的期待，沉吟的沉吟。路上行人越来越少，凄风苦雨，伴随着这母子俩的矛盾心理。

突然间，远处传来了一阵汽笛声。那可不是一般的喇叭声，而是那时上海人叫惯的"大红袍"，也就是现在的警车的汽笛声。凄厉的笛声加上凄厉的雨点声，交织在一起，就好像在告诉这世间人：千古奇冤正在发生着。

但火城一听到这声响，立即快步走向汽车夫身边嘱咐了什么。只见那辆破车猛地拐了个弯，把公路中间堵住了。那头开得飞快的警车，吱扭一声立即刹了车。另外两辆车也一同停了下来。一辆车上下来了两个巡警，端着枪就过来了，吆喝着："你们想干什么？想找死啊？"

年轻俊朗的但火城，冷静地走了过去打招呼。其实这步棋子儿，事先早就安排好了。那两个巡警也早就心知肚明了，但还装模作样地问："做什么？"

但火城就走向前去说："两位警官先生，这是我个人的一点私事。请二位通融一下，要不了多长时间的。车上的这位女士是我的未婚妻，虽然她已判了极刑，但是我们夫妻情深，容我们举行了婚礼再去刑场，也不为晚。"

要知道那可是1948年下半年了，国民党政府内部已经乱成一锅粥了。这名死刑犯既是女性，又不是政治犯，通融也就通融了，事先都已经联络好了的，只是瞒住了一个人。谁呢？但火城的姆妈（沪谚）啊！

当然另外一个人也是全然不知情的，就是小兰。此时被五花大绑的她，依然沉浸在方才在狱中的那一幕情景中，此时她还在感谢那位略微年长的女狱卒的劝告，嘱咐她猛喝一碗烧酒。说是叫她借酒御寒，还不如说叫她借酒壮胆。怎么说，小兰今年仅是20刚出头。当警车猛地一下停住，她却一无感觉。

断断没想到那个痴心又多情的年少翩翩的律师但火城先生，竟然在半路上等她。至于等她的真正目的，就更加不知详了。谁也意料不到，但火城等在半路上的真实目的。他是想在她行刑前和她拜堂成亲，要为这位烈性女子壮行啊！更是想为她的深冤大恨伸张正义呀！

这个想法也只有他的母亲才晓得。这个堂究竟怎么拜呢？小兰会同意吗？这场事该怎样收场呢？

一阵闹腾之后，正式出场的小兰浑身上下，紧紧被捆绑着。两只亮闪而又无神的眼睛，紧盯着车下的那个熟悉而又陌生的少年男子。不知道今天他在此时到此地的目的何在。

车下的但火城，也在凝视这个伤心人。事隔开庭仅仅一个月，怎么她的面色如此苍白，而又略带浮肿。这足以说明自从最后一庭开过后，她的日子是怎样熬过来的。小兰在自己短暂的一生中，见过无数蔑视的眼光，色欲的、贪婪的，甚至狠毒、凶恶的眼光，唯独没有见过这位年轻律师如此清纯而又带有迫切感的眼光。他好像在期待着什么，还是在渴望着什么，紧紧盯住自己的那股神气。她一时也反应不过来，这位但律师的到来意味着什么，他又想干什么？

火城心里很明白她那不解的目光，也可以猜测到她心里会是怎么想的。于是他十分坦率地问：“小兰，咱们认识已经快半年了，你觉得我这个人不会像詹剑锋那么坏吧？”

一听这话，小兰立即就回答说：“但律师，你这话是怎么说的。你可是我一辈子见过的唯一的大好人呀，今天我都要去枪毙了，你还会来看我，你说你应该是什么样子的人啊？”

火城眼睛依然盯着小兰，说：“我不只是来看你这么简单，我是来娶你的。”

这话一落地不要紧，就好似一声霹雷，震惊了在场的所有的人。

人群外面的一个人，噔的一下，把自己手里的伞脱落在地上。她是谁呢？忘了吧？她可是火城他姆妈呀？作为母亲，这可是她最不愿意看到的场面。有谁愿意自己的儿子去和一个判了死刑，而且马上就要被执行枪决的女子结婚啊？

这场婚事办与不办，根本不是做母亲的一句话能够确定的。此时，她忘情地把自己的目光紧紧地盯着小兰，想要知道她究竟是个什么态度。她应该不会像儿子那样固执吧？凭她在法庭上对这位姑娘的看法，谅她不一定和自己的儿子那样轻易处事吧？这位无助的母亲，已经把自己的唯一希望，都寄托在这个苦命的姑娘身上。

只见小兰此时两眼紧闭，也不出声，是啊！这样的问题该怎么答呀！说也不是，不说也不是。突然，火城双目像是烧过了一把火似的，猛地一下睁大了！他看见了什么？他看见了，小兰紧闭的双目眼角上，分明流下的是泪水。他说：“我知道了，你是愿意嫁给我的，是不？”

小兰听了他这句话，把眼睛睁开，说："谁说我愿意了？我愿意什么了？但律师，你也是个聪明人，怎么就说起胡话了呢？你那双眼睛是干什么用的？你没看见这车，跟这车上的人吗？他们手里拿的是什么？是枪啊！这些枪是用来杀我这个坏女人的。你看不见啊？你说什么？你要娶我？娶一个死人回家去上供啊？你去看看那边那位太太。应该是你的娘亲吧，好吗？你问问她，看她愿意不愿意儿子娶一个不要脸的坏女人、一个枪毙鬼回家去啊？"

火城此时也管不了那么多了，就说："妈妈愿意不愿意，那是她的事。我是顾不了这些了，因为我欠你的。"

小兰也愣住了，问："你欠我什么？倒还是我欠你的，你的律师费我还没有交，况且我也交不起哪！"

火城又是一句话扔了过去："你这话说得真奇怪了。你欠我什么？我欠你的可是一条命啊！要不是我在法庭上的那句话，说不定你就不会判这个刑了。"

小兰根本不想让他再说下去，就接过话茬，说："事情摆在那儿，你说什么，不说什么，一点关系都没有。我这条命已经很值钱了。詹剑锋的一条命跟我换，我是一点亏都没有吃。还多亏有了你，要不然我还活不到今天的。但律师快点和你妈妈回家去。我也活够了，也活值了。老人家是不能淋这个雨的，小心她老人家冻坏了。"

站在一旁的火城妈妈早已经泣不成声了。谁不是爹娘父母生的，眼睁睁看着这个可怜的姑娘，死都不顾，还想着自己。她看着儿子，火城那通红的泪眼，泪水一个劲儿地往下流啊。她只是觉得和小兰一比，自己真是太不通情理了。事到如今，你让这位太太说什么好哇？

此刻所有在场的也包括那几个警察，一个个都不知道在想什么？只见雨越下越密了，可是一个吭声的都没有。

此时火城的心情十分不安，顺着母亲吧，自己的心愿就无法了结。但是当他看到了母亲泪流满面的样子，心中又不落忍。回头看着小兰的貌似冷落的表情。自己不知道该怎么做，难道原来打的主意就算了不成？

小兰其实心里已经做好一小时后就碧落黄泉的准备了，寻思着把火城三言两语地打发走就妥了。在场的除了局外人，就剩他们三个了。

小兰的想法和火城是完全不一样的。但是她怎么也没有料到，火城一下子就跪倒在地上，说："你们俩，一个是我亲娘，一个是我对不起的好姑娘。我该怎么样才能又对得起我娘，又对得起我心里敬爱的人呢。"

小兰再也想不到，自己原来的律师，竟然说出这样的话，赶忙说："但律师，我怎么敢当啊？我只是一个烟花女子，外带杀人犯，我怎么能当得起你这样说呢？"

但火城马上就说："怎么，你忘了？最后开完庭后，我对你说的话啦？"

到这会儿，小兰才想起确实有这么一回事。但是小兰只认为他就是那么一说，没想到他却当了真。

其实小兰之前就已意识到但律师的这番心思。她自己难道就没有一份心思吗？她从接触了詹剑锋开始，陆陆续续接近了好几个男人，但是像但律师这样一个既诚恳又正派的男人，倒真是从来没有见过。何况他们俩之间的身份如此悬殊，她怎么敢往这上头想啊！而今天，就是今天，自己马上就要被送往法场执行枪决了，这位律师居然提到这么一回事，这可是她怎样也想不到的事。

正在此时，那几个警察也忍不住要开口说话了：“时间太久了，但律师我们也算够意思了，刑场那边还在等着呢，你怎么说也得快着点儿了，可不能让我们太为难了吧。”

一直等到现在，火城的母亲也按捺不住了，说：“我说你这位小兰姑娘啊，都到了这个时辰了，你还看不出，我这个死心眼儿的孩子的一番心思吗？就依了他吧！我这当娘的都不在意了，你还有什么在意的呢？”

眼看着这会儿还跪在地下的火城，小兰还能说什么呢？她忍不住哭出了声：“你这不知轻重的冤家，怎么就这样倔呢？”

现在应该回到当初的审判庭上。当时的状况是：事到如今，行也是行，不行也是行。事已至此，除了硬挺，还能怎样。火城在学校里学的是法律，眼前当的还是实习律师。说好说歹，法律跑哪儿，都应当是严肃的。

案子审到这时，什么都清楚了：白兰花是为了报仇。听她自己在审讯庭上的主诉可以断定：要不是詹剑锋和他的妻子吕淑婉一再地逼迫和欺骗，她根本就不会落到如今的这等状况；要不是被迫离开詹家，她就更不会去投河自杀；要不是和詹剑锋同居，她更不会怀孕；要不是怀孕，当然不会被那个狼心狗肺的渔夫婆母，卖入娼门；要是她侥幸没被卖入娼门，她也不至于再次见到那个伤天害理的詹剑锋，再次遭到羞辱；要不是这丧尽天良的詹剑锋从上海赶到苏州去嫖娼，他俩也就不会见面；就是想报仇，也不可能再去上海找他。这前因后果造成今天的局面，过错在哪里呀？

这前后一说，是个人都会明白，受害者究竟是谁了？

一个年龄还不满 15 岁的、目不识丁的江北小姑娘，跟随着外婆大老远地从江北淮阴乡下流浪来到沪地。自己家里穷，再怎么的，也可在沪地卖花度日。实在过不下去了，了不得，再次回淮阴老家，到时候找个乡下男人嫁了，也比今日强啊！

犯得上落到今天的下场么？本不该死的死了，现在这个可怜的，一个更加不该死的，不知哪一天还得去死。而这上海几百万人口里，确实有很多该死的，却还活得好好的。这天理何在呀？

不管怎样，这官司还得打下去！有无指望是以后的事了。不过白兰花（原名朱小兰）这姑娘想的可没那么轻巧，她想的是怎样才能让火城退出以后这没完没了的麻烦。

终于熬到了那最后一庭，死刑判下来了，朱小兰倒也无所谓，因为这是她早就预料得到的，杀人偿命啊，这谁还不知道。

而这会儿，火城回想这场官司的前前后后，自己把做一个律师起码的原则都放弃了。心心念念指望着，自己家的那位远方舅舅，求爷爷拜奶奶的，找到了总统夫人的侍卫长，心想怎么着这个面子也得给啊！

但是不管如何，那位侍卫长面子再大，也无计可施啊。火城这回最后一丁点儿希望都落空了。

尽管朱小兰面色不变，视死如归。可是火城这心啊，就好似火烧、油煎的一般。终于他自己也控制不住自己了，在法庭最后律师陈诉发言的时间里，他的情绪已然愤怒到极点了。他大声地毫无顾忌地说了以下的话：“有人说，这世界上最下贱的职业就是娼妓。我认为还有一个比娼妓更要下贱百倍的职业——那就是政客！”

他这句掷地有声的话，当堂感动了很多人，更震惊了许多在场的有关人士。新闻记者们一个个举着闪光灯为他摄影，审判官的榔头声根本就显得十分苍白无力，而火城的激动也无法控制了，甚至似乎就要倒下去了。

即刻就要被押解下去的朱小兰的眼泪，像是一串串珍珠般地掉下来。整个法庭也乱得一团糟了。

死刑判定了，无法挽回了，一切希望都落空了，火城的情绪已经失控了。他只是一个劲地喊着白兰花的小名："小兰啊！我算他妈的什么律师啊！我对不起你啊！"他早已因为开庭辩论嗓音沙哑了，他的控诉声在法庭是盘旋个不住，似乎阵阵回声依旧在震荡……

连那实际上不存在的老天爷也在落泪，也在无奈地摇着头，叹着气，落着泪。天上下起了蒙蒙细雨，刮着一阵阵的风。呜呜、呜呜，嘶啦、嘶啦地没休没止。其实在这个早已经空落落的法庭上，还有一个伤心人，她是谁呢？

这一会儿，两个分别坐在各自不同的地方的可怜人各自思忖着各自不同的心事。

小兰到死都不会忘记詹剑锋给她带来的心灵上的伤害和蹂躏，她更忘不了他那张伪善的脸孔。当然她同时忘不了的是，自己在他临死前的那番一字一泪的扎他心窝子的话。小兰又回想到在她投毒害死詹剑锋前，她眼睁睁地看着詹剑锋临死前挣扎时的那个丑态。她还很清楚地记得她当时对詹剑锋说的话。

二　申冤

这会儿，坐在自己书房里背对着锁紧的房门的但火城，又在想些什么呢？母亲在门外的敲门声和叫嚷声，他丝毫不顾。

他只是在回想到自己初次见到小兰时的那种说不清更道不明的特殊感觉；他只是觉得挽救这位可怜的姑娘的生命，已经是他自己必然的责任。

而此时此刻，但火城更在想着母亲刚才说的那番话。

是啊！母亲她老人家在他刚 4 岁的时候，就守了寡，带着他从遥远的福建，来到上海这个令人爱、又令人厌的地方。吃辛受苦，好不容易把这自小多病的孩子抚养成人，又供他念了大学。为的是什么呀？不就是为了他能有出息吗？可现如今，他为了这么一个烟花女子，不顾一切地揽起了这场不收任何报酬的官司，弄不好可是要身败名裂的。

前面提过的那个最担心的人，就是火城的母亲。再说了，除了她还能有别人吗？

但是母亲先前的一番言语让他最无法接受，母亲把自己心里敬爱的姑娘，说成是婊子。母亲的话，自然是顶不得的。她都无法想象到，她的儿子心里目前正仔细思考的事。而更让她想不到的是，对她来说无疑是一起滔天大祸即将来临了。这是让谁也不敢想的事。火城居然萌生了以身相许的念头。也就是说，火城认为自己没能救出这姑娘的命，眼看着这姑娘很快就要遭到横死的歹运。火城认为是自己耽误了时机，自己欠小兰的。如何偿还？

突然间，他想起了以前一次随同自己的母亲去看了一出绍兴戏（即今越剧），里面讲了这么一个离奇的故事。说是哪位讼师，为了一个自己心爱的女人打官司，结果官司输了，他就当场在刑场上和她拜堂成亲。他这时，也就是心存歉意，但爱意也还是有的。

他记得第一次在法庭上见到小兰，心里就有了一份怜爱之心。当场他就想，如此一个纯净、秀丽的姑娘，怎么可能会去无端地杀人呢？他断定里面必有隐情。在整个案子进行过程中，和小兰之间一次、两次、三次的接触中，他益发认为他的看法是不会错的。火城这个人，平时看着挺温顺的，对母亲的孝顺更是远近闻名的。但是他这个人软里带硬，一旦他认准的事，十头牛也拉不回头的。这回，他会怎样行事呢？

刑场求亲，母亲是万万不会应允的。不对母亲说吧？这也是火城由小至大从未做过的事。正在左右为难的时候，母亲又在门外敲起来了，嘴里还不停地说："火儿你再不开门，妈可要去叫人了啊！到时候你不要怪妈不讲道理啊。"火城此刻也在想：这老不开门也不是个事儿啊。

等门开了，母亲进了屋，好像发现了什么，可认真一看，一切如常。她开口说话了："你一个人关着门坐在这儿一声不吭，究竟在动什么脑筋啊？官司输了。不是我说你，这早已经是铁板钉钉的事了。我这做母亲的，没跟你说过？可你就是不听，现在可好了，官司打输了，名声也坏了。怪谁呀？除了怪你自己不听老人言，还能怪谁呢？"

火城说："姆妈，我说过我怪您了么？怪来怪去，这个政府实在是太腐败，法律太无能。人心也太无情了。"

以上火城的话说得不对吗？但是事到如今又能怎样呢？

母亲说："你不怪你自己管得太宽了吗？一个妓女的事是你管得了的吗？听妈的话，下去把饭吃了，妈都热了八回了。"

但是这会儿的但火城，依然无动于衷地呆坐在自己的椅子上。母亲看到他这个样子，也只能摇摇头走开了。

现在长话短说，过了大概有个把月时间，行刑的消息传来，决定在下个月初执行死刑。听到这个消息，火城似乎也没那么着急。为什么呢？他早已经把事情安排妥当了，该打点的打点了，可以通融的也事先打好招呼了，就瞒了母亲一个人。

但是这天下没有不透风的墙。不知道从哪里得来的消息，母亲在事情即将进行的前三天，就把火城叫进自己房里，问：“火儿，这几天你又是警察局，又是法院的，你到底在忙些什么呢？不会又要惹祸了吧？”

火城也有点料到母亲这几天在忙什么了，今天母亲一声叫，看来他老人家是打听到什么了，就不慌不忙地走进房，问：“姆妈，您找我是有什么话要问？”

这时候，母亲欲言又止。等了片刻，她双眼瞪着自己的儿子，摇了摇头，叹了口气说：“火儿，姆妈不是要说你，这几天你忙里忙外，走门子，托路子，还不是为了这个小妓女。她不就是长了一副漂亮面孔，天下标致女子有的是。你这是何苦哇！唉，你真是要气死我这个当娘的了。”

其实到了这个时候，火城早就已经忍不住了。母亲的这种说话方式，自己实在不愿意再听下去了。但是母亲总是母亲，说话还得讲究个礼数。他沉思了一会儿，说：“妈，您不觉得您这样说对小兰有多么无理吗？”

一听这话，母亲气得捶了一下桌子，说：“什么，你说什么？我对她说话无理，还是你对我这个做你亲娘的说话无理？”

火城母亲这时候已经无法再忍下去了，又添了一句：“难道这个烟花女子（指妓女）还比你娘更加重要吗？”

火城到了这个时候，才意识到自己对待长辈的态度，在那个时代是不被允许的，是会遭人咒骂的，这叫什么？这叫忤逆！这叫大逆不道。但是不管怎么说，母亲在对事实真相不了解的情况下，这样的说法是太不可思议了！作为自己的母亲，平时自己是再了解不过的了，今天这种说法也太令人不可思议了。

说实在的，像母亲今天说话的方式，和他们楼上的张家姆妈有很大关系的。

这个年头小报上还有什么正当新闻的。像张家姆妈那种好说人是非的人，嘴里说的，能有什么好话啊？说实话，像火城母亲这样大家闺秀出身的人，怎么会三言两语，就被人打动了呢？常言说得好，是非，是非，越传越非，明明好好儿的事也会传得不像样的。议论多了，好事也会变成坏事的，何况又是这样一个案情呢？

三　缘由

火城家为这事正闹得不可开交，而在监狱里蹲着的小兰姑娘，心里的酸楚和悔恨交织，也是令人倍感凄凉的。她在这段短促的人生里饱尝了人间的酸甜苦辣：自小父母双亡，跟着半残废的外婆，到处流浪，乞讨为生，好不容易来到了上海这个繁华而又罪恶的都市，无可奈何跟着老乡来到百乐门舞厅这么一个表面上富丽堂皇，里头肮脏龌龊的地方，靠着卖白兰花度日，本来就够凄惨的了，偏偏碰上了这个冤家恶魔似的詹剑锋，为自己的今后埋下了一颗末日的种子。

那么这个恶魔詹剑锋又是一副什么嘴脸呢？那么可怕的一个魔鬼一样的人，又怎么就让小兰给遇见了呢？这里面可是有一段长长的故事。

那是抗日战争末期，1944 年的江苏淮阴乡村，一户贫寒的普通人家。这家人姓于，父亲被国民党抓去作壮丁，不知下落，母亲被人拐走，去处不明。留下了一个小女儿，取名小兰，因为父亲是个孤儿，从小就没了父母。母亲临走的时候，把自己唯一的女儿丢在外婆家。靠外婆帮人家缝缝补补度日。那年家乡水灾频发，无奈之下，外婆就领着外孙女小兰，跟随着很多老乡，一路乞讨流浪来到了上海附近的郊区曹家渡。

老乡们看着她们婆孙二人十分可怜，就互相帮衬着搭了个草棚，总算住下了。这些逃难来的乡下人，有的去了上海市区寻找饭碗，找活儿干，有的沿街乞讨，十分可怜。可是小兰的外婆天生好强，仗着自己还有几分力气，就帮着邻近的那些光棍们，缝缝补补，洗洗涮涮，日子也就这样过去了。

老百姓们天天就盼着日本鬼子早日滚出去，心想太平了，自己的日子也会好过点，可以大家一起扶老携幼，回归苏北乡下继续务农度日。1945 年，也就是民国三十四年，日本鬼子果然投降了。可是来了蒋介石，还带来了大批的美国兵。市面上表面很繁荣，可老百姓的日子其实没有好过多少。

富人越来越富，穷人们还是照样的穷，甚至更穷。这些聚居在上海曹家渡的苏北乡下人的处境，则越来越差。到了年底的时候，小兰的外婆突然得了一种不知道叫啥的病，躺在床上起不来了。

老乡们开始的时候还有人来照应一下，常言道：久病床头无亲人。何况是些不相干的老乡呢？他们自己顾自己已经够呛了。这一老一小，眼看着就已经饥寒交迫，无路可走了。

这一天，小兰正守在外婆床铺边流泪。突然草棚外叽叽喳喳，只见几个人伸进头来看来看去的。小兰仔细一看，原来这几个都是左右邻居家的小姑娘，平常玩来玩去得还蛮好，就见其中有一个比小兰大个一两岁的小姑娘，向正在流泪的小兰招了招手。小兰看看外婆睡着了，就拉开了草门帘，走了出去。

那个大一点的姑娘一把扯着小兰的手，说："朱晓兰，你还认识我不？我原来小时候就跟你一块玩过的。不记得了？我叫朱凤珍啊。"

小兰一边擦去脸上的泪痕，一边说："是啊，姐姐，我看着你的脸也觉得很熟啊。"

原来这凤珍从小得了天花病，落了几点麻子，很容易认的。凤珍一把扯住了小兰的手，说："你就是这样天天守着你外婆，以后怎么办啊？我看你家都快揭不开锅了，你怎么一点也不着急啊？我们姐妹们都在替你担忧哪。"

凤珍不提这事也就罢了，一提起这事，只见小兰脸上，又挂起了一串串泪珠儿。

凤珍摇摇头地说："你就晓得哭，哭能哭出钞票啊，还是玉米粥啊？还不赶快想个办法呀？"

可怜的小兰泪汪汪地对她说："我年纪小，也没读过书，我有啥办法呀？"

旁边的一堆小姑娘，就叽叽喳喳地说："跟我们一起去啊！"

小兰就问："到哪里去啊？"

同样都是小姑娘，几乎相仿的年龄，可是她们之间，却已经有了很大的差别。其他的几个小姑娘的年龄相差不远，最大的是这个有点麻子的凤珍，最小的是刚刚 13 岁的小三子。她们都是在上海静安寺跟愚园路口拐角的地方，也就是百乐门大舞厅——那可是上海华人界里规模最大的舞厅——做事。她们是做什么的呢？卖花的。好一点的卖玫瑰花、月季花什么的，差一点的就是卖白兰花、珠珠花什么的。

同样都是卖花的，有的小姑娘生意好一些，有的小姑娘生意差一些。至于原因么，样子长得讨人喜欢点、嘴巴甜一点的生意就好一些。而她们的穿着其实都是差不多的：一色的蓝布短衫、蓝布裤。如果穿得破衣烂衫的，百乐门门口的门童可要出来干涉的——他们倒也有道理，说是什么有失观瞻。其实这些小姑娘懂什么又是这个又是那个的，只是知道身上穿的干净点，总会是要好点的。

那么凤珍为什么偏要把小兰叫来呢，这里面也是有缘故的。因为她是来得最早的，多少有几分面子。有一次百乐门里的一个穿西装的中年人，把凤珍叫到对门马路边，对她说："小麻皮（这是上海人对那些脸上有麻子的人的统一称呼），我对你说，爷叔看得起你，把你叫过来，打个招呼。你们这帮小姑娘没有几个长得标致（上海方言，漂亮的意思）点的，你明朝到什么地方给我找几个来，壮壮门面么。不然的话，哼哼！"

这个男人话虽没有说的很明白，凤珍又不是傻瓜喽，一听也就明白了。于是她才说服小兰也来百乐门门前卖花。可是小兰比她们家里都要穷，也没有一身像样的衣裳，还是凤珍帮她去借来的。

这一天下午 4 点钟，凤珍她们一伙人就把小兰也带到百乐门门口，为什么这么早就来了呢？这个事情我不说，现在的人根本想不清楚。因为在那个时期，每家舞厅都有两场。下午 5 点开始的叫做茶舞，价钱便宜点，时间也要短一点。5 点钟开始一直跳到 7 点半。

到了晚上的 8 点以后才是晚舞场，那些上海文明的名舞女才会出场。所有来跳舞的宾客，也都是上海滩上赫赫有名的大老板跟大少爷们，他们谁会不以自己能到百乐门大舞厅来跳舞来显示自己身份的显赫？

于是百乐门门口的这伙卖花女，也成了当年上海滩的一道风景。小兰第一次来到这家舞厅门口，总觉得有点害怕，更有点羞答答的。她自己连做梦也没想到，这次竟然是她一次命运的安排。

有人说：上海是个大染缸，白的走进来，黑的走出去，甚至连走都走不出去了。小兰就是这么一个典型。她就像她手上挎着的竹篮里面的白兰花，既纯洁又美丽得耀眼。她在那群卖花女里，简直就像一朵独放的白兰花。也就是这朵纯洁无瑕的白兰花，在百乐门门口这么一站，那边上的那些个姑娘顿时就失去了光彩。

这天正是 1946 年 7 月的一个晚上，天气显得很燥热，舞厅门口却车来车往，热闹非凡。只见从静安寺那边拐过来一辆漆得锃亮蔚蓝色的小轿车，差点就要撞到小兰身上了。汽车吱扭一声，吓了小兰一大跳。她还没回过神来，就见汽车左侧的车窗里钻出一个头来骂了一句：“小出老，你想死啊？”

这个时候又听到汽车里传出另外一个声音，说：“阿福，你讲话注意一点好吗？人家还是一个小姑娘呢。”

刚才说话的男人，原来是个汽车夫（解放前凡是替人开汽车都叫汽车夫，司机这个名称还是解放以后才带来的），这时汽车夫回过头就说：“少爷，这只是个乡下小丫头。骂她两句是家常便饭。”

那个少爷却不吭声地打开汽车门钻了出来，说：“小姑娘，有没有擦到你的身上，没关系吧？”

小兰这个时候还没回过神来，愣愣地望着眼前那个大个子的男人，一句话也说不出来。她只是吓了一跳而已，话没听完就准备走开。只听到那个“少爷”手里拿出几张钞票递给她，说：“拿去看看，有没有毛病。”

这个时候，汽车里面又跳下另外一个年轻男子，说：“詹大少爷，又发起慈悲心来了。不错，你的眼光蛮不错的，这个小姑娘长得还算标致。”

那个被称作詹大少爷的，不高兴地回了他一句：“不要瞎三话四（上海方言，胡说的意思），赶快进去吧。”

他一边拉着他的朋友一边还回过头来深深地看了小兰几眼，然后才走了进去。其他的几个姑娘就一下子涌了过来，七嘴八舌地问：“那个大少爷给了你多少钞票？快拿出来看看。小兰，你的运气怎么这么好啊。”

小兰这个时候也望着百乐门舞厅的大门直发愣，自己也不知道心里在想什么。

百乐门外面热闹非凡，百乐门里面神秘莫测。一进门里面黑洞洞的，大厅顶端的大灯还没打开，只看到舞池边四面排满椅子，零零落落坐着几位伴舞的小姐，客人坐的地方人还不多，只听得那位姓詹的大少爷开口说话了：“我早就说过了，来这么早做什么？舞池里冷冰冰的，场子里也是冰冰冷的。这么早进来很有意思吗？空气又不好，还不如马路上热闹哪。”

那个跟他一起进来的青年人，冷冷地笑了几声，说：“你还不是再想看看门口那个卖花的乡下姑娘吗？”

那位詹少爷接着说：“我看你是有点变态吧？”

那个人说：“谁变态，谁心里明白。”

跳舞厅也算是三四十年代的上海滩上一道浓重的风景吧。尤其是百乐门，更是一道富有挑逗性的风景。那个年代上海的舞厅实在多，就跟上海的市民一样也分高、上、中、下几等。

其中最高等的要算是那些外国人开的，以及高等华人们去的夜总会，那种舞厅的舞女是不公开的，讲得文明点，那叫舞伴。

而上等舞厅就属百乐门，还有仙乐、大都会以及高士满。中下等的就先不去谈它了。

百乐门是华人最喜欢去的舞厅，里面的名舞女多如彩云。百乐门的舞池跟其他舞厅不一样,其他舞厅的舞池是四方形的，而百乐门的是椭圆形的，沿着舞池边排满了椅子。椅子上稀稀落落坐着几个三四流的舞小姐，也就是舞女的雅称。

场子里客人也不多，也就是那么三三两两的，倒显得茶房和西崽（侍应生，也就是现在的服务员）更多一些。只见那个年轻人跟詹少爷，找了个离舞池比较远的位置坐下来。一个茶房热情地过来打招呼，说：“李家少爷，又有好几天没见您来了，您真是贵人多忙啊！”

那个被称为李家少爷的，是上海滩上鼎鼎大名的敦和钱庄大老板的二少爷，这个人仗着自己家里有钞票，表面上也算是个大学生，可是他念的大学是上海闻名的野鸡大学，也就是大夏大学。三天倒有两天是不上课的，人家当面说他风流倜傥，背后却说他是花花公子。

坐在他身边的那位詹家少爷，可跟他的作风完全不一样。个子比他高，样子也比他更神气。

要说这位詹家少爷可是非同小可，人家是上海赫赫有名的国民党市党部头头的亲戚，父亲可是银行总经理。他本人是闻名沪地的教会学校圣约瑟大学英国文学系的高才生，他的中文名字叫詹剑锋，英文名字是詹姆斯（James）。外表相貌堂堂，透着一股子英气。身上的打扮是蓝色的西装，紫色儿的衬衫，敞开着的领子。他的面容也跟一般的同龄人不一样，他的眼睛从来不会给人一种色眯眯的样子，脸上也很少带笑容，显得很庄重的样子，这跟那位李家少爷有着鲜明的对比。

那个时候一般人上舞厅，都是点茶水的，可是像他们这样特别有身份的人，是点酒的。一般人会点葡萄酒，也有人点大香槟，更有人会点白兰地跟威士忌什么的。咱们这位李大少爷，简直是好酒好色的典型。

等到他俩坐定以后，只见李大少爷一双色眯眯的眼睛正在向四面扫射。詹剑锋看不过去就捅了他一下，说："我说你个克明，李克明！做什么呀？这样东张西望地，小心眼珠子掉下来。"

那位克明少爷也不示弱地说："你也不要说我了，看你刚才在舞厅门口，看那个卖白兰花小姑娘的样子，你以为我是瞎子啊？你剑锋的这点心思，我还是摸得很透的。"

正在这个时候，一位花枝招展的中年女子，笑眯眯地走过来说："啊呀，真是难得啊！李少爷，你好久都没来了，我们曼丽小姐都问了我好几次了。问你为什么这么久不来呢！哟，这边上这位少爷贵姓啊？咱们可是第一回见面。啊呀，看你这位李大少爷，也不给我们介绍介绍？"

李克明也笑眯眯地对她说："张小姐，你可不要打我这位朋友的主意，他可是不喜欢你们这里的舞小姐的，人家喜欢的，可是16岁以下的青春少女哦！"

这位所谓的张小姐是百乐门有名的舞女大班，她手里掌握的舞女很多，少说也有十七八个，连上海滩最有名的舞女周曼丽，都是在她的手底下的。要是没有她，周曼丽也不可能红得这么快。一听这话她就笑得咯咯的，拍着巴掌说："这世上的事情哪有这么巧啊？我正好有一位亭亭玉立的新来的舞小姐，今年正好16岁刚刚出点头，回头要不要我亲自把她带过来？”

话说到这儿，明眼人一看就明白了。这位詹剑锋少爷，人们都说他与众不同，那么究竟不同在什么地方呢？他对女性的审美观，在别人眼睛里来看，那是专门喜欢十五六岁的小姑娘。就拿他们圣约瑟大学里来说，漂亮的大家闺秀、官家千金多得数不清。但是詹大少爷从来不用正眼睛去看看，哪怕只是一眼。同学里不了解的，都说他高傲，认为他眼光高。

而他呢，却经常把自己的汽车开到圣玛丽女中门口，目的就是躲在汽车里看风景。什么风景呢？放学出来的女中学生呗。至于平时，他在学校里，一般很少搭理同学。

而李大少爷跟他是不同学校，倒是经常来往，因为他们俩从小学开始就是同学，来往很密切的。所以李克明少爷跟他有点臭味相投吧，他们俩的共同爱好有很多，比如喝酒啊，抽烟啊，看好莱坞电影啊，上舞厅啊！只是在交女朋友上不同，李克明喜欢成熟少女，而詹剑锋对这种类型的女性却不屑一顾。

就是因为这一点，他们俩才能成为好朋友啊！

现在站在他俩面前的就是那位舞女大班，她说起的那个年方二八的舞小姐，到底是个怎么样的姑娘啊？詹剑锋心里就像十七八只吊桶七上八下的，而表面上却是镇静如初。不过詹剑锋在李克明眼里，不过是个假装正经的伪君子。他的心灵深处的秘密，李克明是一目了然。不过为了照顾兄弟情义，他倒也还是正襟危坐，假装出不知晓的样子。

其实这会儿詹剑锋心里还在回味，刚才在舞厅门口看到的那个卖花姑娘。说句老实话，在当年的上海滩上要找那些妖艳少女，一抓一大把，而要找个纯情少女却难如上青天，也难怪他这会儿心里还一直沉浸在当时的那一瞬间。

正当他俩一面喝酒一面聊着闲天儿的时候，舞女大班悄悄地已经领来了一位舞女。那个舞女脸上涂脂抹粉，高领花旗袍，扭扭捏捏，故作天真的姿态，让他俩吓了一跳。

詹剑锋一面故作姿态，一面从上到下瞟了她一眼，就随便地说："这位小姐芳龄几何啊？"

舞女大班很爽快地答了一句："今年刚刚是二八年华，刚刚16岁。"

这个所谓二八年华的舞小姐，年龄大小，倒还不重要。而身上的那股香水味儿，还有那身旗袍上的花色，实在让詹剑锋难以忍受。而李克明也看出了詹剑锋的心意，知道他对这一类型的舞女绝对是不感兴趣的，回过头对舞女大班说："回头再说吧。"

正在小兰犹豫不决的时候，坐在舞厅里听着爵士乐的詹剑锋，也在里面心猿意马。对于舞厅里进进出出的人们，无论是男的女的，他都不拿正眼看他们。他的眼前不停来来去去地浮现着舞厅门口的那个小姑娘的身影。他心里也正在念叨着一句英文：I fell in love with her at the first sight。他终于见到了一个让他一见钟情的女孩儿了，这种感觉简直让他坐立不安。

只见坐在自己身旁的李克明正在和旁边的舞女大班聊得开心，他问那个徐娘半老、风韵犹存的舞女大班说："曼丽今天晚上会来吗？"

只听舞女大班轻轻地笑了一声，说："啊呀，我的李大少爷，你怎么还在想着她呢？她现在可是大红大紫了，来来往往的客人是多得数不过来。她已经两天晚上没来了，也不晓得她在忙什么？我现在也管不了她了。再说了，我们这里漂亮小姐多得很，何苦你一定要盯住她呢？不如我再给你介绍一位？好吗？"

李克明一面装出一副不在意的样子，一面很随意地跟她搭腔，说：“哦？难道还有比曼丽更好的小姐吗？你不会是在吹牛皮吧？你又想来兜我的生意啦？”

舞女大班斜着眼睛对着李克明说：“啊哟，我的李大少爷哟，上海滩这么大，漂亮的小姐多来西。只要你有钞票，什么样的女人找不到啊？哦，对啦，李少爷，我看你的那位朋友好像心不在焉的样子，他在想些什么呀？看样子他的那套西装比你还昂贵，看样子家里的钞票一定非常多吧。”

李克明看着她说：“怎么你也看中他了？他可是不喜欢成熟的女人，他专门喜欢的是十五六岁的小姑娘，你有吗？”

舞女大班眼睛望着他，说：“那么刚才我给她带来的那个小姐也才 16 岁啊，怎么他好像看不上的哦？”

克明回过头看看詹剑锋，就轻声地对着她说：“他喜欢的少女是要清纯天真的那一种。你晓得吗？他为什么那么神不守舍的？因为他刚才在舞厅门口遇见一个卖花的小姑娘，他的魂已经让那个小姑娘给勾走了。”

舞女大班说：“哦？还有这样的事？他没有问那个小姑娘是哪里的？叫什么名字吗？”

克明接着说：“你以为这里是小菜场啊？门口人那么多，怎么好意思问呢？”

舞女大班说：“那么要不要我找人帮他去问问？”

克明听了她的这句话扑哧一声笑出来，对他说：“门口卖花的小姑娘多来西，你晓得是谁吗？”

他们俩正谈得热闹，詹剑锋也不是死人，一两句总是刮进耳朵里的，他回过头盯着他们俩，说：“你们在说我什么？怎么那么喜欢管人家的闲事呢？”

舞女大班朱小姐，叫她小姐实在不合适，她的年纪差不多要过40了，不过她的打扮还算时髦，也还算雅致，不像一般舞女打扮得那样妖里妖气的。这会儿她见坐在一边的詹大少爷居然开口说话了，她扑哧一声笑了出来，一边用手绢遮着嘴说："啊哟，咱们的大少爷终于开金口了，真难得啊，不晓得的人还以为您是哑巴呢。"

詹剑锋看她这个样子，心里觉得不舒服，可是碍于情面，何况自己也是有教养的大学生，犯不上跟这种女人斤斤计较，嘴角一斜，说："人家都叫你朱小姐，我倒是想叫你一声朱大姐呢，何况你跟我们这位李少爷五百年前是一家。克明，你说我这样说合适吗？"

李克明摇了摇头说："你爱怎么叫，那是你的事情，跟我有啥关系？不过我看你一副神不守舍的样子，让朱小姐帮你去打听打听倒还是可以的。你说呢？"

剑锋说："你不要东拉西扯好不好，谁说要谁去打听了？我劝你还是把自己管管好得了。什么卖花姑娘不卖花姑娘的，让别人听起来多不好意思啊？你要是再这样胡说八道，我回去告诉你的阿爸，当心他打你手心哦！"

他们俩像这样开玩笑简直是家常便饭，大家一笑就过去了。说到这会儿，舞厅里的客人越来越多了，场面也热闹起来，乐队奏乐更加起劲了，三三两两的舞女也都陆续进场了。不要看这些舞女的打扮一个比一个花枝招展的，其实这些都不算是红舞女，也就是一般的，真正的红舞女是只坐台子，不会坐在舞池边的。

只看见舞池周围的一个个西装革履的年纪大小不同的男人，都下舞池去请舞女伴舞，舞厅里顿时就热闹非凡了。像克明这样的舞客，是从来不会下舞池叫舞女的。这时他也耐不住心思，挥手叫了一个茶房，说："曼丽小姐来了没有？"

茶房说："没有吧，我好像一直没有看到她。要么我帮您把崔淑萍小姐喊来好吗？崔小姐前几天还跟我问起你呢！"

克明摇了摇头，却又点了点头，说："那就随便吧。"

这个茶房是出了名的门槛精，他这样帮崔淑萍介绍给李克明，等一下崔小姐会给他小费的。

克明和这个茶房之间的对话，剑锋是听得一清二楚的，反正他今天只是陪着克明来坐坐的，他可是不屑跟那些妖艳扭捏的舞女跳舞的，他觉得这样是会丢掉自己的面子的。他也是坐不住的，等到李克明叫的舞女过来以后，他自己就可以开溜了。他突然闻到一股特殊的香味，回头一看，一个穿着黑纱旗袍的小姐走过来。她轻声轻气地说："李先生，好久不见了，你真很忙啊！今天是什么风把您吹进我们百乐门的？"

克明回过头看见她这身穿着，就说："哎呀呀，我的崔大小姐，你这件旗袍既大方，又文雅，整个百乐门舞厅里，恐怕找不到第二个了。"

其实这会儿的詹剑峰也怔住了，心想看不出当舞女的也有这么文雅的人呢。他也定下神来仔细端详这位非同凡响的舞女崔小姐了。克明是什么人呢，他一眼就看出詹剑锋的眼神里，闪过一道特殊的光。他就哈哈大笑起来，大声说："啊呀，我的詹大少爷，你可不要抢我的小姐哦！"

詹剑锋听到克明说这样的话，马上就哈哈大笑起来，说："我说克明啊，这位崔小姐你也不过就是刚认识，怎么？抢？谁会跟你抢啊？抢什么？崔小姐？这话真亏你说得出来。我只不过是夸了她一句，你就吃醋了。你不会觉得很没意思吗？"

克明听他这么一说自己也觉得有点理亏。本来嘛，自己也是刚才认识,怎么会说出这样的话来呢？自己觉得有点难为情，就笑了一声，说：“咱们俩谁跟谁啊，开个玩笑就不行啊。再说崔小姐也不是你的 taste（口味），我吃什么醋啊？”

他们俩在这里开玩笑，崔淑萍在一边说：“我说两位大学生，大少爷，你们以为我是北京烤鸭呀？什么口味不口味？你们两位也太过分了吧。”

这回他们俩明白了，原来这位崔小姐虽然是个舞女，可是她还是读过书的知识女性啊。不然的话她怎么会懂英文啊？两人觉得很不好意思，克明就对她说：“我们也是开开玩笑的。看样子崔小姐还是位职业女性，失敬啊失敬。”

崔淑萍说：“岂敢岂敢，两位少爷真要折煞我了，我不过就是在爱国女中读到高二，以后家里实在太困难了。我才会到这种地方来的。”

话刚说到这里，崔淑萍就忍不住哽咽了。这下倒让克明和剑锋心里也是酸酸的。是啊，一个正在学校读书的姑娘一下子就进了舞厅，这让谁听了不会心酸呢？此时的克明无形中对这位崔小姐有点刮目相看了。他一边给坐在身边的剑锋使了一个眼色，一边说：“剑锋，你可是圣约瑟大学专学英文的高才生，听听崔小姐的口音准不准？”

剑锋就说：“很准的。可惜了。”

剑锋这一句可惜却让淑萍心里更加难受了，忍不住地就热泪盈眶了，这一来弄得他们俩也很过不去的。正在这个僵持的场面出现的时候，那位舞女大班朱小姐也走过来了。她过来看了一眼崔淑萍，就哼了一声，说：“我说崔小姐，你可不是第一天到百乐门的，规矩总不会不懂吧。客人面前抹眼泪的可以吗？”

崔小姐一听是朱小姐，就马上抹去了眼泪轻轻地说了一声：“对不起。”

于是接下来克明挽着崔小姐的手臂，去舞池里跳舞了。剑锋看着他们两个似乎若有所思。朱小姐这时候也开腔了，说：“要不要我找一位小姐过来陪你坐台啊？”

剑锋只是摇了摇头说：“不必了，我坐在这里听听音乐，喝喝葡萄酒，倒也还是蛮自在的。谢谢你，朱小姐。”

四　邂逅

百乐门舞厅里面笙歌喧腾，舞姿翩翩，倒也热闹。只是在百乐门舞厅大门外，正在上演一出活剧呢。

这会已经是晚上 8 点多了，舞厅里面热闹非凡，舞厅门口开始冷清起来。那些聚集在舞厅门口，卖花的姑娘们多数已经散去了。可是在门外还有一个姑娘正站在大门右边，仔细一看，原来是朱小兰。她在做什么呢？她为什么还不回家呢？原来，她在等刚才给他钞票的那位少爷，她从小就接受了长辈的教导，不义之财不可取。无论其他的姑娘们怎么说，她还是要坚持等他出来，把钱还给他。

那年的秋老虎已经过去了，到了晚上，凉风习习，吹在身上还是有点冷。小兰身上没穿夹衣，只穿着一件蓝色的阴丹士林布。在霓虹灯的照耀下，她显得那么单薄，有点弱不禁风的样子。她一面在等，一面还在担忧，不知道家里的外婆还好吗？还会不停地咳嗽吗？她心思重重地站在门口，甚至都有点后悔了，心想自己还不如早跟其他姐妹们回去呢。

静安寺还是很热闹的，车来车往地人挨人。谁知就在愚园路的路口上，却有两个小子偷偷望着小兰，因为他俩都是不动好脑筋的小瘪三，俩人正在商量如何对付这个小姑娘。一个说："兄弟，你看见没有，这个小姑娘手里捏着几张钞票，不晓得她在动啥个脑筋？"

另外那个小子对他讲："天晓得，你看看这个小姑娘长得倒还标致。咱们过去钓钓她？这种乡下来的小姑娘，骨头轻得没有三两重，很容易上钩的。"

一个又说："我看那可不一定，这小姑娘跟其他的小姑娘有点不一样，你看她的眼睛就可以晓得她不是那么好钓的。其他脑筋你少动动，还是盯牢她手上的几张票子的好，那才叫实惠。有了钞票，阿拉两兄弟到马霍路上去打野鸡，那有多过瘾呢？我觉得这个小姑娘年纪还太小，没啥花头精的。"

正在他们两个密谋的时候，马路那边也有一双眼睛在盯着他们，这是谁呢？这是舞女大班朱小姐派出来观察小兰的一个人。而这件事情是瞒着詹剑锋的。这位朱小姐可不简单，鉴貌辨色是把好手。因为她知道詹剑锋的底子，他家可不一般啊！詹剑锋的父亲原来是在抗战期间上海市伪政府的官员，抗战胜利以后，本来是应该去吃官司的。可是他在重庆方面也有联络，他的一个从小结拜的把兄弟，不但救了他，还帮他开起了一家银行。

如今这詹家是要钱有钱，要势力有势力，就算是这上海滩上，也是赫赫有名的人物。那詹剑锋是他的独生子，也是要星星不给月亮的少爷。谁不想拍啊？这会儿其实朱小姐早已在百乐门的门口，布下了眼线，一方面也可以查查这个小姑娘的来路。

缩在百乐门舞厅的大门口的一个角落里，小兰冷得实在是不行，自己心里也很矛盾，回家吧，一个人走路有点害怕。想想只怪自己太较真，如果在8点钟以后，跟那最后的一批姑娘先回去就好了。这会儿天又冷，身上穿得那么薄，这可怎么办呢？

正在犹豫的时候，拐角那面的两个小瘪三，已经慢慢地靠过来了。一个个子高一点的说："小妹妹，你们一伙卖花的小姑娘都已经散开了，你一个人躲在这里做什么呀，还是早点回家吧。"

那个胖一点的小瘪三也接茬说："我晓得你们都是住在曹家渡那边的，路又远，我看你一个人走很不太平，还不如让我们兄弟俩送你回去吧，路上也还有个伴。"

小兰虽然也是乡下来的，但是也能看得出这两个家伙不是什么好人，就转过身去不理睬他们。可是他们两个还是不依不饶的，你一句，我一句，啰唆个没完。而小兰就是一个主意：不管你们说什么，怎样说，我就是不理睬。

这两个看着这个小姑娘也没有那么简单的，软的不行就硬着来。那个高一点的说："小姑娘，我看你还是识相点，不要敬酒不吃吃罚酒哦。你晓得吗？这里是大上海，不是你们江北乡下，上海这地方是要讲规矩的。你晓得我们是什么人吗？我们兄弟俩是专门在百乐门门口管你们这些人的。不要不识好人心，更不要敬酒不吃吃罚酒，到时候我们就对你不客气喽。"

这个时候小兰是既气愤又害怕，也不晓得该说些什么？正在这危急的时候，突然从舞厅门里走过来两个人，一把就揪住这两个小瘪三，就说："你们两个小瘪三，也太不识相了，居然敢在上海滩赫赫有名的百乐门舞厅门口耍流氓，小心我把你们送到警察局去。”

两个小瘪三一看这种场面，就知道这两个人是有来头的，一面低头哈腰，一面慢慢后退，一溜烟地就跑掉了。

这个时候，心有余悸的小兰看着这两个神气活现的人，心里还是有点害怕。因为她不晓得这两个人是什么路道，一面说“谢谢你们”，一面就把身子往后退。那两个人穿着倒也整齐，脸上略带笑容，说：“小妹妹，你不要害怕，我们是在舞厅里管事的，顺便也维护门口的安全。我们看你一个小姑娘孤零零的，站在舞厅门口，担心你让别人欺侮啊。”

另外一个年轻点的也插上来说：“小姑娘，别的卖花的姑娘都已经走了。你一个人为什么还不回去呢？要晓得上海滩上的坏人也是蛮多的，弄不好你要吃亏的，再说了，这么晚了，也没有人再会来买你的白兰花了。你一个人不回去，这样是会很危险的。你是不是有什么心事呢？”

这个时候浑身有点颤抖的小兰，看着两个人还不像什么坏人，就说：“两位爷叔，你们是不晓得，刚才有一位少爷给了我很多钞票，我觉得这样很不好意思的，我不能就把钞票带回去，所以站在这里等他出来，把钞票还给他呀。”

那两个人一听她说的话，就晓得这个小姑娘不同一般，恐怕是受过一点教育的，就对她说：“别人既然把钞票给了你，又不是你抢来的，你拿回去就是了。反正上海滩这个地方，有钞票的人多来西，他们才不会计较这两个钞票，你还是早点回去吧。”

这个时候换作任何人也就走了，可是小兰是不一样的，她虽然家里穷，可也在私塾里读过几天书，是懂一点道理的。何况她的外婆也是个好人，经常会对她进行道德方面的教育。她又说："我是读过书的，私塾里的先生也会教育我们这句话，不义之财是不可得的。"

一直到这个时候，那两个朱小姐派来的人就更明白这个小姑娘不同一般人，他们也对她刮目相看了，心里想怪不得朱小姐这样关心她。

……

后记：其实，这篇小说又像电视剧本的《其恨绵绵情未了》的故事，到这里也才算是十分之一。也许有读者会问了，那么你为什么不把它写完呢？这您就不知道了，由于这是我第一部纯虚构的小说，内容十分复杂，而且，我目前的经济以及其他各方面条件的限制，也还是一部未完成的故事。容我在此借一句俗话：欲知后事如何，且听下回分解。